# 合併人事
## 二十九歳の憂鬱

江上　剛



幻冬舎文庫

# 合併人事

二十九歳の憂鬱

# 目次

# プロローグ　海の誘《いざな》い

## 1

スペース・カウボーイみたい……。

日末子《ひみこ》はクリント・イーストウッドが主演したSFアクション映画のワン・シーンを思い出していた。

それは宇宙飛行士の夢を果たせなかった老パイロットたちが、もう一度夢を果たそうとする物語だ。

彼らは核弾頭を積んだ旧ソ連の人工衛星が地球にぶつかろうとする危機を決死の覚悟で回避しようと宇宙に飛び立つ。そしてトミー・リー・ジョーンズ扮《ふん》するパイロットが自ら犠牲になって人工衛星を月に向かわせるのだ。

日末子は、その映画のラストシーンが好きだった。宇宙服姿のトミー・リー・ジョーンズが、月の静かの海の岩に寄りかかりながら遠く輝く地球を眺めている。ヘルメットに覆われているので彼の表情を外から窺《うかが》うことはできないが、満足そうな微笑を湛《たた》えているに違いない。

日未子は、今、トミー・リー・ジョーンズになっていた。

ウエットスーツを着てマスクを装着し、空気ボンベを担ぎ、レギュレーターを咥《くわ》えた姿は宇宙飛行士そのものだ。海底には白い珊瑚《さんご》の砂浜が広がり、目の前は丸い小山のような珊瑚礁の峰がどこまでも続いている。視線を少し上に向けると夏の日の光が、日未子の佇《たたず》む海底にまで差し込んでくる。水はライトブルーに輝き、あくまでも透明だ。その透明な水を揺らしながら、日未子の吐く息が無数の泡となって海面へと駆け上がっていく。丸いビー玉が我先に、ころころ転がるように昇っていく様子は愛《いと》おしささえ感じるほどだ。時折、キボシスズメダイの群れがマスクの前を彩りながら通過していく。聞こえるのは自分が吐く息の音だけ。

息って、こんなに深いものだったかしら……。

日未子は自分の息の音に耳を澄ませる。ボンベから吸い込まれた圧縮空気は、レギュレーターから彼女の口を通って肺をいっぱいに膨らませた後、赤い血と一緒にゆっくりと身体《からだ》の隅々を巡る。そして再び肺に戻り、吐き出される。身体の中を一本の太い川のように流れる空気の音が日未子の耳殻を震わせている。

目を閉じて聞いていると、記憶にない記憶が呼び起こされる。それは母の胎内にいた時の記憶だ。全てが完璧《かんぺき》に保護され、完璧な安心感の中で羊水の中に漂っている自分の姿……。

インストラクターのノリが水中をゆるやかに日末子に向かって近づいてくる。無重力の宇宙で船外活動をする宇宙飛行士のように見えるが、細身のノリを喩《たと》えるなら優雅な人魚の方がいいだろう。

人間が宙に浮かぶ姿を見ていると日末子は心から愉快になってくる。それは面白いという意味ではない。心地よいという意味での愉快なのだ。

人間は、重力に支配されて地上に縛りつけられて暮らしている。この重さは並大抵ではない。思いっきりジャンプしたとしても数秒と宙に浮かんでいることはできない。

これは物理的な意味ばかりではなく、心理的にも言えることだ。陸上で人間は物理的、心理的な重力で地に圧《お》しつけられている。だからこそ人間は、昔から無重力に憧《あこが》れ、宙に浮かびたいのだ。それは全ての、自分を圧し潰《つぶ》す重力からの解放だ。

ふと日末子は、自分が水中に浮かんでいる姿を鏡で見たいと思った。ノリの人魚のような姿を見て、そう思ったのだ。自分もノリのように優雅に浮かぶことができているのだろうか？

ノリが親指を上に突き出した。そろそろ上がろうという合図。日末子はオーケーのサインを出す。フィンで海底を蹴る。白い珊瑚の砂が巻き上がった。身体がふわりと浮き上がる。両手を伸ばすと、ノリがしっかりと摑《つか》んでくれた。やはりノリのような優雅な水中の舞いというわけにはいかない。ノリにリードされながら、ゆるゆると上昇していく。水中から空を見上げると、そこには広大な光のスクリーンが広がっている。やがてその光のスクリーンに包まれ、日末子の身体は白く輝き始める。

ボートに上がると、雅行《まさゆき》も玲奈《れいな》も、はやばやとウエットスーツを脱いで寛《くつろ》いでいた。日末子は、船尾に腰掛けて、ノリに空気ボンベを外してもらった。海から上がると、途端に錘《おもり》とボンベの重さに身体がへたり込む。象からハツカネズミに変わったように、ハッ、ハッと激しく速く息を吐く。

「日末子さん、一緒に上がってこないとだめですよ」

ノリがボンベを片付けながら注意をした。

雅行と玲奈と一緒にノリに引率されていたのだが、日末子だけ上がるのが遅くなったのだ。

「ごめんなさい。あまりに海底の砂浜が素晴らしかったものだから、ノリさんの指示に気づかなかったみたい……」

日末子は、濡《ぬ》れた髪の毛をバスタオルで覆った。

「だめだよ。海ではノリちゃんの言うことを聞かなくちゃね」

雅行が心配そうな顔をした。

「日末子は、すぐ没頭しちゃうからね」

玲奈がボートの縁《へり》に身体を預けて、長い足を伸ばしている。赤い縞柄《しまがら》の水着がなんとなく子供っぽくてかわいい。

「本当にちょっと焦ったんですよ。みんな私の後ろをついてきているとばかり思っていたのに。上がってみたら、まだ下に日末子さんがじっとしているんだもの。まるでお地蔵さまみたいだったわ」

ノリが笑った。

「お地蔵さまはいいや。日末子地蔵。あまりご利益ないな」

雅行がお参りするように手を合わせた。

「さあ、お昼にしましょう」

ノリが船室からクーラーボックスを運んできた。

「おお、腹減ったぞ。ノリちゃん、いつものソーメンある？」

「ありますよ。焦らないで待っててください」

ノリが皿などを並べ始めた。

日未子たちがダイビングに来ているのは沖縄の慶良間《けらま》諸島だ。

大小三十あまりの島々で構成されている慶良間列島は、水深五、六十メートル近くまで見通すことのできる透明度の高い世界的に有名なダイビングスポットだ。

ノリが「あまり透明度が高いので、深く潜っても直《す》ぐ手の届く先に海面があるような気がするんです。深く潜った実感がしないので、危険なことがあります」と注意したほどだ。

「さあ、準備ができましたよ。食べましょう」

ソーメンが透明なポリケースに入れられ、つゆとねぎ、削った生姜《しょうが》が添えられている。別のケースにはお握りやから揚げ、蛸《たこ》ウインナー、パイナップルなどが入っている。

「これが雅行の言っていたボートで食べるソーメンね」

玲奈がつゆに生姜を溶きながら言った。

「これが最高でね。普通はコンビニの弁当を持ってくるんだけど、ノリちゃんのところはこうして手作りの弁当なのさ。中でもこのソーメンが最高！」

雅行は、思いっきり相好《そうごう》を崩しながらソーメンをすすっている。日未子も早速、ソーメンをすすった。雅行の言うとおりだ。痛いような日差しの中でのソーメンは最高だ。喉《のど》を冷たく刺激しながらするりと抵抗もなく胃に収まっていく。

「美味《おい》しい」

日末子は笑顔になった。

「俺の誘いに乗ってよかっただろう」

雅行が自慢げに胸を反らす。

とても落ち着いた気持ちだ。東京にいるのとは大違いの平穏さ。波はほとんどなく、大きなプールに浮かんでいるようだ。目の前に渡嘉敷島《とかしき》、少し離れて座間味島《ざまみ》が見える。緑の島々、ブルーの空と海。もう何も望むことがないほど完璧な美しさだ。

胸がはちきれんばかりに空気を吸い、そして吐く。深く息をするということはこんなにも心地よいことなのだと、日末子は初めて知った。


日末子は二十九歳。あと半年で三十歳になる。早稲田大学政治経済学部というなんとなく女性っぽくない、骨太イメージの大学を卒業し、今はメガバンクであるミズナミ銀行の営業部勤務だ。近づき難い印象ではない。どちらかというとかわいいタイプだ。

雅行は三十歳。日末子と同じ早稲田大学で英語サークルの仲間だった。同級生だ。スポーツマンタイプのイケメンなのだが、口を開くと冗談ばかり。大阪出身だから関西芸人の血を引いているのではないかと思う。

日末子のよき相談相手なのだが、恋人ではない。しかし保留中の恋人という意味のいわゆるキープ君でもない。強いて言えば、「ザ・サード・マン（第三の男）」だろうか。日末子の傍《そば》になんとなくいつもいる。

　現在は、テレビ番組制作会社のAD（アシスタントディレクター）として、情報番組を作っている。

　玲奈は二十九歳。日末子の銀行同期だ。彼女は投資信託などを販売する個人部にいる。聖心女子大というお嬢様大学の出身者だが、「聖心の落ちこぼれ」を自認するさっぱりとした女性だ。スタイルもいい。美人で、知的な雰囲気が人をひきつける。

　ある日、日末子は、雅行と久しぶりに会って飲んでいた。すると突然、雅行が沖縄へのダイビング旅行に行かないかと誘ってきた。PADI《パディ》認定の「Cカード」を取得したというのだ。

　PADIというのはアメリカのカリフォルニアに本拠地を置く世界的なスキューバ・ダイビングの教育機関だ。Cカードはその機関が発行するライセンスで、パートナーであるバディさえいれば、インストラクターなしで潜ることができる。

　日末子は突然の誘いに躊躇《ちゅうちょ》した。

「大丈夫さ。いいインストラクターがいるんだ。ノリちゃんっていってね、素敵な女性さ。その子がちゃんと指導してくれるから全く心配ないよ」

雅行は譲らない。

「ダイビングをしたいの？　それともそのノリちゃんに会いたいの？」

「青い空、青い海、どこまでも透明な海に潜ると色とりどりの珊瑚礁、舞い踊る色鮮やかな魚たち。究極の癒《いや》し。慶良間の海……」

雅行が、目を閉じて、旅行会社の安物の観光案内みたいな文句を並べ立てた。

「マンタには会えるの？」

マンタというのは全長四メートルほどもある巨大なオニイトマキエイのことだ。

「マンタはなかなか難しいけれど、アオウミガメには会えるかもしれないよ」

海亀か……。日末子は海亀が足ひれを優雅に動かしている姿を思い描いた。

「日末子は海亀に似ているじゃないか。いや、悪い意味じゃないよ」

日末子は店のウインドーに映った自分の顔を眺めた。ふと海亀が会いにおいで、と言っているような気がした。

「分かったわ。友達を一人連れて行くけど、いいわね。雅行と二人じゃ襲われたら大変だし」

誘う相手は玲奈に決めていた。彼女と夏休みを取る時期を合わせる計画をしていたからだ。

「襲わないよ。それより水着だけは忘れないでね。裸で泳がれると困るから」

雅行は、にんまりとして片目を閉じた。

「ばかねぇ」

日末子は、苦笑した。

「準備は俺がするから。乾杯」

## 2

「愛知県で保母さんをしていたんです」

ノリの細くてしなやかな身体は健康そうに日焼けしている。笑うと白い歯が一層引き立つ。

日末子は、雅行からノリを紹介された。彼女に関して雅行から与えられた情報は、ノリという愛称だけだった。本名も何も知らない。日末子はノリがインストラクターになった経緯《いきさつ》に興味が湧《わ》き前職を訊《たず》ねてみた。

「保母さんだったの」

保母さんからダイビングインストラクターへの転身を、日末子は驚きで受けとめた。

「ノリちゃんは幾つ？」

雅行が無遠慮に訊《き》いた。

「女性に年齢なんか訊くものじゃないわ。だから雅行はもてないのよ」

日末子が口を尖《とが》らせた。

「いいんですよ。そこが雅行さんのいいところですから。では問題。ノリちゃんはいったい幾つでしょう？　雅行さん、答えて」

ノリは、雅行にぐいっと顔を近づけた。雅行は一瞬、慌てのけぞるように身体を反らせた。

雅行は、さも深刻な問題であるかのように腕を組み、眉根《まゆね》を寄せた。

日末子にはノリは同世代のように見える。日焼けした顔を崩して笑うところなどは、なんとなく子供っぽい。

「四十ってことはないしね……」

雅行が片目を開けて、ノリを見る。

「ひどい！　雅行、本気で言ってるの」

日末子が怒った。

「そうよ。雅行君、そんなありえない冗談を言って！」

玲奈も怒りだす。持っていた沖縄産のサンピン茶のペットボトルを雅行に投げかねない勢いだ。

「ごめん、ごめん、うそ、うそ。冗談、冗談。二十九歳」

雅行は苦笑いを浮かべながら、頭を抱えた。

「残念でした。三十四歳」

ノリが舌を出す。

「三十四歳？　へー、見えないな……」

雅行がオーバーなアクションで驚いてみせる。

「今さら、遅いわよ。三十四歳がどんなものなのかも分からないくせに」

ノリがわざと怒った顔をした。

「見えないです。ノリさん、三十四歳には……。私たちと同い年くらいかなと思っていました。雅行君が三十歳、私と日末子が二十九歳ですものね」

玲奈が言った。

「沖縄という自然に囲まれていると若くなるのかな。沖縄の人は長生きだしね」

日末子も同調した。

「若く見ていただいて、お世辞でも嬉《うれ》しいです。保母の時に、沖縄に来て初めてダイビングを経験して、はまっちゃったんですね。それでそのまま沖縄に居ついてフリーターです。それから自分でダイビングショップを開くことができて……」

「えらいな。自分でお店を持つなんて」

日未子が感心した表情をした。

「まあ、自慢するほどの大きな店ではないですけれど。それでも一国一城の主《あるじ》でしょう。両親に見てもらいたくて、オープンの時初めて沖縄に呼びました」

ノリが嬉しそうに目を細めた。

「ご両親、喜ばれたでしょう」

玲奈が訊いた。

「ええ、まあなんとかね」

ノリは、照れくさそうに鼻の下を指で擦《こす》った。

「ねえ、雅行、あの女性、タレントじゃない？」

日未子が同船している女性に視線を送り、囁《ささや》いた。

「日未子はとっくに気づいていると思ったよ。あれはフリーアナウンサーの八神圭子《やがみけいこ》さんだよ。一緒にいるのはご主人でスポーツジャーナリストの人見透《ひとみとおる》さんさ」

雅行は、こともなげに答えた。

「八神さんって、港テレビで朝の情報番組の司会をやっている人だっけ？」

「うちのライバル番組だよ」

雅行は汐留テレビに出入りしていた。

「知っていたんだったら、もっと先に教えてよ」

日末子は言った。

「ここにはみんな干渉されたくないから来ているのに、ジロジロ見たりしたら悪いじゃないか」

雅行は、呆《あき》れたという顔で日末子を見た。

確かに雅行の言う通りだ。せっかく仕事の疲れを癒しに来ているのに、周りから監視されていては楽しくないだろう。

八神は、綺麗な背中を見せていた。彼女は三十二、三歳のはずだ。大東京テレビのアナウンサーだったのを、現在の夫である人見透と出会い、退社してフリーになった。その後も大学院に通ってマスターになるなど、仕事と私生活を充実させている。

日末子は彼女の著作『三十路《みそじ》の手習い』を読んだことがあるが、そこには家庭と仕事と大学院生活を鼎立《ていりつ》させている姿が生き生きと描かれていた。それは日末子にとって憧れの生き方に思えたものだ。その人が後ろにいる、そう思うと日末子はなんだか胸が熱くなってくる。

「ノリさんが沖縄にはまってしまった気持ち、なんとなく分かるわ」

玲奈がもう一つお握りをつまんだ。

「この海に潜ったら、もう二度とここを離れるものかって気になるでしょう。沖縄に来てよかったのは、自然の大きさ、偉大さの中で暮らすと謙虚になることですね。謙虚になると、自分のペースで生きていけばいいという気持ちになります。そうなってしまうと、もうここから離れられなくなってしまいますね」

ノリが船縁に腰掛けて海に視線を向けた。

「そうね。これだけの景色、自然の中で暮らすと、謙虚にもなるし、私の中に溜《た》まった毒素がみんな出て行ってしまうような気がするわ」

玲奈もうっとりとした目で海を眺めた。

日未子にもノリの気持ちが分かる。毎日、緊張しながらビジネスの現場で生きていると、自分のペースを守れる人はいない。誰もが経営者たちのペースに合わせて生きている。もし合わせることができなかったらそれは脱落を意味する。

「ノリさん、結婚は？」

日未子が訊いた。

「まだですよ」

ノリは、小さく笑った。

「結婚はしないんですか？」

「しないと無理に決めたわけではないんですが、まあ、成り行きではないでしょうかね」

「成り行きですか？」

日未子は、ノリのあまり関心のない返事に不満だった。

「結婚に強く憧れたのは二十代までじゃないでしょうか。それを過ぎて、ショップをオープンしたりして忙しくなると、あまり考えなくなりましたね。なんだかショップが自分の産んだ子供のような気がして、一生懸命になったんです。日未子さんこそ結婚しないんですか？」

「私？」

日未子は自分に指を突きたてた。

「日未子は恋多き女なんです」

雅行がからかった。

「何を言うの！　船から落とすわよ」

日未子が怒った声で言った。でも顔は笑っていた。

「恋が多いんですか」

ノリが笑った。

「日未子は、惚《ほ》れやすいのは確かかな。仕事もするのに、恋もするってタイプ」

玲奈が小さく頷《うなず》いた。

「なによ、玲奈まで。からかうのはよしてよ」

「玲奈さんはどうなんですか」

ノリが訊いた。

「ノリさんが言った二十代までっていう言葉、それキーワードじゃない？　今、私たちはぎりぎり二十代でしょう。結婚か仕事かって迷うのよね。迷いの二十代？　それを過ぎるときっと憑《つ》きものが落ちたように仕事に邁進《まいしん》するような気がするな……」

「結婚って憑きものかよ！」

雅行がオーバーに船縁で身体を反らす。

「あっ！」

ノリが叫ぶ間もなく、雅行の身体が船縁から消えた。すると大きな水音。

「落ちた！」

日末子と玲奈が雅行の落ちた場所に駆け寄り、覗《のぞ》き込んだ。

「ヤッホー」

雅行は仰《あお》向《む》けに泳ぎながら手を振っている。雅行の身体の周りに水紋が広がっている。

「びっくりさせないでよ」

日末子が怒ったように言った。

雅行は、日未子の抗議など気にしないで、身体を反転させると、素潜りで海中を目指した。海が透明なために雅行の潜る姿がよく見える。

「私も泳ぐ」

玲奈は船縁に立つと、いきなり飛び込んだ。雅行の時とは違う鋭く突き刺さるような水音。玲奈は水泳か飛び込みを習っていたに違いない。無駄のない水音だった。

玲奈も雅行の後を追って、素潜りを始めた。水着の赤い縞柄が水中花のように美しく咲いた。

「日未子さんも泳ぎますか」

ノリが食器などを片付けている。

「仕事、恋愛、結婚、勉強、なんでもやりたいのよね」

日未子は、海面に顔を出した玲奈に手を振った。

「たくさんの希望があって羨《うらや》ましいです」

ノリは微笑《ほほえ》みながら日未子を見つめていた。日未子はノリのことを逆に羨ましいと思った。自分の生き方を見つけ、それに自信を持っているように思える。

「私も泳ぐ！」

日未子は声を上げると同時に船縁を勢いよく蹴った。

「行ってらっしゃい！」

ノリが大きな声で後押しをした。

日末子の身体が宙に舞う。目の前の渡嘉敷島にぶつかりそうだ。青い空に吸い込まれ、そして空との境がないほど青い海に全身で落ちていった。

# 第一章　風のささやき

## 1

ようやく着いた。日末子は有楽町線の月島駅の階段を上りきったところで一息入れた。荷物を詰め込んだバッグの重みで肩紐《かたひも》が食い込んでくる。だが、沖縄の海の解放感を思い浮かべると、それさえも心地よく感じられる。佃《つくだ》の方角に、日末子が住むリバーシティ21の白い棟が見える。彼女は、荷物をもう一度担ぎ直すと歩き始めた。

「日末子さん！」

後ろから呼び止める声が聞こえた。もう目の前に相生橋《あいおい》というところまで来た時だ。その橋の手前を左に曲がれば、目指す我が家だ。

日末子は振り返った。神戸《こうべ》ひろみだ。

ヘルメットを被《かぶ》っているので顔は見えないが、新鮮な若葉色の50 ccスクーター、ホンダ・バイトは、ひろみの愛車だ。彼女は、スクーターのエンジンを思いっきりふかしてこちらに向かって走ってくる。

日末子は、顔中を笑顔にして、手を振った。

ひろみがスクーターを止めた。バイクと同じ色のヘルメットを脱ぐと、柔らかな栗毛がはらりと飛び出してきた。

「おかえりなさい」

ひろみが微笑む。

「ただいま」

日末子も微笑む。

「沖縄、どうでした？」

「素敵だったわよ」

「いっぱい、お話、聞かせてください。さあ、荷物を載せてください」

ひろみは、日末子の荷物を彼女の肩から外そうとした。

「えっ、運んでくれるの？」

「勿論です。荷物だけ、部屋に運んでおきますから、ゆっくり帰って来てください」

ひろみは、荷物を荷台に積んだ。

「助かるわ。ありがとう」

「それじゃあ、後で」

ひろみは、再びスクーターに跨《また》がり、エンジンをかけた。ヘルメットを被り、軽く手を上げると走っていった。

「風のよう……」

日未子は、ひろみが走り去っていく後ろ姿を眺めていた。


ひろみと日未子は同じマンションに住んでいる。一つの部屋をシェアして住んでいるルームメイトだ。

日未子が一人で暮らすと言いだした時、父母が猛烈に反対した。特に父の反対が強かった。父は大手商社の幹部社員だが、若い頃単身赴任ばかりで、日未子と接することが少なかった。そのため成長してから日未子への束縛を強めていた。そこで日未子は、ルームメイトと一緒に住むという条件で家を出た。

住む場所は、月島方面と決めていた。ミズナミ銀行本店のある内幸《うちさいわい》町や銀座とも近い。それでいて家賃が比較的安く、居酒屋やしゃれたバーなども多いところが気に入った。日未子がネットで見つけたのは玄関が二つある物件だった。あまり見たことのない構造だ。でもこれなら確実にお互いのプライベートを守りながら生活できる。

それは佃にあった。リバーシティ21イーストタワーズ一〇号棟一五一四号室。日末子はたちまち気に入った。窓からは住吉神社の森やその向こうを流れる隅田川、佃大橋を眺めることができる。

玄関は二つ。中に入ると、右にお風呂。これは共用する。部屋は右から六畳、九畳、七畳の三つ。真ん中の九畳がリビングの2LDKタイプ。どういう具合にシェアするかにもよるが、各部屋にはきちんとドアがついており、プライバシー保護は万全だ。家賃十五万九千円、共益費五千円。日末子は、即座にここに決めた。

入居して日末子がとった行動は、ネットでシェアの相手を見つけることだった。ネットにはルームシェアの掲示板がある。そこにはシェア相手を見つけたいという多くの書き込みがある。そこに日末子も掲示を出した。

「女性の方お願いします」と女性限定にして、部屋の詳細を魅力たっぷりに書いた。肝心の家賃などは折半としたが、相談に応じると条件をつけた。

そこに申し込んできたのがひろみだった。

ひろみに初めて会った時、「かわいい子だな」と思った。小柄だが、スタイルもよく、髪は豊かな栗毛。目が印象的だ。生き生きと輝いている。真っ直ぐに生きているという感じが、その目に表れていた。

「とても素敵な栗毛ね。染めているの？」

「これ地毛なんです。子供のころ、赤毛って苛《いじ》められました」

ひろみは、窓から身体を乗り出すようにして、

「風が来ますね。私、風が大好き」

と微笑んだ。

日未子は、ひろみとならうまくやっていけそうな気がした。

「一緒に、住む？」

「いいですか？」

「いいわよ」

ひろみの仕事は、ヨガやエアロビクスを教えるインストラクターだ。高校を卒業して、しばらく普通のOLをやっていたが、飽き足りなくなった。その時出会ったのがエアロビクスだった。ひろみは、早速本場アメリカへの留学を決意した。英語も全く分からなかったが、情熱だけが頼りだった。留学期間は一年間。カリフォルニアにある養成学校に通った。そこではヨガも学んだ。そして今では都内の幾つかのスタジオで教えるまでになった。年齢は二十六歳。日未子より三つ年下だ。

「すごいわね」

日末子は感心した表情を見せた。

「肉体労働者かな？」

ひろみは照れた。

彼女は、大企業に勤務しているわけではない。いわば自由業だ。自分の力で契約先を見つけ、どこへでもスクーターに乗って飛んでいく。彼女と暮らせば、その逞《たくま》しさにきっといい影響をうけるに違いないと日末子は思った。

2

「イカの丸焼き食べたくありませんか？」

ひろみが、日末子を窺うように見た。

「江戸家！」

日末子は叫んだ。それは佃二丁目にある居酒屋の名だ。日末子もひろみも常連だ。

「食べたいでしょう？」

「食べたい！　沖縄料理もいいけどイカの丸焼きもいい！」

「今、六時ですから早く行かないと満員です」

月島はもんじゃ焼きの町として有名だ。もんじゃストリートというもんじゃ焼き屋が並ぶ通りがあり、多くの人が訪れる。しかしもう一つの顔がある。それはおいしい居酒屋が多い町でもあるのだ。

その居酒屋の一つが、マンションの近くにある江戸家だ。ここは築地の中卸で長く働いた主人が経営していて、一階はカウンター六席、テーブル三卓、そして二階席という大して広くはない店だ。だが狭い店で肩を寄せ合い、名物のイカの丸焼きを食べながら酒を酌み交わすのは、なかなか楽しい。日未子もひろみも直ぐに周りに溶け込んでしまい、ついつい長居をしてしまう。

名物のイカの丸焼きは独特の癖になる味だ。ステンレスの小鉢に入ったタレとイカの丸焼きが一緒に出される。そのタレにはイカのワタが溶け込んでいて、アミノ酸やうま味成分たっぷり。これにイカをくぐらせて食べると、思わず「うまい」と唸《うな》ってしまう。

「考えただけで涎《よだれ》が出るわ。早く行こう」

日未子は、玄関に向かった。

ひろみも急いで日未子の後に従った。

エレベーターのドアが開くと、東京湾からの風が頬に当たった。沖縄の風とはまた違った爽《さわ》やかさだ。

「こんなに日が高いのに呑んでいいのかな」

ひろみがくすりと笑みを洩《も》らした。

「何を言うの。呑みたいと言ったのはひろみちゃんでしょう」

「すみません」

ひろみは小さく頭を下げる。通りの左右には高いマンションもあれば、古い民家もある。民家と民家の間の路地にはたくさんの植木鉢が置かれ、緑の葉や色鮮やかな花が軒を彩っている。小さな幸せが並んでいる景色だ。

「ミャー」

急にひろみが、猫の鳴き真似《まね》をして路地に向かって走った。子猫だ。黒い子猫が、こちらを見ている。ひろみがかがんで手を差し出す。子猫がひろみの手を舐《な》めた。

「冷《ひゃ》っこーい」

ひろみが嬉しそうに声を上げた。

「かわいい」

日末子もひろみに並んでしゃがみ込み手を差し出す。子猫が今度は、日末子の手を舐める。

「帰りもいるかな」

「どうして？」

「江戸家で魚を貰《もら》ってこようかなって思ったんです」

「ひろみちゃん、野良猫じゃないわよ。ちゃんと首輪があるわ。勝手に餌《えさ》をやると飼い主に怒られるわよ」

「分かりました。それでは猫のお腹《なか》ではなくて自分のお腹を心配したいと思います」

ひろみはおどけた調子で言い、立ち上がった。

「でも大都会で子猫を見つけて、手を舐めてもらえるなんて、この月島だけの楽しみじゃない？」

「そうですよ。他じゃ路地に迷い込んだら、レイプされますからね」

日末子がのけぞった。

「大げさね。行くわよ」

日末子は、先を歩きだす。

江戸家の看板が見えた。檜《ひ》皮葺《わだぶ》きの屋根、縄のれんに提灯《ちょうちん》。鄙《ひな》びた店構えだ。あの激しいバブルの時代をどうやって生き延びてきたのかと思う。

縄のれんをくぐる。店内にはもう数組の客が入っていた。

「いらっしゃーい」

威勢のいい声がかかる。

「二人！」

　ひろみが二本の指を高く掲げる。

「こちらへどうぞ」

　店員がテーブル席に案内してくれる。

「とりあえず生二つね」

　日未子は、メニューを覗き込んでいるひろみを無視して言った。

「何にしようかな」

　ひろみが考えている。

「イカの丸焼きと島らっきょは頼んでね」

「はいはい。島らっきょというのは沖縄ですね」

「そうよ。ちょっと小ぶりのらっきょかな」

「すっかり沖縄通ですね。でもあまり焼けていないみたいですね」

「そうかな？　そうでもないけど」

　日未子は、自分の顔を手で触る。手で触って日焼けの程度が分かるはずはないけれど、焼けていないと言われるとなんだか心外だ。沖縄に行って焼けなかったなんてもったいない。そんなふうに言われているような気がする。

目の前のひろみは健康的な小麦色。胸元の大きく切れたTシャツを着ているが、露出しているところは全て綺麗に焼けている。ひろみも二十六歳だから、若さを売り物にする年齢ではない。けれども日末子からしてみると、その弾《はじ》けるような肌からは若さが溢《あふ》れている。嫉《しっ》妬《と》……。ふとその小麦色の肌に気持ちが揺れた。

「イカの丸焼き、島らっきょ、牛筋、刺身盛り合わせ、アジのなめろう……そんなものかな」

ひろみが店員の顔を見る。

「ロシアン春巻きはどうですか」

店員が勧めた。

「ロシアン春巻き？」

日末子が訊ねた。

「五本の春巻きのうち、一本だけが辛いんです。楽しいですよ」

「ロシアンルーレット！」

ひろみが笑顔で言った。

「じゃあ、それもお願い」

日末子が頼んだ。

「乾杯！」

ひろみがジョッキを掲げた。

日末子もジョッキを持ち上げる。二つのジョッキがカチリと鳴った。

3

「これ美味しい！」

「泡盛よ。沖縄のお酒。とってもなめらかでしょう」

日末子が虚《うつ》ろな目で言った。呑んでいるのはいつの間にか泡盛になっていた。

泡盛はタイ米から作る。焼酎は米や麦、さつまいもが主原料だが、これは泡盛の製法がタイから伝わったからだそうだ。

沖縄通の雅行が、自慢げに「泡盛ってシャム伝来なんだぞ」と酔っ払って話していた。シャムというのはタイのことだ。

「これはオン・ザ・ロックが一番ですね」

ひろみがうっとりとグラスを顔の前にかざした。琥珀《こはく》色の泡盛を通すと、ひろみの小麦色の肌が、一層艶《つや》やかに見える。

「ひろみちゃんは、どこかで焼いたの」

「これですか」

ひろみがＴシャツの胸元を引っ張る。日未子の目に小麦色の丸い乳房が飛び込んできた。思わず唾《つば》を呑み込む。同じ女性ながら美しいと思った。ひろみの輝くような小麦色の肌を見ていると、日焼けを気にした自分が恥ずかしい。

「スクーター焼けです」

ひろみはこともなげに言った。

「スクーター焼け？」

日未子は、ひろみのあっけらかんとした言い方がおかしくて、笑ってしまった。

「いつもスクーターで移動しているでしょう。それでこんなになってしまって……」

「そういえば、沖縄でエステに行ったのよ」

「エステですか？　すっごい！　気持ち良かったんでしょうね。私は、風のエステです。風に身体を晒《さら》していると、自分が風になったみたいで癒されるんです」

ひろみは表情を輝かせた。

「ひろみちゃんって面白いことを言うよね。風のエステね……。気持ちよさそう」

日未子は、グラスを傾けた。

「私、それをインドで感じたんです。風のささやき……。身体の芯から癒してくれるんですよ」

　ひろみは遠くを見るような目をした。

「ひろみちゃん、インドに行ったことがあるの？」

　日未子は驚いて訊いた。

「アメリカに行ってヨガに興味を持ったんです。それでヨガといえばインドでしょう？」

「そうね……。それでインドに行ったの？　すごい！」

「何か目的があったわけではないんです。軽い気持ちで行きました。ジャイプールには風の宮殿というのがあるんですよ」

「風の宮殿？」

「ええ、小さな小窓のあいた壁のような宮殿が街の中に建っています。その建物は赤茶けているんですが、ピンク色に見えるんですよね」

「なぜ風の宮殿というの？」

「よく知りません。風が抜ける穴が無数に開いているからでしょうか」

「行ってみたいな……」

「人が亡くなるとガンジス河の河辺で茶毘《だび》に付すんですよ」

「茶毘？　火葬？　見たの？」

日未子は、顔を顰《しか》めた。死体を焼くところを見るなんて……。

「ヒンズー教の聖地ベナレスに行きました。ガンジス河に向かって石段が続いています。その石段を、遺体を担いだ葬列が下りてきます。多くの人が泣きながら続きます。河辺には薪《まき》が高く積まれています。その薪の上に遺体を載せるんです」

「そのまま？」

「そうです。山で遭難した時に荼毘に付しますよね。あれと同じです。でも深刻さはないんです」

「どういうこと？」

「河辺には牛が寝ていますし、子供たちが遊んでいて、河の中では多くの人が沐浴《もくよく》しています。あちこちで荼毘の煙が立ち昇っていて、全てが自然なんです。最も悲しい死さえも、自然の循環の一サイクルに過ぎないと思えてしまうんです」

ひろみはグラスの泡盛を呑み干した。日未子は黙ってそのグラスを取り上げ、新しく泡盛を注いだ。

「僧侶が長い竹の棒を持って、お経を唱えながら、遺体の周りを回ります。竹の棒の先には油壺がぶら下げてあり、その中の油を遺体にかけるのです。そして火をつけます。薪が燃え、遺体が燃え始めます。少しも気味悪くありませんし、においもありません。ガンジス河は、全く変わらずにゆったりと流れています。漣《さざなみ》だけの海のようです」

「荼毘に付した後はどうなるの？」

「遺体は完全に灰になり、ガンジス河に流されます。母なるガンジスに戻され、また悠久の時へと命が還《かえ》っていくのでしょうね。その時、ガンジス河から私に向かって風が吹いてきました。私の心と今、ガンジス河に還った心が触れ合ったような気がしました。全ては一つだと実感した瞬間です」

ひろみは、目を細めた。

「ひろみちゃんって哲学者ね」

日未子は感心したように言った。

「そんなたいそうなものじゃありませんよ。ただ、これがヨガの精神かな？　と思ったことは確かですね」

「全ては一つね……」

「私たちは自然の一部で、生きているというより自然の力で生かされているんだ。憂いも喜びも何もない。全ては一つに還るとでも言うのでしょうか、循環しているから悩む必要もないと思いました」

ひろみは、ロシアン春巻きを口にした。たちまち顔が歪《ゆが》む。力いっぱい目を閉じる。顔の真ん中から耳にかけて赤く染まっていく。

「辛い！」

大声で叫び、泡盛で流し込んだ。

「当たったわね」

日未子が笑った。

「当たっちゃいました」

ひろみは、半分泣きそうな顔になった。

「ひろみちゃんを見ていると、ヨガって素敵だなって思えてくるわ。とても自然だと思う」

「ヨガをやっていると、何が自分に気持ちよくて、何が気持ちよくないのかが分かってくるんです。そうすると、生きるのがとても楽になります。もし自然だと思われているとしたら、ヨガのせいでしょうね。勿論、ヨガは生き方ばかりでなく、美容にもいいので、生徒さんは女性が多いですね」

「どんなふうに身体が変化するの？」

日未子は、興味深げな顔を向けた。

「ヨガは見えない筋肉、インナーマッスルを刺激しますから、基礎代謝が上がって太りにくい身体になります。日未子さんは冷え症でしょう？」

「そう、時々手足が冷たくて眠れなくなることもあるわ」

「そんなのヨガですっきり治ります。新陳代謝がものすごく向上するからです」

「肩こりは？」

「もうばっちりです。背骨や骨盤の歪みを矯正してくれますから、肩こりも治るんですよ。私の生徒さんからは、四十肩や五十肩が治ったって言われます」

ひろみが微笑んだ。

「四十肩？　五十肩？　私を幾つだと思っているの。二十九よ。私もヨガ、やってみようかな」

日末子は、グラスを見つめながら言った。グラスの向こうにひろみの笑顔が見える。

「ティンに行きます？」

ひろみが言った。

アトリエバー・ティンは馴染《なじ》みの立ち呑み形式のバーだ。酒を呑まなければ、コーヒーだけでもいい。気楽に、外の風を肌に感じながらグラスを傾けるのは、なんとも表現しがたい心地よさがある。

「行こう！」

日末子は、立ち上がった。

4

「やっぱり来たね」

ティンのドアを開けると、いきなり雅行が現れた。いや、正確には、店に現れたのは日末子たちの方だ。

「ひろみちゃん、久しぶり」

「雅行さん、黒くなりましたね」

「日末子と同じ沖縄焼けさ」

雅行は、顔をつるりと撫《な》でた。

「素敵ですよ」

ひろみが、笑みをこぼす。

「それにしてもどうしたの？」

日末子が訊いた。

「みんなと別れて、麻布十番のアパートに荷物を入れてさ。さっそく仕事があったの。ちょっとした取材だけどね。それがこの近くだったんだ。時間もいいしさ、ここに来れば、日末子もいるかと思ってね」

雅行は、赤ワインを呑んでいた。

「私たちは江戸家でちょっと腹ごしらえをしてきました」

ひろみがお腹を摩《さす》った。

「俺も、イカの丸焼き食いたかったな」

「私も赤ワインにしようかな」

「私も」

「マスター、赤ワイン二つ。それに茹でピーナツも」

雅行がマスターに告げる。カウンターの奥で、マスターが手を上げる。

「沖縄は楽しかったな」

「羨ましいです」

「何が？」

「お二人が」

ひろみが微笑んだ。ワインが運ばれてきた。

日末子はワインを手に取り、首を傾げた。

「私たちが？」

「そう。いつもご一緒だから」

ひろみがワイングラスを顔の辺りまで掲げた。日未子も雅行もそれに倣う。

「そんなに一緒かな？」

日未子が、雅行の顔を見つめた。

「だって沖縄にも一緒に行かれたんでしょう？」

「まあ、それはそうだけど。そんなの珍しいよね、雅行？」

「僕が誘ったのさ。沖縄に行かないかってね。こんどひろみちゃんも行こうよ」

雅行が笑顔を浮かべる。

「ぜひ誘ってください」

ひろみが頭を下げた。

「ひろみちゃんはインドに行ったことがあるのよ」

日未子はワインを口に含んだ。香りが、身体の中に広がっていく。

「インド？　すごい！　何で？」

雅行が目を丸くする。

「ヨガです。ヨガの本場を見たくて行きました」

「そうか、ひろみちゃんはヨガの先生だったよね。こんなふうに身体をクニャクニャにするんだ」

雅行が、手を首の回りに回す。

「ヨガは、身体をクニャクニャにするだけではありません。心地よく生きるためのものです」

ひろみが反論した。

「雅行、ひろみちゃんは、真面目にヨガに取り組んでいるんだから、からかうようなことを言っちゃだめよ」

「ごめん」

雅行は頭を下げた。

「私のやっているのは、アシュタンガ・ヨガと呼ばれているものです」

ひろみが雅行を見つめた。真剣になっている。

「アシュタンガ？」

雅行がとまどいながら訊く。

「アシュタンガは、サンスクリット語で八本の枝ということです」

「八本の枝？」

「八つの規則ということでしょうが、第一がヤマで禁戒、すなわち人として絶対に守るべきこと、嘘をついたり、人を殺《あや》めたりしてはいけないことですね。第二がニヤマで勧戒、生活の中で守るべきこと、身の回りを清潔に保ったり、鍛錬したりすることです。第三がアサナで坐法、瞑想《めいそう》のためのポーズ、みんながヨガというとイメージする姿ですね。第四がプラーナヤマで調気、呼吸を通して気をコントロールすること、プラーナは生命エネルギーです。第五がプラティヤハーラで制感、感情をコントロールすること、自分の内面に集中します。第六がダーラナで凝念、対象に意識を集中すること、呼吸と視点だけに集中した状態になります。第七がディヤーナで静慮、瞑想状態のこと、集中が深まると、同時にいろいろなことが感じられます。第八がサマーディで三昧《ざんまい》、至福の状態で宇宙と一体になった感覚になります……。だからヨガって、テクニックではなくて生きることそのものです。分かってくれました？」

「まず人間として、生活者としてどうあるべきかというところから出発しているんだね」

雅行は、ひろみに同意を求めた。

「その通りです」

ひろみは、感激したように雅行に飛びついた。雅行は驚いたが、ひろみは構わず、雅行の首に腕を回してぶら下がってしまった。

「日末子さん、私、雅行さんのこういう素直なところがとても好きです」

ひろみが日末子に言った。

「ひろみちゃん、首が取れちゃうよ」

雅行が苦しそうな顔をした。ひろみはぶら下がるのをやめて、足を床につけた。だが、首に回した腕だけは解《ほど》こうとしない。

「ひろみちゃん、酔ったの？」

日末子は笑っていた。

「酔ってはいません。心の中で思った通りのことを言いました」

「ひろみちゃん、ありがとう。そろそろ腕を放してもらおうかな」

雅行が、ひろみの腕を握って、放そうとした。

「雅行さん、キスをしてもいいですか」

ひろみは雅行を見つめた。

「キス？」

「ええ、キスです。嫌ですか？」

「うん、まあ、嫌というわけではないけどね……」

雅行は、困ったような顔で日末子を見た。日末子は、相変わらず笑っている。

「日末子、なんとかしてくれよ」

雅行が助けを求めた。

「ひろみちゃん、雅行が困っているわよ。さあ、手を放して」

日末子が笑みを浮かべながら言った。

「私、ヨガをやっているでしょう。そうすると物事を素直に見るようになるんです。その素直な目で見ると、雅行さんは、私がキスをする対象ですね。それではキスをします」

ひろみは自らに宣言すると、ちょっと唇を尖らせ、雅行の唇に向かって背を伸ばした。ひろみの唇が雅行の唇に触れた。雅行は、目を大きく見開いたまま、日末子を見ていた。

日末子の心の中に小さな竜巻のような風が起きた。その竜巻は、心の襞《ひだ》を震わせながら徐々に大きくなった。日末子は、身体と心が全て竜巻に巻き上げられそうになるのを恐れて、目を閉じた。

やっとひろみが雅行から離れた。

「ひろみちゃん、酔うとキス魔になるの？」

雅行が、とまどいながら訊いた。

「そうじゃありません。雅行さんが好きなんです」

ひろみは怒ったように言った。

「ひろみちゃんは、自分の心に正直なのよ。好きなものは好きと言う。そこに余計な混ざりものは入っていないのよ。まるで風のように抵抗のない心の持ち主なの」

竜巻はいつの間にか消えていたが、心の中に竜巻の後の倒れた建物があふれているような気分だった。ひろみが戯れに雅行にキスしたくらいで、何を動揺しているの？　ひろみはお酒を呑むといつだって陽気になるじゃない。今夜だってそのうちの一つ……。

「風？」

雅行は、まじまじとひろみを見つめて、唇をそっと指で触った。

「私が何の抵抗もない心を持つ風なら、雅行さんは山ですね」

ひろみは微笑んだ。

「山？　それはどういうこと？」

雅行は訊き返した。

「雅行さんは素直で、真面目で、自然そのものなのに、日末子さんのことになると急に山のように動かなくなるんだから」

ひろみは言った。

「どうして僕が日末子のことで山になるって思うんだい。僕はいつだって自然に接しているよ」

雅行が苦笑した。

「雅行さんは日末子さんのことを好きなんでしょう？　だったらもっと行動に移した方がいいと思います。動かざること山のごとし……」

ひろみは言った。冗談ではない表情だ。

「僕と日末子は、そんなんじゃないの。好きとか嫌いとかいう関係じゃない」

「そうよ。もう昔から雅行とは腐れ縁なんだから」

「ええ、分かっています。余計なお世話かもしれませんが、雅行さんも日末子さんもお互いが素直になって一度向き合ったらどうでしょうか。今夜もここに雅行さんが現れたというのは、偶然ではなくてお互いの心が会いたいと願っているから、ここに来てしまったのではないでしょうか」

ひろみは赤ワインを追加した。

「大丈夫？」

日末子が心配そうに言った。

「私が酔っていると心配しているでしょう。私は酔ってはいません。アシュタンガをやっていますと酔いもコントロールできるのです」

「すごいね」

雅行が感心したように言った。

「お二人は魂が呼び合っていないのですか。私は何度もお二人にお会いして、いつもどうしてこの二人は魂の声の通りに動かないのだろうと不思議でした。ですから今夜は、ちょっと思い切りました」

いつの間にか店内は客でいっぱいになっていた。一枚のカウンターを挟んで向かい合わせになりながら、思い思いの酒を楽しんでいる。ティンの名物つまみは、イベリコ豚のサラミや茹でピーナツだ。どのグループの前にもそれらのつまみがあった。

誰もが肩を触れ合うことを厭《いと》いもせずに話に夢中になりながら、酒を呑んでいる。人はバリアーを作りたくなるものだ。満員電車が不快なのはそのせいだ。自分が作ったバリアーを誰も認めず、めちゃくちゃに侵してくるから不快なのだ。また突然、キレて攻撃的になる子供たちがいる。彼らも自分が作ったバリアーが、誰にも理解されず、親たちが勝手に押し入ってくるから攻撃に転ずるのだ。ところが、このティンでは人同士のバリアーが消失してしまっている。もしあったとしても極めて低くなっているから、容易にお互いが行き来できる。だから隣の人と肩が触れ合っていても喧嘩《けんか》にもならないし、不快にもならない。それは酒というものの力もあるが、ティンに満ちている空気に、人のバリアーをなくす不思議な力があるのだろう。

客の一人が扉を開けた。日末子の頬を風が撫でた。

「風が吹いている……」

海からの風だ。日末子は、夜の浜辺を散歩している。足元を波が洗う。暗い海に波の先だけが白く輝き、まるで深呼吸のように一定のリズムを刻んで波の音が聞こえてくる……。

人影が見える。それも二つ。日末子は目を凝らす。雲が割れ、月明かりが人影を照らす。その場所にだけスポットが当たったようになる。

「雅行、ひろみちゃん……」

二人が日末子を振り向く。そして微笑んだ。二人は肩を寄せ合って日末子を見つめている。日末子の心の底にざわざわとした風が起き、それはやがてくるくると舞いだし、小さな竜巻になった。つい先ほどひろみが雅行にキスをした時に、日末子の心に起こった竜巻と同じだ。なぜ、雅行がひろみと仲良くするだけで、心がコントロールを失うのだろうか。まさか雅行に特別な感情を抱いているのだろうか。日末子は自分の心が理解できなくて、両手で胸を押さえ、蹲《うずくま》った。

「日末子、大丈夫か」

雅行が、肩を揺すった。

「ありがとう」

日末子は、目を開けた。

「突然、カウンターにうつ伏せになるんだもの。驚いたよ」

「酔ったのかしらね。珍しく……」

日末子は、両手で頬を撫でた。少し熱い。

「私が、雅行さんのことを追及したから、日末子さんの中でアルコールの巡りが急によくなってしまったんでしょうか」

ひろみが笑った。

「そうよ。ひろみちゃんが変なことを言うからよ」

日末子が眉根を寄せた。怒っているわけではない。顔は笑っていた。

「ひろみちゃんの言ったこと、全く当たっていないというわけでもない」

雅行が少し怖いような真面目な顔で日末子を見つめた。

「どうしたの、雅行。真面目になって……」

日末子は少し警戒気味に訊いた。

「僕自身の日末子に対する気持ちがどんなものかは、まだはっきりとは分からない。しかし今日、ここで出会ったのは、僕がいつも日末子のことを考えている証《あかし》だとは思う。それは気がかりなんだ。日末子とあいつのことがね」

雅行は言葉を強くした。

「あいつって？」

日末子は、訊き返した。どういう答えが返ってくるかは分かっている。しかし訊き返してしまう自分がとても嫌だ。自分の口からは、その名前を出したくない。出せば否定できない。でも雅行から出されれば否定できるかもしれない。

「分かっているだろう？」

雅行は、目を逸《そ》らした。

「山下さんのこと？」

日未子は山下利洋《やましたとしひろ》の名を挙げた。職場の上司、部長だ。

ひろみは黙って赤ワインの満たされたグラスを揺らしていた。

「他に誰がいる？」

「山下さんのことは何でもないわ。雅行に関係ない。単なる優しくて頼りがいのある上司よ」

日未子は、怒ったように言った。

「おやさしいお気持？　ぷっ、馬鹿な！　まるで危い目に遭ったことがない小娘《ねんね》の言い草だ。そのおやさしいお気持とやら、お前、本当に信じておるのか？　よし、それなら教えてやる。自分は赤ん坊だと思うがよろしい。贋金《にせがね》でしかない、そのおやさしいお気持とやらを本物の金と思い込んでいる始末なんだから。もっと自分を高く値踏みして、大事にやさしく扱うがよい。さもないと――こう洒落《しゃれ》のめしてばかりいたら洒落馬も息切れしてしまうが――おやさしい馬鹿娘をもって馬鹿をみるのは、このわしだからな」

　雅行は、突然、Ｇパンのポケットから岩波文庫の赤本『ハムレット』を取り出して読み始めた。シェイクスピア原作、野島秀勝訳だ。場面は、デンマーク王に仕える国務大臣ポローニアスが自分のかわいい娘、オフィーリアにハムレットとの交わりを諫《いさ》める場面だ。

「帰ろうか、ひろみちゃん」

　日末子は言った。ひろみは頷いた。

「私、余計なおせっかいをしたみたいですね」

　ひろみは小さく舌を出した。

「影？　そうとも、みんな影法師さ、一時の気まぐれだ」

　雅行は、まだポローニアスの真似をしている。雅行も酔ったのだろうか。事情の分からない客からまばらな拍手が起きた。

　日末子は外に出た。

「日末子さん、海の香りがしませんか」

　ひろみは目を閉じ、両手を頭の上で合わせ真っ直ぐに天に向かって伸ばした。そして左右に弧を描くようにゆっくりと広げた。呼吸を始めたのだ。ひろみの息を吐く長い音が聞こえる。

「風が気持ちいいわね」

日未子も両手を広げて深く息を吸い込み、そしてできるだけ長く吐いた。すると不思議なことに、何もかもが混沌《こんとん》としていた心の中が徐々に整い始め、いつかきっと素直になれる、そんな気がしてきた。

「なんだか走りたくない？」

日未子はひろみに言った。

「じゃあ、マンションまで駆け足ですよ」

ひろみが微笑んだ。

「負けないわよ」

「負けません」

「位置について、よーい、ドン」

日未子が叫んだ。思いっきり地面を蹴った。身体が宙に舞う。頬が風を切った。

5

皇居のほとりに堂々と聳《そび》え建つのがミズナミ銀行本店だ。日未子は、朝の空気を吸い、深く呼吸をする。歩みは止めない。たくさんの人が流れるように建物の中に吸い込まれていく。その流れに乗っていく。

「今日から、仕事モードに切り替えるのよ」

自分自身に呟《つぶや》く。

「日末子、おはよう」

この声は玲奈だ。

「玲奈！」

日末子は振り向いた。玲奈の笑顔があった。

「なに深刻な顔してるの？」

玲奈が笑う。

「仕事モードに頭を切り替えているのよ。うまくいかないけど」

「ああ、嫌だな。休みが終わり、仕事が始まる。どうして休みが続いてくれないのかな」

「休みが続くってことは、失業ってことじゃないの！」

「そうね。仕方ない。また次の休みのために働きますか」

玲奈は陽気に言い、通用口の警備員にも気さくに挨拶《あいさつ》して通って行く。

「とても楽しそうね。仕事に来るのが……」

「これよ」

玲奈は沖縄土産《みやげ》の入った袋を高く掲げた。

「お土産？」

「泡盛なんだけどね。お客様に持って行くのよ。沖縄から帰って来たら、大口の契約をするって言われているのよ」

「それでお土産持参で行くのか！」

「日末子は？」

「私は、これね……」

日末子も土産袋を見せた。中身は「ちんすこう」という沖縄のビスケットみたいなものだ。

「ちんすこう？」

「営業課のみんなで食べるのにはこれが一番でしょう？」

「まあね……。でも勝負土産はないの？」

「勝負土産？」

「これぞっていう人にあげるお土産よ」

「ないわよ、そんなの。お土産は貰うものよ！　お客様をお土産で釣ろうなんて魂胆が浅ましいわよ」

日末子が笑って言った。

「言ったわね！」

玲奈が笑って、拳《こぶし》を振り上げた。

「じゃあね！　またね」

日未子は手を振って、エレベーター方向に急ぎ足で向かった。玲奈は一階。日未子は三階だ。営業部のフロアに到着する。久しぶりに来ると空気が新鮮で、なんとなく緊張する。日未子が属する営業三課の課員たちはもう席に着いて仕事をしていた。午前八時二十分。休み明けはもう少し早く来るべきだったと少し後悔する。

「おはよう」

日未子は事務を担当している筒井《つつい》小百合《さゆり》に声をかけた。

「おはようございます」

小百合は二十四歳。短大を卒業して、営業担当者の事務を補助する仕事をしている。まだ幼さが残るような顔立ちで、性格も穏やかなため、営業担当者から人気がある。勿論日未子にとっても課の中で唯一の年下だ。

「これ、お土産よ。残業の時、みんなに配ってくれない？」

日未子は、彼女にビニール袋に入った土産を渡した。

「沖縄に行っておられたんですよね。ありがとうございます。中身は何ですか？」

小百合は、ビニール袋を覗き込んだ。

「ちんすこうよ」

日末子は言った。

「沖縄の代表的なお菓子ですね。私、大好きです」

小百合は微笑んだ。

「よかった。お土産というとそんなお菓子しか思いつかなかったの」

「私も沖縄に行きたいな」

「夏休みはどうするの？」

「私、九月に取ります」

「えっ、この暑い夏を休みなしで乗り切るわけ？」

「頑張ります。夏休みシーズンを外す方が断然安いんです。それで香港に行こうかなと思っています」

「香港？　いいわね。でもさすがに私は、九月という期末月に休むと叱《しか》られるわね」

日末子は、ぺろりと舌を出した。

「おはよう。日末子、沖縄はよかったか？　いい男はいたのか？」

神崎隆三《かんざきりゅうぞう》が書類から顔を上げた。

「それってセクハラにならないの？　朝から嫌ね」

「セクハラって言われたくないね。いつも日末子にパワハラされている身になってみろよ。ずっと沖縄に行ってくれていたらと思うよ、本気でね」

神崎は、日末子と同期。独身だ。仕事はできるのだが、ちょっと嫌みなところがある。同期だからだろうか、日末子をライバル視した言動が見られるのだ。日末子にしてみればライバル意識など持っていないので、彼の言葉が心に障ることがある。

営業部には一般職と総合職という職種の区別がある。同じ女性でも日末子が営業担当なのに対して小百合が補助的な事務を担当しているのは、職種によるものだ。だが、総合職同士では男女の区別なく仕事を担当する。そのため日末子と神崎は昇格・昇進でライバルになる。今のところ同じような序列ではあるが、いつ日末子が上司になってもおかしくない。その思いが「パワハラ」、すなわちパワーハラスメントという権力による苛めなどという言葉になったのだろう。

「神崎さんはオーバーなんだから。私はパワハラなんてしませんよ」

日末子は口を尖らせた。

「あまり黒くなっていないじゃないか」

菊池《きくち》鉄平《てっぺい》だ。菊池は日末子の一年先輩。明るくて前向きだ。ハンサムで日末子も素敵だなと思う時があるが、惜しむらくは既婚。子供はまだいないが、取引先の女性担当者と去年結婚した。携帯電話の待ち受け画面で奥さんが笑っている。いつ画面が子供に変わるのだろう、とからかわれている。

「気をつけていましたから」

日未子は答えながらパソコンを起動させる。

「中野さん、藪内《やぶうち》さんは？」

日未子は目の前に座っている中野に訊いた。中野は三十四歳。仕事は精力的にこなすのだが、外見は極めて老けている。典型的な中年太りになっていて、頭の毛も薄い。ところが独身で、密《ひそ》かに小百合を狙《ねら》っているという噂《うわさ》がある。日未子が、そのことを小百合に確かめると、「嫌だ！」の一言で片付けられてしまった。

「課長と別室にいるよ。朝から叱られているんじゃないの」

中野が、厚ぼったい瞼を引き上げるようにして、日未子を見つめた。

「朝から嫌ですね」

日未子は顔を顰めた。

「仕方がないよ。藪内さんは要領が悪いからね」

中野は、再び書類に目を落とした。

藪内一馬《かずま》は三十六歳。課の次席だ。真面目で我慢強い性格だ。細身で、黒っぽいスーツを着ている姿は典型的なサラリーマンという雰囲気だ。仕事は正確なのだが、慎重すぎるせいか、少し遅い。そこをいつも課長の谷川信次《たにがわしんじ》に注意される。「遅いのは猿でもできるぞ」という怒鳴り声が、時々課の空気を乱すことがあった。そのたびに日末子は背中をビリビリと痺《しび》れさせて、俯《うつむ》くしかなかった。

谷川は四十歳で本店営業部の課長を任されただけあってエリートだ。顔つきは、ガリ勉眼鏡をかけたお坊ちゃんなのだが、すばしこくて抜け目がない。判断も早く、仕事の指示も早い。とは言っても「朝令暮改は世の常」というのが口癖で、上の方針が変われば躊躇なく前言を翻す。部下からは全く信頼がないが、上からは全幅の信頼を獲得しているという絶対的に出世するタイプだ。

彼の欠点は、怒鳴るということだ。必ずスケープゴートを見つけては、怒鳴る。こうすることで課員に恐怖心が芽生え、自分に逆らわなくなると考えているのだろう。

そのスケープゴートが藪内だ。藪内が評価されないと、相対的に中野の評価が上がってくる。谷川はその辺りをよく心得ていて、中野には課の運営などについて相談を持ちかけたりする。だから中野は谷川という人物に好感は抱いていないが、自分を評価してくれているために藪内に対する仕打ちには無関心を装っている。

「沖縄はよかったな」

日末子は、空席になっている藪内と谷川の席を見て、呟いた。

「いつまでも夏休み気分でいると叱られるぞ」

少し離れたところに座っている神崎が俯いたまま言った。

嫌な奴。ちんすこう、あげないからね。日末子は、黙って神崎を睨《にら》んだ。

利洋はまだ現れない。早朝の会議にでも出ているのだろうか？　日末子は、彼の机に目をやった。

6

藪内が戻ってきた。

「おはようございます」

日末子が挨拶したが、藪内は無言のまま座った。

「おはようございます。夏休み、ありがとうございました」

日末子はもう一度言った。

「おお、おはよう。楽しかった？」

藪内は、日末子の顔を忘れてしまったかのように驚いた。

「お陰様で、とても……」

「そうか。それはよかった」

まるで心ここにあらずという状態だ。よほどこっぴどく叱られたに違いない。

谷川が難しい顔でこちらに歩いて来る。

「おはようございます」

日未子が挨拶をする。

「おお、夏休みだったな。他のみんなも大江《おおえ》さんみたいにちゃんと休めよ」

谷川がガリ勉眼鏡の奥で目を光らせた。

「課長、嫌みですね」

「嫌みじゃないよ。本音だよ。部下を休ませることのできない管理職は無能だって言われてしまうからね」

「私は来週休みます」

藪内がぽつりと言った。あまりにもか細い声だった。だが、声の瞬間、目の前に座っている中野の身体が反応した。日未子もまじまじと藪内の顔を見てしまった。なんだか抗議の声に聞こえたからだ。「休みます」ではなく「コノヤロー、休んでやるぞ！」という怒りを含んでいるように感じられた。

「いいよ、どうぞ休んでくれ。子供さんが喜ぶぞ」

谷川が口を歪めた。棘《とげ》のある言い方だ。

なぜ藪内が谷川のスケープゴートになってしまったのだろうか。

以前、神崎が、酔った赤い目を向けて「合併のせいだよ」と言ったことを思い出した。課の呑み会の帰りだ。


「合併のせい？」

日未子は、思わず訊き返してしまった。

「そうだよ。谷川さんも大日銀行出身だからさ」

ミズナミ銀行は合併銀行だ。平成十五年三月に大日銀行と興産銀行が合併して誕生した。大日銀行は、個人や中小企業などリテールに強く、興産銀行は、大企業や証券などホールセールに強いと言われ、理想の組み合わせなどともてはやされた。

今時、合併銀行でないところを探すのが難しいくらいで、合併していない銀行は、バブル崩壊後の経済不況の中、もはや生き残っていない。だからもう合併だなんだと言っても珍しくもなんともないのだが、働いている行員たちにとっては大変な変化だ。

日未子にとっても同じだった。不安で仕方がなかった。理想的なカップルだなどと評価されればされるほど不安になった。リテールに強い大日銀行が、ホールセールに強い興産銀行に呑み込まれるのではないかと勝手に心配したのだ。

　しかし合併してみると、それまでの不安はどうでもよくなった。なぜなら日未子のような若手には合併しようがなにしようが、経営が不安定なより安定した方がメリットがあるという単純なことが分かったからだ。特に大日派、興産派などと気にする必要もなかった。あえて言えばミズナミ派になればいいのだ。

　ポストに就いている中堅や幹部行員たちはそれなりに大変だとは聞いていた。合併するとポストが二倍になるのではなく、一つのポストに二倍の対象者が生まれ、競争率が二倍になるからだ。

　営業三課でいえば、谷川、藪内、日未子が大日銀行出身、中野、菊池、神崎、小百合が興産銀行出身だ。部長の利洋も興産銀行出身だ。

「同じ大日銀行出身者同士であんなにいがみ合うというか、苛めるというか、おかしくないかしら」

　日未子は神崎に言った。

「日未子には分からないんだな。まだまだ人生の機微というものが……」

　神崎は薄笑いした。

「私が大日銀行出身だからって教えないわけ」

「日未子はそんなに出身銀行にこだわっているのかい？」

神崎が逆に質問してきた。

「そんなこと気にしたこともないわ。だって神崎さんは興産銀行でしょう。同期だという意識はあっても他の銀行だという意識はないわ」

「それはありがたいね。同期だと思ってくれているんだ」

「そりゃ思っているわよ。なにかと谷川課長も比較するしね」

「谷川さんが日未子と俺とを比較しているのはね、俺のことを見ているよという彼なりのアプローチなわけ」

神崎は、足元をふらつかせながら歩いている。相当酔いが回っている。

「複雑ね。意味が分からないわ。なぜ私と神崎さんを比較することが、アプローチなわけ？」

日未子は神崎のいつもの嫌みな雰囲気にいらいらし始めた。

「それはね、山下部長へのアプローチだよ」

「それはアプローチじゃなくてアピールのことじゃないの？」

「そんなことはどうでもいいや。だけどね、このミズナミ銀行の営業部における覇権は、今やホールセールに強い興産銀行が握っているわけですよ。担当役員、頭取、みんな興産銀行出身でしょう？　大日銀行側の役員はみなホールセールや投資銀行が分からないから、卑屈そうにしているでしょう」

「そんなことないんじゃないの？」

日末子は、神崎が酔っているとはいえ大日銀行を小ばかにした言い方をするので、少しむかついた。日末子は、自分の中にナショナリズム的な愛行心があったことに驚いた。

「日末子は何も考えていないから分からないだけなのさ。谷川課長はよく分かっていて、とにかく山下部長に対するアピール？」

「アピールだけを考えているってわけなの？」

「そう、それでそれをあまり快く思わない藪内さんが目障りなのと、自分の派閥の人間を厳しくしているということで、自分の公平さを売り込んでいるわけ。自分の出身銀行に厳しい奴だということで、人事に公平だと見えると思っているわけよ。だから反対に興産銀行出身の中野さんには親切でしょう？　僕から見ると藪内さんの方が仕事はできると思うけどね」

神崎は同意を求めるように日末子を覗き込んだ。顔を近づけてきたので酒臭い息が顔にかかった。

日末子が顔を顰めた。

「酒臭い？」

神崎が訊いた。

「そんなわざとらしい谷川課長のアピールを山下部長は見抜けないのかしら？」

日未子は頷いた。

日未子は、利洋の顔を思い浮かべた。

神崎は、笑いながら大きく手を振った。

「分かるわけないじゃん！　あの人エリートだよ。四十八歳で部長でさ。もうすぐ執行役員にも任命されるかもしれないって人だよ。麻布、東大、興産銀行って人生だよ。実家も金持ちでしょう。そんな人に卑屈に擦り寄ってくる部下の気持ちなんか分かるはずないじゃん！あいつ、車だって外車を何台も持っているんだよ！」

「神崎さん、大丈夫？　足元、相当ふらついているけど？」

日未子はもう別れて帰りたくなった。神崎の酩酊《めいてい》ぶりもそうだが、神崎の鬱屈《うっくつ》さ加減が嫌になったのだ。全く若さのない発想だ。年寄りくさい。谷川は確かに神崎の言う通り利洋に擦り寄るために藪内を犠牲にしているのかもしれないが、そんなことをさも得意げに話す神崎も神崎だ。それに利洋に対して反感を感じているのも嫌だった。なんだかとても神崎が、底が浅い人間のように見えてきた。

「ねえ、日未子……」

神崎がもたれかかってきた。

「なあに？」

日未子が神崎の身体を避《よ》けながら言った。

「セックスしようか？」

神崎が足元をふらつかせ、目を閉じたまま言った。本当に酔っているの？　酔った真似だけじゃないの？　日未子は、腹立ちで顔が引きつった。

「神崎さん、先に帰るわね」

日未子は、神崎の問いかけに答えずに足を速めた。しばらく歩き、気になって振り返ると、神崎は見えなくなっていた。ちゃんと帰れたのだろうか？　本当に酔っていたのだろうか？

少し不安になった。

「ばかばかしい」

日未子は、思わず口に出して言った。神崎の別れ際の言葉を思い出して腹が立ったのだ。

「何がセックスしようかよ！　女をそういう対象としてしか見ていないことがセクハラだってことを、あいつ知らないのかしら。今度言ったらコンプライアンス部に言いつけてやる」

日未子の声が大きかったのだろうか、近くにいた中年サラリーマンが驚いて振り返った。

「どうしたの？　怖い顔して？」

谷川が訊いた。

日末子は我に返った。神崎を一瞥《いちべつ》した。机に顔を埋めるようにして書類を書いている。

「は、はい。すみません」

日末子は慌てて意味不明な返事をした。

「夏休み気分を早く抜けよ」

谷川が言った。

「はい」

神崎の咳払《せきばら》いの音が耳に入ってきた。

日末子は、藪内を横目で見た。机の上には書類が整理されずに放置されている。藪内はその書類を机の右隅から左隅へとせっせと移動しているのだが、目的があってしているようには見えない。

谷川のいらいらした顔が視界に入ってくる。童顔なので余計に苛立《いらだ》ちがはっきりと分かる。おもちゃ売り場で希望通りにならなかった子供のような顔だ。机の上の書類の片付けなどをしていないで早く仕事に取り掛かれと言いたくて仕方がないのをじっと我慢しているのだ。

藪内のワイシャツの襟に血が滲んでいる。朝、慌てて髭《ひげ》を剃《そ》って怪我《けが》をしたのだろうか。

なんとなく不潔な感じがする。初めて会った時の藪内は快活で明るくて判断力もあった。ところが数ヶ月前に谷川が課長として来て以来、みるみる暗くなっていった。机の上が乱雑になり、今日のようにワイシャツの襟が血で汚れていても気にしなくなってしまった。

神崎の言う通りかもしれない。藪内が明るかった時の課長は興産銀行出身で、なにかと藪内に気を使い相談していた。相談されていると、人間というものは、ますます元気になるものだ。ところが同じ系列の谷川が着任した途端に変わってしまった。最初は、明るかったのだが……。どこかで谷川の逆鱗《げきりん》に触れてしまったのだろう。

だが最もストレスを感じているのは谷川ではないだろうか。若くしてエリートと言われ、課長になった。ここから部長になるためには成果を上げていかなくてはならない。それに加えて合併銀行内の人事にもうまく立ち回らなくてはならない。自分が生き残るためには何でもするぞという覚悟が必要だ。彼のストレス発散が藪内に向かっているのだとしたら、こんな悲惨なことはない。

7

ストレスいっぱいの男たち……。玲奈と久実《くみ》が日末子のマンションにやって来て焼肉パーティーをしたことがある。

吉沼《よしぬま》久実。ミズナミ銀行に同期入行したが、早々に退職して化学品・合成樹脂などの専門商社に転職した。化学品でも販売しているのかと思ったら、その関連会社で健康食品や化粧品の販売企画をしている。明るくさっぱりとした性格で、くっきりとした目が印象的だ。彼女は、アルコールがめっぽう強い。男性にも引けをとらない。相手がたいてい酔い潰れてしまう。

その夜は、隣の部屋のひろみも参加して、大いに盛り上がったが、話題になったのが三十代の男性たちのストレスだった。

きっかけは、酒好きの久実が持参したシングルモルトウイスキーだった。

「焼肉には合わないかもしれないけど、ウイスキーを持って来たよ」

遅れて参加した久実が一本のスタイルのいいボトルをテーブルに置いた。透明感のあるグリーンをしている。

日未子は肉を焼き、玲奈とひろみは食べる一方だった。

「あれ、焼酎じゃないの？」

焼酎をロックで呑んでいた玲奈が言った。

「サントリーの白州《はくしゅう》十二年物。シングルモルトウイスキーっていってね、とても高いのよ」

久実が怒った。

「でもお父さんの時代はウイスキーばかりで、どこに行ってもサントリーのウイスキーばかりだったって聞きますけど、今はちょっと落ち着いている感じですね」

ひろみが、カルビ肉で頰を膨らませて言った。

「そうね。ワインがブームになったり、焼酎が人気になったりしていろんなお酒が吞まれるようになったからかな」

日末子が言った。

「それはきっと、私たち女が仕事をして酒を吞むようになったからじゃないの？　昔は外で酒を吞むのは男ばかりだったでしょ。今は女が主人公みたいでしょ。そうするとちょっとおしゃれな雰囲気のワインとか、ジュースなんかで割ることのできる焼酎とかが吞みやすいものね」

久実が遅れを取りもどすかのようにロース肉を食べた。

「女性の好みに男性が合わせますからね。一度ヨガ教室の方に銀座のクラブに連れて行っていただきましたが、その時はウイスキーを吞んでいる男性が多かったですもんね」

ひろみが言った。

「へえ、ヨガの先生が銀座のクラブに行くんだ！」

久実がわざとらしく驚いた。

「その時、一度だけですよ。相手はおじいさん！」

ひろみが頬を染めた。

「怪しい！」

玲奈がはしゃいだ。

「これはサントリーの友達からせしめたんだけどね。彼は、ウイスキーはもう一回人気に火がつく、と言っていたな。サントリーも力を入れるらしいよ」

久実がキャップを外した。玲奈がグラスを持って来る。琥珀色の液体がグラスに注がれる。

「いい音ですね」

ひろみが目を細める。お腹の中に響く、オペラでいえばバスの音域。

久実が、グラスを口に運ぶ。目を細め、一旦《いったん》ウイスキーを口に含んだ。香りを味わった後、呑んだ。

「どう？」

玲奈が訊いた。彼女の焼酎グラスは空だ。久実の回答次第ではシングルモルトを味わおうと待っている。

「目の前に南アルプスが見える。雪を頂いた峰から清冽《せいれつ》な水が光溢れる森の中を流れている。

可憐《かれん》な花が咲き、鹿が啼《な》き、鳥が歌う……。これを男だけに独占させたくないって味ね」

「私も呑もうっと」

玲奈がグラスに注いだ。

「ウイスキーの本場、スコットランドにはね、スペイサイド、ハイランド、ローランド、キャンベルタウン、アイラ、アイランズというそれぞれ特色のある生産地区分があるんだって。それぞれ味も香りも違うそうよ」

久実が言った。

「それもサントリーの人の受け売り？」

日末子がからかう。

「バーテンダー一人だけのシックなバーのカウンターで、シングルモルトウイスキーのグラスを傾けている男がいる。その隣では憂いを湛えた私がカクテルを呑んでいる。会話はない。だけど彼の優しさがぐんぐんと迫ってくる。私はいつの間にか彼の肩に身体を預け……」

「玲奈さん……。大丈夫ですか？」

ひろみがグラスを持ったまま、ぶつぶつ呟いている玲奈に声をかけた。

「ウイスキーを呑んだら、口説かれている私の姿を想像しちゃったわ」

玲奈は上気した顔で微笑んだ。

「ばかね……」

日末子が笑った。

「うちにいる三十代の男たちも、シングルモルトが似合うようなタイプならいいわね」

玲奈がグラスを舐めるようにウイスキーを呑みながらしみじみと言った。

「三十代はストレスの塊よ。リストラで人が減って、その上、成果主義でしょ。上司は時代遅れ。部下は時代を超越。その間で息切れ寸前なのが三十代なのよ。うつ病になる人も多いの。例えば、遅刻が目立つようになる、机が乱雑になる、要領が悪くなる、積極的な発言がなくなる、卑下し始める、付き合いが悪くなる、こんな兆候が出ると危ないって、読売ウイークリーに出ていたわよ」

久実がウイスキーの中で氷を揺らした。琥珀色の中の氷が澄んだ音を立てた。

「自殺したのよ……」

玲奈が暗い顔で呟いた。

「嫌だぁ。誰がですか？」

ひろみが訊いた。

「私と同じ部署の三十代の男性。奥さんと小さな子供さんがいたのよ」

玲奈が顔を顰めて言った。

「その話、聞いたことあるわ。原因は苛め？」

日未子は、その時、ふと藪内を思い出した。

玲奈が静かに頷いた。

「私のチームじゃないけどね。証券会社から転職してきた人だったの。ところが思ったように成果が上がらなくてね。いつも暗い顔をしていたの。その上司が酷《ひど》い人でね。とにかく結果を出せ、出せってうるさいのよ。その人、三人くらいのチームを率いていたんだけど、そのメンバーの分まで実績を上げようと必死になって働いてね。毎朝一番早く来て、一番遅く帰るみたいな……」

玲奈は思い出すように目を細めた。

「話したことあるの？」

日未子は訊いた。

「一度だけね。毎日大変ですねって言っただけなんだけど」

玲奈が悲しそうな顔をした。

「返事は？」

「それが明るくてね。チームリーダーだから仕方ないですね、だって。笑顔でね」

「笑顔？」

「不思議なくらい明るい笑顔だったと記憶しているの。それからしばらくして銀行に来なくなった。調子が悪いから自宅で療養しているっていう話だったの。そうしたら突然、焼身自殺よ」

玲奈が目を丸くして言った。

「焼身自殺！　何よそれ！」

久実がグラスを落としそうになった。

「夜、突然スーツを着たんだって。奥さんが、何処《どこ》かへ行くの？　って訊いたら銀行へ行くって明るい顔で答えたそうよ。でも時間はもう午後の八時でしょう？　周りは暗いし、変だなとは思ったけど、子供が泣きだしたのでそっちに気を取られていたんだって……」

玲奈の話に誰もが引き寄せられていた。

「突然、隣の人が家に飛び込んで来て、奥さん、庭に火柱が！　って叫んだそうよ」

玲奈の目が真剣になった。

ひろみが両手で口を押さえて、恐怖心から眉根を寄せた。

「奥さんが慌てて外に飛び出すと、真っ暗な庭に真っ赤な火柱が一本、ごうごうと音を立てて燃え上がっていた。あなた！　って声をかけたら、火柱の中の黒い人影がゆらりと揺れたの。その時、奥さんにはご主人の笑顔がはっきりと見えたそうよ」

「キャー！　やめて、やめて」

久実が身体を震わせて叫んだ。

「玲奈、あなた、話、うますぎよ」

日末子はすっかり顔を青ざめさせた。

「これ作り話じゃないわ。お葬式に行った人から聞いたんだからね」

玲奈が言った。

「銀行ってやっぱりすごいのね。早く辞めてよかったわ。うちなんか明るい、明るい、底抜けに明るい職場だからね」

久実が、ウイスキーをグラスになみなみと注いだ。恐怖心なのだろうか、手が震えている。

「残されたお子さんや奥さんがかわいそうですね。その上司の方はどうされたのですか？」

ひろみが訊いた。

「勿論、お葬式に行ったわよ。写真の前で長く手を合わせていたけどね。今でも同じポストにいるけれど、全く以前と変わらないわね。反省はしていないみたい」

玲奈が大きくため息をついた。

「うちの上司なんか、ストレスが溜まると、カラオケに行こうって誘ってくれてね。自分がガンガン歌いまくるんだから。ストレスの発散がうまくないとサラリーマンはやっていけないね」

久実はまるで自分が当事者かのような口ぶりで言った。

「真面目で、粘り強いタイプがいけないよね。またそういうタイプって苛められやすいのよ」

日末子は藪内をイメージしていた。

「みなさんもストレスが溜まった時はおっしゃってください。ヨガで解消してさしあげますから」

ひろみが微笑んだ。

「それではみなさんのグラスにシングルモルトを注ぎます。よろしいですか」

久実が急に真面目になってボトルを持ち上げて、グラスにウイスキーを注いだ。

「それでは、シングルモルトが似合うようないい男に出会えますように。乾杯！」

久実がグラスを高く掲げた。

「乾杯」

日末子は、玲奈とグラスを合わせた。開け放たれた窓から海風が吹き込んできた。風が、日末子たちのストレスをどこかに運んでくれるような気がした。

日未子は、もう一度、藪内を見た。相変わらず暗い顔で書類を見つめている。日未子は、藪内がストレスに圧し潰される前に自分でそれを解消してくれればいいと本気で願った。火柱なんて嫌だ。もしどうしようもなければ利洋に訴えようか……。

「大江、部長が呼んでいるぞ。例の案件のことじゃないか」

谷川が言った。

振り向くと利洋と目が合った。日未子は身体の奥の方からジンと痺れるような感触が脳幹に伝わってくるのを感じた。

急いで席を立ち、部長席へ急ぐ。利洋が私を見て、微笑んでいる。

「部長、お呼びでしょうか」

「大江君、例のクレジット会社の案件ね、ここに指示事項をメモっておいたからね」

利洋が書類を渡した。日未子はうやうやしくそれを受け取る。バインダーに挟まれた書類にメモがついている。それには「今夜七時パレスホテル一階ロイヤルバー」と記してあった。日未子はそれを慌ててポケットに仕舞い込む。利洋が微笑みながら片目をつぶる。日未子は、硬い顔のまま「分かりました」と低頭した。

激しく心臓を揺さぶるような風が吹いた。その風は日未子に囁く。

本当の幸せを見つけられそうですか？

# 第二章　炎のゆらめき

1

「吉田《よしだ》さん、いつものを作ってください」

日末子はバーテンダーの吉田行生《ゆきお》に言った。

吉田は、「分かりました」と言い、トレードマークになっているふくよかな頬に笑みを浮かべた。

日末子はパレスホテルのロイヤルバーのカウンターに肘《ひじ》を掛けて利洋を待っていた。

午後六時四十分。利洋との待ち合わせ時間は、午後七時だ。まだ二十分ある。日末子は、いつも早く待ち合わせ場所に来てしまう自分を恨めしく思っていた。たまには利洋を待たせてみたい。

吉田がリズミカルにシェイカーを振り始めた。この音を聞き、動きを眺めているだけで、このカウンターに座っている価値がある。温度管理されたケースから取り出された清潔なグラスを、もう一度氷で冷やしている。そのグラスにシェイクされたカクテルが注ぎ込まれた。雪のように真っ白で、表面が少し泡立っている。いかにも女性的で優しそうなカクテルだ。

「はい、出来上がりました」

吉田が、目の前にカクテルを置いた。

「夏のスノー・ホワイトってわけね。涼しそうね。これは牛乳の白さでしょう？」

日未子は、カクテルに口をつけた。爽やかで、きりりとして、それでいて優しい甘さが広がる。

「牛乳、ジン、檸檬《レモン》ジュース、それに砂糖を少し入れて、炭酸で割ったものです。当店のオリジナルカクテルで、牛乳のカクテルと呼んでいますが、スノー・ホワイトもロマンチックでいいですね。白雪姫ですね」

「いい名前でしょう。白雪姫のカクテル、スノー・ホワイト・カクテル。私が命名したことにしてね」

「分かりました」

吉田は、いつものやわらかい笑顔で答えた。

吉田は、年齢は四十代後半だ。だが、このバーテンダーという仕事がよほど好きなのか、生き生きとしている。銀行で谷川に苛められている藪内とは雲泥の差だ。

どうしてバーテンダーになったのか、吉田から聞いたことがある。

「大学生の時、パレスホテルでアルバイトしていましてね。シェイカーを振るバーテンダーを見ていたんですよ。いいなぁってね。それで卒業すると同時に迷わずここに就職しました。そして念願かなって、バーテンダーになったわけですが、はやもう二十五年が経《た》ってしまいました」

バーテンダーならどこのホテルでもよかったのですか、という日末子の少し意地悪な質問に、吉田は、

「このパレスホテルのバーテンダーになりたかったのです」

と誇らしげに答えた。

パレスホテルには「ミスター・マティーニ」と呼ばれた伝説のバーテンダー今井清《いまいきよし》の伝統が息づいている。

今井清は、戦前からバーテンダーとして東京會舘で働き、パレスホテル開業と同時（昭和三十六年）にチーフバーテンダーとなった。

今井は、数多くのカクテルを考案したが、中でもカクテルの王様といわれるマティーニは、今では「伝説のマティーニ」と名づけられ、このカウンターで提供されている。

「このカウンターに座っていると時間を忘れますね」

日未子が吉田に語りかける。

「カウンターがいいからでしょうか。この木製のカウンターは、どのお客様にもゆったりと肘を掛けられるような高さになっています。お客様に向かって下るなだらかなスロープの角度が絶妙なのでしょうね。これも今井清の考えたものです」

「すごい人だったんですね、今井清って」

「マティーニをご所望になるお客様が、このカウンターにお座りになりますと、今井はその方のその日の体調や気分に合わせてマティーニを作ったそうです」

「マティーニって、ジンとベルモットで作るのでしょう？」

「よくご存じですね。通常は、ジンが三分の二、ベルモットが三分の一などというのですが、ジンの配分を多くして辛口にするとか工夫をしたようですね。時には、ベルモットのボトルだけを見せて、ジンだけのマティーニを作ったこともあるようですよ」

吉田は、微笑んだ。

ベルモットのボトルだけを見せられた客は、そのラベルでほのかな甘味を感じたのかもしれない。

マティーニはジンとベルモットだけで作る。材料が少ない分、バーテンダーの技が美味しさの決め手になるのだ。

「吉田さんも今井清みたいに伝説になるんですか……」

日末子は、牛乳のカクテルを呑みながら言った。

「とても、とても」

吉田は、にこやかに否定した。

日末子は、バーテンダーの仕事を見ていると、距離感ということを真剣に考えてしまう。

それは客との距離感のことだ。吉田は自然に行っているが、客が最も寛ぐことのできる微妙な距離を保ち続けるのは大変な努力が必要であり、感性が磨かれていなくてはならないと思う。

どんな職業に就いていても、例えば日末子のように銀行という職場にいても、客との距離感が一番難しい。近くなりすぎれば癒着であり、融資に関して正常な判断ができなくなる可能性がある。ところが離れすぎると情報が入らなくなり、それもまた企業の実態が分からなくなる恐れがある。

特に、日末子のように女性で営業を担っている場合は、この距離感に悩むことが多い。客が別の目的を持って距離感を縮めてくることがあるからだ。客には当然、男性が多い。すると、ちょっとした日末子の振る舞いや笑みを自分への好意と誤解する者も多い。その誤解が解けたからと、笑って済ませるわけにはいかない。悲しいことに相手は、より遠くに離れてしまう。時には、離れるだけではなく、攻撃的にさえなってくることもある。誤解を解かれたことが、自分に対する侮辱だと思うのだろうか。

客ばかりではない。職場の人間関係における距離感も難しい。その悩みは、日未子だけではない。谷川課長と藪内だって距離感が取りづらくなって、いがみ合っている。

距離感というのは、絶えず変化する。愛している人なら、相手との距離は近くなり、心が弾む。ところが少しでも愛が冷めると、途端にその近さが苦痛になってくる。離れたいという思いが強くなる。

ある人に聞いたことがある。愛している時は、何もかも受け入れたくて、相手と距離感ゼロ、すなわち溶け合っていたくなる。ところが愛がなくなると、相手の動作の一つ一つが嫌になり、目の前で見ているはずなのに幽体離脱したように上空から醒《さ》めた目で相手を見つめるようになる。その時、相手に笑みなどを浮かべている自分を見ると、殺したくなるくらいの嫌悪感に襲われる。これなども相手との距離感が劇的に変化したから起きる現象だ。

利洋とは、これからどういう距離感を保っていけばいいのだろう？

日未子はカウンターを手で優しく触ってみる。

「ねえ、吉田さん、もしバーにカウンターがなければどうなると思いますか？」

「これがなければ、ですか？」

吉田は、少しとまどいの表情を浮かべた。

「考えたことないですか?」

「ええ、考えたことないですね。でも、カウンターのこの幅が私とお客様との絶妙の緊張感を保ってくれています。それがお客様の本当の寛ぎに繋《つな》がっているのだと思います」

吉田は言った。

カウンターとは相手との距離感を保ち、緊張感を維持するためのものなのだ。これがなければ客もバーテンダーも癒着した関係になり、だらしなくなってしまうのだろう。だらしないところに豊かな関係は築かれない。

「納得しました。カウンターというものの大切さを」

七時を、もう二十分も経過している……。

2

「待たせたね」

背中を軽く叩かれた。振り向くと、利洋が笑みを浮かべて立っていた。日未子は、視線を合わせただけで何も言わなかった。

「ごめん、こんなに待たせるつもりはなかったんだ。会議が長引いたんだよ」

と言って日末子の隣に腰掛け、

「マティーニを」

利洋は吉田に言った。

「ここのマティーニって、伝説なのよ。知ってた？」

「勿論さ。『伝説のマティーニ』って言うくらいだよ。君をここに連れて来た僕が知らないわけがないじゃないか」

ほどなく吉田がマティーニを利洋の前に置いた。カクテルグラスの中には、スタッフド・オリーブという赤ピーマンを詰めたオリーブが、つまみとして入っていた。

「乾杯！」

利洋はグラスを目線まで掲げた。

日末子も牛乳のカクテルのグラスを持ち上げた。

この「乾杯」を初めて言ったのはいつのことだったのだろうか。

日末子は、丸の内にある興産銀行の本店を訪ねた。平成十四年のことだ。やはり夏……。

興産銀行と、日末子が勤務していた大日銀行は、翌年三月の合併に向けて精力的に協議を繰り返していた。日末子は営業部に属していたが、直属の部長が興産銀行で行われていた合併会議に参加していた。その部長から、資料を持って来てほしいとの連絡が入り、日未子は資料を持って興産銀行に駆けつけた。

急いで飛び出して来たために、どこで会議を行っているかを聞き洩らしてしまった。受付で困った様子を見せていると、そこに通りかかった男性がいた。それが利洋だった。

日未子は、彼と会ったことがある。でも言葉を交わしたことはない。彼が、大日銀行で行われた会議に出席していた時に見たのだ。素敵だなという印象を持った。背も高くがっしりしていて、顔立ちもよかった。何よりも目に若さというか、力を感じたのだ。

日未子は、迷わずその男性に近づいた。

「あの……失礼ですが」

日未子は、見上げるようにして言った。

「何でしょうか？」

彼は、微笑みを投げてきた。

「確か、営業部の合併協議会に出ておられましたよね」

「ええ、メンバーですが……」

「よかった。私、大日銀行の営業部の大江日未子といいます。部長に言われて、資料を持って来たのですが、場所を聞き忘れまして……」

日未子は書類を抱えながら、恥ずかしそうに顔を赤らめた。

「ああ、そうですか」

彼は、大きく頷いた。

「場所、お分かりになりますか」

「勿論です。今から私もその会議に出席しますからね」

彼は、微笑んだ。

「ラッキー……ですわ。ご一緒させてください」

「どうぞ、どうぞ。申し遅れましたが、私は山下利洋です。営業部の副部長をしています」

男性は、そう名乗ると、日未子の前を歩きだした。

エレベーターに乗り、会議室までの数分間のことを、日未子はよく覚えていない。そこで利洋と何を話したか、何を笑ったか……。

利洋の年齢は、当然四十歳を超えているだろう。立場も興産銀行の営業部副部長だ。だが、年齢や立場からくる尊大さは微塵《みじん》も感じなかった。何と表現していいだろうか。

生活臭がない……。

組織の中で長く過ごしたものには、どうしても嫌なにおいが染み付いている。それは実際に汗のにおいなどの体臭の時もあるし、そうではなく、心の中から染み出してくるにおいもある。猜疑心《さいぎしん》に満ちた目、皮肉を発する唇、敵と味方とに峻別する鼻……。これらは心を反映する部位だ。物事を正直に真っ直ぐ捉えることができなくなった時、独特の嫌なにおいを発する。自分では決して気づくことはない。

ところが利洋には、このにおいがまるでないのだ。素直に話し、素直に笑う。その微笑みは、中年の男性に対して失礼なのかもしれないが、まるで少年のようで日末子の心を軽やかにした。

利洋の言った言葉で一つだけはっきり覚えているものがある。日末子の名前に関する言葉だ。

「日末子……。邪馬台国の卑弥呼《ひみこ》、日《ひ》の本《もと》の未来の子、毎日、未来を夢見る子……どれを意味しているのかな。不思議な名前、いい名前だね」

それに対してなんて答えたのだろうか？　子供の頃、「女王卑弥呼」ってからかわれました、などと照れながら答えたのだろうか。

その日の会議のテーマは、取引先の主幹店をどうするかだった。興産銀行と大日銀行とが共通に取引している場合、どちらが主力になるかを調整するのだ。

これはよく考えたら非常に無意味な議論だ。なぜなら、合併して一つの銀行になるのだから、どちらが主力などということはないはずだ。客の視点に立ってみると、このことはより鮮明に理解できるだろう。客は、それまで興産銀行と大日銀行とそれぞれ親しく取引をしていた。それがある日、合併して一つになるからと言ってきた。客は、元々両方の銀行と親しいのだから、どちらでもいいはずだ。

だが、この問題は、それほど簡単ではない。なぜなら合併後も有力な取引先の主力になることが、それぞれの銀行の発言力の強化、天下り先の確保などに直接関係するからだ。そこで客に「興産銀行がいいか」「大日銀行がいいか」と選択を迫ることになる。具体的にはどちらの銀行の支店で取引するかを決めるのだ。

「この企業は、取引の歴史、融資残高から判断して、大日銀行がメインになるべきでしょう」

日未子の目の前で大日銀行営業部長、すなわち日未子の上司が難しい顔で話している。

「それは違う。今では、我が興産銀行の方が、残高が多いではないですか」

興産銀行の営業部長が話している。利洋は黙っている。

「その残高だが、噂では無理やり貸し込んだそうじゃないですか。そういう無駄なことはやめようということになっていたのではありませんか」

大日銀行営業部長が不満そうに唇を歪める。

残高が多い銀行の方が合併後も主力取引となるため、合併が決まってから無理やり融資を増やすという行為を責めているのだ。こんなことをすれば融資残高が増加し、経営リスクが増大してしまう。

「失礼なことをおっしゃいますね。無理やり貸し込んでいるのはそちらでしょう。うちは、防衛的に融資を増加させただけです」

興産銀行営業部長が腹立たしげに言った。融資を増やしてきたのは、大日銀行の方だと主張しているのだ。

なんて不毛な議論を繰り返しているのだろうか。政略結婚の条件を詰めるような議論ばかりだ。こんなことで合併がうまくいくのだろうか？　日未子は暗澹《あんたん》たる気持ちになった。

「ちょっと意見を言わせていただいてよろしいでしょうか」

利洋が遠慮がちに手を挙げた。興産銀行営業部長が彼を一瞥し、

「いいよ」

と同意を与えた。

利洋は、軽く低頭した。口元は相変わらず穏やかに微笑んでいる。

「確かにこの企業への融資は、当方が大日銀行に負けまいとして無理に増加させてしまったようです」

「君、なんてことを言うのだ」

興産銀行営業部長は興奮した。身内から批判されたからだ。利洋は、笑みを浮かべたまま続けた。

「こうした融資競争は経営リスク上も問題になりますから、今日をもって厳格に中止いたしましょう。もし不当と思われる行為が見つかりましたら、どちらかの一方的な訴えのみで不当な行為とみなし、原状復帰とすることにいたしましょう。そしてその前提で、今月末の融資残高でもって、旧大日、旧興産の主幹店を決めましょう。ただしこれはあくまで暫定的《ざんていてき》な措置であり、合併後速やかに営業部は統合し、旧大日や旧興産という区分をなくし、業種ごとに再編するということにいたしませんか」

利洋は、あっさりと言い切った。

日未子は、利洋と目が合った。利洋が片目をつぶった。

ウインク？　まさか？　でもおかしくてクスリと笑みを洩らした。

「検討に値しますな」

大日銀行営業部長が、重々しく言った。

「ありがとうございます」

利洋は言った。

「山下副部長の案で検討し直してみましょうか」

興産銀行営業部長が言った。

両部長とも利洋の微笑みの軽やかさにふんわりとのせられてしまったかのように、角を突き合わせるのをやめてしまった。

「どうしたの？　ぼんやりして」

「初めて利洋とここで乾杯をしたのはいつだったかな、と考えていたの」

「それは、合併後の営業部再編で日未子が僕の部下になった時だよ。やあ、君か、ということになって、僕が声をかけたんだ」

「そうだったわ。新営業部の旗揚げの会をパレスホテルでやるから、下見に行こうと誘われて、のこのこついて行ったら、下見はいい加減で、ここで呑んだ……」

「いい加減だなんてことがあるものか。ただ、呑んでいた時間の方が長かっただけさ」

利洋は、マティーニを呑み干すと、スタッフド・オリーブを嚙んだ。

「さあ、行こうか」

利洋がカウンターを離れた。日未子はカクテルのグラスを置いた。まだ三分の一ほど残っていた。

「まだ残っている……」

「レストランの食事が待っているからね」

利洋は、カウンターに置いた日末子の手に自分の手をそっと重ねてきた。

日末子の身体の中の芯に、ぽっと小さな炎が点《とも》って、ゆらめいた。

「沖縄の話でもたっぷり聞かせてほしい……」

利洋は囁くように言った。

3

「このパレスホテルはね」

利洋は、十階に上がるエレベーターの中で解説し始めた。

戦前、パレスホテルの場所には、林野庁の前身である帝室林野局という役所があった。それを戦後、アメリカ大使館にしようというアイデアが出た。しかし、皇居の前に星条旗が揚がるのはいかがなものか、という反対の声が上がった。その結果、民間に払い下げられ、パレスホテルの誕生となった。

「そういえば、帝国ホテルとパレスホテルを並べるとインペリアル・パレスで、丁度皇居という意味になるわ。これ、考えて名づけられたのかしら」

「そうだね。うまく符合するものだ。気づかなかったよ。日末子は面白いことを考えるね」

パレスホテルの外壁には百六十六万枚もの信楽焼《しがらきやき》タイルが使用されている。これは皇居との調和を考えて、皇居の緑を育む大地の色を選択したからなのだそうだ。

「皇室に対する尊敬が、ホテルの背骨を貫いていると言っていいだろうね」

利洋はまるでパレスホテルの社員のように強調した。

エレベーターが十階に到着した。そこにはクラウンレストラン支配人鴨田《かもだ》章裕《あきひろ》と女性のサービス係が待っていた。

「山下様、お待ちしておりました」

鴨田はきびきびとした動作でレストランに案内する。

「ちょっと会議が長引いてね。それにバーでマティーニをいただいていたものですから、申し訳ありません」

利洋が予約時間に遅れたことを詫《わ》びた。

「吉田から連絡を受けておりました」

鴨田が笑みを浮かべる。

日未子は、驚いた。ロイヤルバーの吉田は、いつの間に鴨田に連絡したのだろう。電話をかけるような動作もなかった。

「ねえ、吉田さんはいつ鴨田さんに私たちが遅れるって連絡したのかしら？」

日未子は小声で利洋に訊いた。

「ホテルというのは、ホスピタルという意味だよ」

利洋は笑みを浮かべて答えた。

「分からないわ」

日未子は首を傾げた。

「もてなすということさ。いいホテルというのは、客が入場してきた時から全ての従業員が、その客を適度な距離感を保ちながら世話をしてくれているのさ。このパレスホテルに入った時から、日未子はなんとなく温かい優しさに包まれているという感覚がしなかったかい？」

「そういえば、なんだか優しく見つめられているような……」

「それだよ。悪いホテルは街中を歩いているようなものさ。誰も自分に関心を持っていない。孤独だよね。いいホテルは、誰もが日未子を見守っているんだよ。だから食事の時間に遅れることも、下のバーで呑んでいることも全てお見通し……。分かった？」

利洋の口から距離感という言葉が出た。いったい適度な距離感って何だろう。利洋と私とは、どういう距離感を保っているのだろうか？

「こちらの席をご用意いたしました」

和田倉噴水公園に面した窓側の席だ。

「いつ見ても素敵ね」

日末子は窓外に広がる景色にうっとりと目を細めた。

公園の緑を囲むように、内堀通り、日比谷通りが走る。内堀通りの向こうには皇居の緑、日比谷通り沿いにはオフィスビルや帝国ホテルの明かり。遠くには東京タワーも見える。望んでもこれほどの景色は滅多《めった》に得られるものではない。静謐《せいひつ》で、かつ都会のダイナミックさを兼ね備えている。全てがバランスよく、適度の緊張感を持って配置されている。

「オフィス街などの明かりや騒音が皇居の静けさを邪魔しないように、距離感を持って、謙虚さを失っていないのはここだけだろうね。日本の景色という景色が、皆、我先に目立とうとして騒々しくなってしまったからね。看板だって隣が立てれば、もっと大きくて派手なものを立てる。その競争で景色は見るも無惨に変わり果ててしまう……」

利洋は、悲しそうな表情を浮かべた。

「距離感って大切なのね」

日末子は言った。

「そうだね。何事においてもね」

利洋が言った。

日末子の心の奥がざわめいた。利洋の言葉が、日末子に対して微妙な距離感を保っていることを指しているように思えたからだ。

「シャンパンをお持ちしました」

シェフ・ソムリエの不破貞夫《ふわさだお》が、日末子のグラスにシャンパンを注ぎ入れた。

「こちらはレストラン、ラ・ピラミッドのハウスシャンパンでございます」

不破は優しげな微笑を浮かべて説明した。

ラ・ピラミッドはフランスの有名レストランであり、パレスホテルの提携先だ。

「乾杯」

日末子は、グラスを持ち上げた。

「これから始まる日末子との時間に乾杯」

利洋が、軽やかに言った。

いつもの少年のような笑顔だ。どうしてこんな笑顔を保つことができるのだろうか。利洋が、興奮して顔を赤らめたり、歪めたりしたのを見たことがない。

前菜が運ばれてきた。クラウンレストラン特製のスモークサーモンと、小さな陶製のスプーンに載せたかぼちゃのムースだ。

パンが運ばれてきた。

「かわいい、美味しそう」

日末子は思わず声を上げた。

三種類の小さなパンがあった。日末子は迷いながら、小さなフランスパンという名のプティ・バゲットとブック型のリーブルを選んだ。

「フランスパンは皮が美味しいので『皮を食べる』と言われています」と小さく焼いた理由を不破が説明した。小さく焼けばより「皮」を味わうことができる。

「沖縄はどうだった？」

利洋が訊いた。

「素晴らしかったわ。初めて海に潜ったけれど、まるで別世界。宇宙にいるような気分だった。そうそう、海亀を見たのよ」

「海亀？」

「優雅に泳いでいたわ。それを眺めているだけで癒されたというのかしら、時間を忘れてしまったの」

「それはよかった」

「これ、お土産」

日末子は、袋に入れた包みをテーブルに置いた。

「嬉しいね。何だろう？」

「開けてみて」

日末子に促されて、利洋が丁寧に包み紙を外した。

「甚平じゃないか」

「国際通りで見つけたのよ」

「背中に何か書いてある」

「読んでみて」

「酔夢人《すいむじん》か……。僕のこと？」

「『すいむんちゅ』と読むのよ。利洋は、いつも夢に酔っている人だから……」

「ああ、そういう意味か。僕は、酔っていつも夢見状態の人かと思ったよ」

利洋が笑った。

「それの方が当たっているかもしれないわね。嬉しい？」

「ああ、嬉しいよ」

利洋の目が、少し真面目になった。

「あまり嬉しくないの？　そうか……家で堂々と着るわけにいかないものね」

日末子は、シャンパンの泡越しに利洋を眺めた。歪んで見えた。

「そんなことないよ。部下に貰ったと言って、これを着てビールを呑むさ」

利洋は、いつもの笑みに戻った。

少し距離感を間違えてしまったかもしれない。やはりその場でなくなってしまう物がよかった。泡盛にすれば無難だった。日末子は少し後悔した。

同時に、利洋が自宅のベランダでこの甚平を着て、夜風に当たりながらビールを呑んでいる姿を想像した。また炎がゆらめいた。それには嫉妬の思いが籠《こも》っていた。ビールをグラスに注いでいるのは、日末子ではなく利洋の妻だったからだ。

4

一皿目が運ばれてきた。筒型のケーキのようだ。

「料理を説明させていただきます」

不破が案内して来たのはシェフの山本秀雄《やまもとひでお》だ。

「天然シマアジのタルタル仕立てに白バルサミコビネガーをアクセントにいたしまして、インカの目ざめという黄色いジャガイモ、トマトのコンフィ、西洋わさび、ピクルスなどをセルクルというリング型に入れて重ねたものでございます。周りをサラダで飾り、フレンチドレッシングをあしらっております」

「白バルサミコビネガーを使ったのは、シマアジに色が移るからですか」

日未子が訊いた。

「その通りです」

山本が微笑んだ。

「白バルサミコというのは、使ったことがないわ」

日未子は感心したように料理を見つめた。美しい。芸術品だ。

「シャブリ・グラン・クリュ・レ・クロ二〇〇四年でございます」

不破が、日未子のグラスにワインを注いだ。

すっきりした味だ。シマアジや野菜の甘味がさらに引き立つような気がする。

「美味しい？」

利洋が訊いた。

「ええ、とても美味しい。これを藪内さんに食べさせてあげたいわ」

日未子は、幸せそうな顔で言った。

利洋の顔が硬くなった。微笑が消えた。

「どうして藪内君に食べさせたいと思ったの？」

「ごめんなさい。仕事の話を持ち出したりして……」

日未子は焦った。利洋は、二人でいる時は仕事の話題を一切しない。利洋にしてみると、仕事の話をすれば、どうしても日未子との関係を考えてしまうからだろう。

「いや、いいんだよ。でもどうしてなんだい？」

「変な意味じゃないのよ。幸せになるかな……って思ったのよ」

「すると藪内君は、幸せではないと言うのかい？」

「そうね……少なくとも幸せそうには見えない」

「はっきりしないね。いつもの日未子らしくないじゃないか。僕も職場の様子を知っておく必要があるからね。なにせ合併してまだ二年だ。行内もしっくりいっているとは言いがたい。僕も部長として責任があると思っている」

「責任って？」

「部内を纏《まと》める責任だよ。僕は、合併後初の営業部長になった。若手を登用しようという流れに乗った人事だって言われているんだ。即ち、僕が部長になったことで、ポストを追われた先輩たちから恨まれているのさ。だからうまくやらなければならないというプレッシャーが結構あるんだよ」

　利洋の表情が硬い。

「初めてね……」

「何が？」

「そんなに真剣な顔をするのは……」

「藪内君の名前を突然口に出すからさ。ところで藪内君はどうして不幸なんだい？」

日末子は迷った。利洋に相談しようかと思わなかったわけではない。だが、言い方に気をつけなければ、課長の谷川を中傷することになってしまう。

「話してほしい。気になるんだ。藪内君って大日銀行出身だよね。日末子と同じだ」

日末子は頷いた。

「大日銀行の人に何か問題が起きたりすると、興産銀行出身である僕が余計に責められるのさ。苛めたのではないかとね。それが僕の失点になる可能性があるんだ」

「失点？」

利洋からよもや聞くとは思っていなかった単語に日末子は驚いた。

「そう、失点さ。実は、今年の暮れくらいに執行役員になる可能性があるんだよ」

利洋は、笑みを浮かべた。それはいつも見ていた軽やかな笑みではなかった。

「だから失点をするわけにはいかないのさ。今や、ミズナミ銀行の人事は興産銀行側が握りつつある。これを一気に推し進めて、ミズナミ銀行を実質的に興産銀行にしてしまおうと考えているんだ。なにせ景気の回復とともに興産銀行の方が圧倒的に収益を上げているからね。リテールの大日銀行は、銀行経営の下支えにはなっているけれど、それ以上でもない。人材もいないしね」

「最年少役員?」

「そうだ。最年少役員を興産銀行側から出して、大日銀行側からは出さない。人材不足を理由にしてね。それで一気に人事の実権を奪ってしまおうという計画だ。内緒だよ。だから藪内君のことが気になったのさ。目的が成就するまでは、慎重でないといけないからね。教えてくれるかな?」

利洋は微笑んだ。

野心……。そんな言葉が日未子の頭をよぎった。

日未子は、利洋ににおいを感じた。初めてのことだった。

5

蕪《かぶ》や空豆などの夏野菜を添えた伊勢海老のナージュが運ばれてきた。

「香草や野菜の香りをつけたクールブイヨンで、伊勢海老を半生《はんなま》くらいに火を入れたものでございます。ソースはサフラン風味のバターソースとなっています。ノイリー酒というちょっと甘めのお酒にバター、トマト、フランボワーズビネガーなどを加えておりますので、甘味と酸味をお感じになると思います」

山本シェフが説明してくれる。

「早く藪内君の話を聞かせてくれないか」

日末子の口の中で海老の甘味が突然、消えた。

「食事中には仕事の話をしないというのが、利洋流ではなかったの。藪内さんのことを出したことを、私、反省しているのだから」

日末子は顔を顰めた。

「反省しなくていいよ。流儀は流儀さ。時と場合による。やはり聞いておくべきことは聞いておこうと思ってね」

利洋の目は笑っていない。

日末子は水を飲んだ。どう話せばいいのだろうか。谷川と藪内との関係を素直に言えばいいのだろうか。神崎が言ったように、大日銀行と興産銀行の関係についても言及すべきだろうか。言い方次第では告げ口のように聞こえてしまう。

「随分、深刻なのかな」

「いいえ、そうじゃないわ。他人の話をするのって難しいと思っているだけ。自分の思いがそのまま利洋に伝わるわけではないし……。まして利洋の立場を考えると、私の余計な情報が他人の人生を左右するのも嫌だわ」

「いろいろと考えるんだな。そんなに難しく考えないでありのまま頼むよ」

「藪内さんは、私の目から見てとても辛《つら》そうなのよ。なんだか仕事が手についていないという様子なの。誤解しないでね、仕事ができないと言っているわけではないのよ」

日末子は、慎重に言葉を選ぼうとした。

「分かっている」

利洋は、冷静に言った。

「以前は、明るくてテキパキと仕事をこなしていた。ところが最近は机の上も雑然としているし、仕事の手際が極端に悪くなっているという気がするの。以前から、どちらかと言うと仕事は丁寧だけれど少し遅いかな、というタイプだったけれど、今はどうかな？」

「両方ともだめになったって言うのかい？」

利洋の疑問に、日末子は頷いた。

「そうね……。仕事の内容もスピードも落ちているような気がするわ」

「彼の変化の原因は何かな」

日末子は、口ごもった。

「谷川君が原因なのか」

利洋が話の水を向けてきた。

「よく分からないけど、谷川課長が来てから、変化したようには見えるわ。誤解しないでね。谷川課長が悪いというのではないわよ」

「谷川君は優秀だよ。大日銀行の人間にしては大局的なものの見方ができる方だ」

日未子は利洋の言い方にざわざわとした気持ちになった。表情が、一瞬にして険しくなった。

「どうした？　気に障ったかい？」

利洋が笑みを浮かべた。

「ちょっと大日銀行をばかにした言い方に聞こえたから」

「日未子は意外に愛行精神があるんだね」

「利洋が谷川課長を評価しているのは分かったわ。大日銀行出身者にしては大局的な見方ができる点をね」

「そんなことを気にしていたのか。ちょっと説明しようか。合併して驚いたことはね、両行の人間の違いさ。大日銀行の幹部たちにはいい人が多いよ。でもそれだけだね。お客様には頭を下げる、天気の話をする、ゴルフの話をする、ザッツ・オール」

利洋は肩をすぼめた。

日未子は黙っていた。利洋から、嫌なにおいが流れてくる。今までになかったことだ。

「彼らは僕たち興産銀行の連中に対して、『資金繰りひとつ読めないじゃないか』と言っているそうだ。大きな口ばかり叩いて、地道なことは何もできないとね。でも企業の経営者が求めているのは、経営者になれるような人材との意見交換だよ。課長にしかなれない人間との話など、誰が望んでいるものか。資金繰りなどは課長が読めればいいんだよ」

利洋の顔が歪んだ。

「谷川課長の話じゃないの？」

「そうだったね。日頃のストレスを日末子に発散してしまいそうになったよ」

「利洋もストレスがあるの？」

「そりゃ、あるさ。でもその話は後でね。今は谷川君のことだよ」

藪内が書類を提出した。谷川は見ようともしないでそれを横に置いた。藪内は何も言わないでじっと立っていた。日末子は、何か起きるのではないかとはらはらしながら様子を窺っていた。

谷川はなぜ藪内の書類を見ようとしないのか。あの書類は、インターネットと人材派遣ビジネスの融合を特徴にしている株式会社サイバーネットワーク社のＩＰＯ（Initial Public Offering）、いわゆる新規公開の案件だ。公開の引き受けなどは系列のミズナミ証券が行うが、公開後の総合的な取引構想を描いたものだ。以前から谷川は、書類の作成を急ぐように藪内に命じていた。というのも、このサイバーネットワーク社は元々大日銀行の取引先だったから、谷川も力が入っていたようだ。

「何を突っ立っているんだね」

谷川が、嫌な物でも見るように藪内を睨んだ。

「その書類をお読みいただけませんか」

藪内は、喉の奥から絞り出すように言った。

「何？　書類？」

「そうです。サイバーネットワーク社の取引構想です。上場も近いですし、課長が急がれておりましたから仕上げてまいりました」

「ああ、そう」

谷川は、藪内の必死の依頼をあっさりと無視した。

藪内は動かない。じっと谷川の手元を見つめている。

「ねえ、やばくない？　藪内さん」

日未子は神崎に言った。

「見ざる、言わざる、聞かざる」

神崎は、おどけたように目、口、耳を手で順番に押さえた。

「そういうわけにはいかないでしょう。このままだと何か起きるわよ」

日未子は小声で言った。

「大丈夫だよ。ほら」

神崎は視線を谷川に向けた。

日未子も神崎の視線の方向を見た。谷川が書類を持っていた。ようやく藪内の願いを聞き入れたのだ。それならさっさと見てあげればいいのに、と谷川の藪内への仕打ちを憎々しく思った。

「本当に意地悪ね」

日未子は神崎に囁いた。

「僕の入手した新しい情報だとね、谷川課長があまりにも山下部長にへーコラしているって、他の大日の幹部に藪内さんが話したらしいよ」

「告げ口？」

「いや、そんなつもりはないだろう。何かの席でふとした弾みで出た話じゃないの。藪内さんは、わざわざ告げ口する人じゃないからね」

「それが回り回って谷川課長の耳に入ったわけ？　最悪ね」

「そういうことだよ」

神崎の情報に聞き入っていると、

「これ、汚いな」

谷川の信じられないような言葉が、日未子の耳に飛び込んできた。

日未子は、慌てて谷川と藪内に視線を移した。

「何でしょうか？」

藪内が身体を丸めて書類を覗き込んでいる。

「カラーのサインペンのインクが枠から飛び出しているじゃないか」

谷川が書類をボールペンで指している。

「おっしゃっている意味がよく分かりませんが……」

藪内が困惑したような表情を浮かべている。

「ここだよ、ここ。ここの黄色のインクが枠から少し飛び出しているだろう。見えないかね」

「そう言われれば、少し枠から出ております。昨夜《ゆうべ》、遅くまで作成にかかったものですから、ミスをいたしました。申し訳ありません」

藪内は頭を下げた。

書類の強調したい部分に塗ったカラーのサインペンが、枠からはみ出したようなのだ。

カラーのサインペンで強調する部分を塗るというのは、谷川の好みなのだ。役員や部長が、書類を見た時に直ぐに重要な部分が目に入るようにしておくのは、部下の気遣いだという。

日未子はくだらないと思っていた。強調したければ、パソコンで太字か網掛けにでもすればいいことだ。それにそこまで上司に気を使った書類を作る必要があるのだろうか。

「やり直しだな」

谷川の淡々とした声が課内に聞こえている。神崎は、聞こえないふりをして俯いている。

藪内がかすれたような声で言った。顔が紅潮している。興奮しているのだろう。

「何ですって？」

「分からないのか。やり直しだと言っているのだ」

「まだ読んでいただいていないじゃないですか」

「何を言っているんだ。読んだよ。読みましたよ。だから言っているんじゃないか。だいたいだな、サインペンもうまく塗れない奴《やつ》にろくな奴はいない。上司に対する気配りがゼロじゃないか」

「サインペンの塗り方が悪いからですか」

「それが重要なんだ。やり直せ」

谷川は書類を藪内の机に向かって投げた。

日未子は思わず悲鳴を上げそうになった。書類のバインダーが机の上で跳ねて、硬い音を立てた。

藪内は、まだ谷川を見下ろしてその場に立っていた。手を握り締めている。こめかみのところに汗が浮かんでいるのか、蛍光灯の光で照り輝いている。

「やり直せと言っているだろう」

谷川が藪内を睨んでいる。藪内はじっと俯いたままだ。

「やばくない？　何とかしてよ」

日未子は神崎に言った。

「何？　嫌だよ」

神崎は顔を顰めた。

「かわいそうよ。お願い」

日未子は目を細め、両手の人差し指だけを合わせて、小さく「お願いのサイン」を送った。

「仕方がないな」

神崎は苦笑いして、

「藪内さん、電話！　間違って僕の席にかかってきました」

と受話器を持って立ち上がった。

藪内が神崎を振り向いた。無言だ。周りの空気が張り詰めた。

「電話ですよ」

神崎がもう一度言った。

「ありがとう。今、行きます」

藪内が動いた。空気が和んだ。他の誰もが肩の力を抜いた。


「ばかばかしいね」

利洋は言った。

「ばかばかしいけど、現実にあったことよ」

日末子は答えた。

シェフの山本が、

「千倉《ちくら》産の鮑《あわび》のグリエになります」

と次の料理を日末子に伝えた。

「鮑！」

日末子の目が輝いた。

6

支配人の鴨田章裕が、銀の皿に載せた大ぶりの鮑を日末子に見せた。

千倉は千葉県安房《あわ》郡千倉町（現・南房総市千倉町）のことだ。南房総の町で、太平洋の荒波に育てられた大ぶりで良質の鮑が獲れることで有名だが、その中でもとっておきの鮑が、このクラウンレストランで客に供せられる。

「大きい」

日末子は、鮑の大きさに驚嘆した。

「四百五十グラムございます」

鴨田が誇らしげに言った。

「驚いたかい？」

利洋が微笑んだ。

「もうびっくりよ」

日末子も自然と笑みを浮かべた。

「これをグリルいたしまして、取り分けさせていただきます」

鴨田は目の前で鮑を切り分け、焼き始めた。

料理を取り分けたりするサービスを提供するのはシェフ・ド・ランの役割だ。鴨田は支配人だが、特別に日未子たちのためにその役割を担ってくれている。

フレンチレストランでは、客を快くもてなすために、それぞれが専門的な役割を担っている。注文を聞くのがメートル・ド・テル。料理を提供するサービスがシェフ・ド・ラン。運ぶのがコミ・ド・ラン。役割を充分に果たすには、長い修練が必要だ。料理に精通し、かつ愛情と尊敬を持っていないとできない。

「ソースは、卵黄に白ワイン、エシャロット、ビネガー、澄ましバター、エストラゴン、檸檬汁を加えたものです。付け合せは夏野菜であるナス、トマト、ズッキーニのグリエとなっています」

山本が解説をしてくれる。

「赤ワインをお持ちしましょうか？」

不破が利洋に訊いた。

「お任せします」

利洋が頷いた。

しばらくして不破が持ってきた赤ワインを、利洋がテイスティングした。

「ブルゴーニュのコート・ドゥ・ボーヌ、シャサーニュ・モンラッシェ村の赤ワイン、ルイ・

ジャドー社製二〇〇一年でございます」

「いいでしょう」

利洋が満足げにテイスティングを終えた。

利洋と日未子のグラスに赤ワインが注がれた。

目の前には鮑のグリエが置かれている。

「お好みでお醬油もお使いください。また別の美味しさが味わえると思います」

鴨田が説明した。鮑を盛った皿の隣に醬油を入れた小さな皿があった。

「醬油でフランス料理をいただくのも楽しいね」

利洋が言った。

「素材を生かすために、フランス料理にも醬油が使われるようになったそうよ。これはキッコーマンの方からの受け売りだけど……」

日未子は、少し照れくさそうに言った。

「キッコーマンは素晴らしい、先見性のある会社だよ。数百年間も千葉県の野田というところで作り続けられていた醬油を、世界に広げたわけだからね」

「醬油というのは地場産業というか、地域ごとに味が違うものね。関西は薄口醬油や刺身などに使うたまり醬油でしょう？」

「よく知っているね。醸造所は全国に千五百ヵ所もあるそうだよ。千五百種類の味があるわけだ。キッコーマンがすごいのは、日本の醤油の味をキッコーマンに統一するのではなくて、多様な個性を認めながら、いち早く国際化したことだよ。最初は米国で成功を収め、今ではヨーロッパでも醤油を使うようになってきたのは、日未子の言った通りだね。これからは醤油の故郷と言うべき中国に進出するそうだ。中国の人にもキッコーマンの醤油の味が浸透していくんだろうね」

日未子は、利洋が話すのを聞きながら、鮑に醤油をつけて食べてみた。ソースで食べるのとはまた違う美味しさが口中に広がっていく。

「お醤油を使うと、ますます素材が生きるわ。こうなるとシェフは素材選びから全く気が抜けないわね」

日未子は、鮑の歯ごたえを存分に楽しんでいた。

「キッコーマンにはね、昔、教えられたことがあるんだ」

利洋が真面目な顔で日未子を見つめた。

「バブルの頃のことだよ。財テクの時代って言われていただろう」

「ええ、財テクをして収益を上げない会社は無能だ、とまでいう論調だったと聞いているわ。勿論、私はまだ銀行に入ってはいなかったけれどね」

「すごい時代だった。みんなが競うように銀行からお金を借りてね、それを運用して収益を上げていた。財務担当の鼻息が荒くてね、物作りの現場の人たちをばかにする始末だった。でもその人たちを嗤《わら》えない。僕たち銀行も無尽蔵に証券投資や不動産投資の資金を貸し付けていたからね。その頃、僕はキッコーマンに、興産銀行から融資を受けて運用するようにアドバイスに行ったんだ」

「利洋もバブルの先兵だったのね」

日末子が言った。

「今なら恥ずかしいという思いもあるけれど、当時は必死だった。他の銀行に負けたくなかったからね。ところがキッコーマンは、僕のセールスに『ノー』を返してきた」

「たいしたものね」

日末子は、再び鮑に醬油をつけた。

「財務担当者が申し訳なさそうに、僕に言うんだ。『事業資金しか借りてはいけない、これがルールなのです。財テクをやりたくないわけではないのですが、絶対に上の了解が得られませんので、勘弁してください』と深々と頭を下げられてしまった……」

「何度も頼んだの？」

「ああ、何度も頼んだ。でも無理だった。あの当時は頑固者で保守的な会社だと思っていたけれど、今になってみれば、僕の方が恥ずかしい。伝統を守るということが如何《いか》に難しいことかと教えられたよ」

　利洋は鮑をあらかた平らげていた。

「上の方が偉いのね。軸がブレないということが素晴らしいわね」

　日未子は赤ワインを呑んだ。

「興産銀行にもいい伝統があったのだけれどね」

　利洋は、赤ワインを渋そうな顔で呑み干した。

　日未子は、利洋が何を言いたいのか予測できた。あまり聞きたいことではない。黙って鮑をフォークで刺した。

「バブル崩壊から、金融再生プログラム、そして合併に行き着くわけだけれど、僕に言わせると興産銀行のトップは迷走し過ぎたね。興産銀行は日本経済の守護神を以《もっ》て任じていたわけだから、経済が低迷すれば、銀行だって低迷するのは当然なんだ。しかし三つの過剰と言われる借り入れや不良債権、人員、設備、これらが正常になれば、日本経済は再び立ち上がるのは自明の理だった。それが分かっていながら安易に合併などという選択肢を選んだことは、愚かだったと思うよ。今日のように企業の業績回復期が来るまで必死で待てばよかったのさ」

「利洋は合併反対なの？」

「そういうわけではないさ。僕は現実を受け入れるタイプだからね。ミズナミ銀行の中でどうやって興産銀行の伝統を守ろうかと腐心しているだけだよ」

利洋は笑みを浮かべた。

「そんなことを言っていると、大日銀行だって伝統を守ろうとするわよ。そうするといつまでも一つになれない」

日未子は反論した。

「女性は直ぐに一つになりたがる」

利洋が複雑な笑みを浮かべた。

「チーズはいかがですか」

鴨田が、十種類のチーズを運んできた。

利洋が幾つか選んだ。日未子はミモレットだけにした。

7

「日未子の話を聞いていると、谷川君と藪内君を離した方がいいのかな」

利洋はチーズをつまんだ。

「そんなことをされたら私のせいみたいだから嫌よ」

日末子は抗議した。

「あのサイバーネットワーク社の案件が上がってこない理由が分かったからね」

利洋は含みのある言い方をして、赤ワインを呑んだ。


ミズナミ証券は社長や役員もほとんどが興産側出身者で占められていた。興産証券と大日証券が合併した会社なので、当初は人事面でもバランスがとられていた。社長に興産証券や興産銀行出身者が就けば、会長は大日証券や大日銀行出身者が就くという具合だ。

ところがしばらくすると、人事異動の度に大日側の役員がいなくなり、今では会長、社長とも興産側になってしまった。

この原因は大日側の人材不足にある。証券業務などのノウハウを持つ人材の層が大日側は薄いため、人材を送りたくても送れないのだ。もはやミズナミ証券は興産証券と言っていい状況になった。

一方興産側にも弱点はあった。顧客層の問題だ。興産側は大企業取引には強いが、中小企業や新興企業の取引層が薄いのだ。そのため新規公開などの案件は大日銀行の取引企業が圧倒的に多い。

役員やかなりの幹部が興産側に占められようとしている中で、大日出身の社員たちは、大日銀行の取引企業の新規公開は大日側で全てを仕切ろうとする動きを活発化させていた。これは、ミズナミ銀行、ミズナミ証券とはなったものの、大日側に証券業務に精通したより多くの人材を育成しようという意図だった。

興産側とすれば、この動きは許せない。しかし同じ会社の中で、興産と大日で取引先を取り合うなどという恥知らずなことをするわけにもいかない。

そこで大日銀行の取引先の新規公開案件のうち、注目銘柄だけを選んで興産側で取り扱うよう画策することにしたのだ。その一つがサイバーネットワーク社だった。

「利洋、どうしてなの？　一つの銀行、一つの証券会社ではないの？　大日や興産って争うのはとてもくだらないことに思えるわ」

男性というのはどうしてこうも派閥争いに情熱を傾けることができるのだろう。会社が戦いの場所であり、まだまだ男性優位だからだろうか。もし女性が男性と対等の位置づけになれば、女性もまた派閥争いに現《うつつ》を抜かすことになるのだろうか。

「僕だってこうした争いは好ましいと思っていない。しかし相手が攻めてくる以上は、戦わねばならないし、実際、ミズナミ銀行の将来を考えた場合、大日より興産が実権を握る方がいいと思っている。日末子には悪いがね」

「サイバーネットワーク社の引き受け業務を興産側で行うためには、具体的にどういう画策をするの？」

「デザートをお持ちしました」

鴨田が二種類のデザート・スイーツを選べと言う。

「きな臭い話になってしまったから、デザートでも食べて口直しをしよう」

利洋もデザートには目がないのか、顔が自然とほころんでいる。

「私はグランマルニエのびっくりスフレをいただくわ」

「それじゃあ僕は、ピアノのデザートにするよ」

鴨田がそれぞれのデザートを運んできた。

「それ、本物のピアノみたい」

日末子は自分のデザートのことを忘れて、利洋のデザートに見とれてしまった。

皿にソースで五線譜が描かれ、その横にチョコレート製のグランドピアノが置かれている。

「壊すのがもったいないね」

利洋は、そう言いながらフォークでグランドピアノを半分に切った。あまりにあっさりとした利洋の行動に、日末子は少し驚き、

「そのピアノ、もう少し見ていたかったな」

と惜しむように言った。

「どうせ食べなくてはいけないものだから、名残《なごり》を惜しむ前に僕の手で壊したのさ。なんだか情が移るようなケーキだったからね」

「案外、冷たいのね」

「冷たいというのは心外だな。これは優しさだよ。もしこのピアノのチョコレートケーキをね……」

利洋は、フォークでケーキを刺した。

「日末子に壊させたとしたら、どうする？」

「それは嫌よ」

日末子は強く言った。

利洋は納得したように微笑んで、「そうだろう」と言い、ケーキを食べた。グランドピアノの鍵盤がなくなった。

「どういうこと？」

「優しさと冷たさの違いさ」

「分からないわ」

「分からなければいいよ」

「教えて……」

「考えればいいよ。本当の優しさと冷たさをね。僕はここでは、すなわち日末子の前では優しさを発揮したつもりだった。日末子からは冷たいと言われたけれどね。だけど先ほど訊かれた具体的な画策については冷たさを発揮している。仕事だからね」

「ますます分からないわ」

「仕事には冷たさが必要なのさ。なぜなら結果しか求められないことが多いから。特に役員レベルになるとそうさ。使われている時代は、努力などのプロセスも評価すべきだけれど、上になるにつれて結果しか求められなくなる」

利洋は、ピアノの脚をかたどったチョコレートを音を立てて折った。そして口に入れた。

「これ、なかなかいける」

利洋は満足そうに微笑んだ。

「あまり謎めいたことを言わないで」

勘弁してほしいというような顔で利洋を見つめた。

「日末子は、いつも迷っているように見えて、それでいて真っ直ぐだから、僕のような迷いばかりの人間の気持ちを推し量るのが難しいのかな」

「意地悪ね」

「そうじゃないさ。日末子には優しさ、仕事には冷たさ、これを使い分けているだけだよ」

「具体的には？」

「谷川君がサイバーネットワーク社の書類を無視するのは、僕が彼をコントロールしているからだろうね」

　利洋は何を言おうとしているのだろうか。

「ミズナミ証券の興産側の役員やスタッフは、大日銀行の取引先の新規公開案件を自分たちで引き受けて、できるだけ大日側の力を削《そ》いでいきたいと考えているって言ったよね。そのためにはどうするか、考えたわけだ。それは合併、すなわち一つになったという建前を押し通して、興産側に味方になってくれる大日側の人間を一人でも増やすことが一番だと気づいた。彼の手で案件を興産側に振り向けてもらえばいいということだ。そうすると僕たちは手を汚すことはない。大日側の問題だからね」

　日末子は、ようやく分かりかけてきた。

「日末子は、僕の愛する人だからこんな話をするけど、他では決してしないよ。僕を分かってほしいだけだからね。例えば、僕のところにミズナミ証券の興産側の役員が、サイバーネットワーク社の引き受けの件を興産側スタッフに任せてほしい、と頼みに来ると仮定するだろう。僕は、谷川君を同席させておく。僕は、役員に返事を渋るわけだ。というのは、あの会社は元々は大日銀行の取引先だ。既にミズナミ証券では大日側のスタッフで準備が進行しているに違いない。今さらそれを変えるのは至難の業だ。僕が役員からの要請に困っている姿を谷川君は見ている。彼は、僕に命じられなくても僕の意図を慮《おもんぱか》って、それを実行に移す。藪内君が大日側の立場に立った取引構想をプランニングする。ところが谷川君は、それをことごとく興産側にひっくり返しているということだ。その争いが二人の間で行われているのだろうね」

日未子は、スフレをスプーンに掬って食べた。口の中に上品な甘さがふんわりと溶け出した。この甘さのお陰でようやく利洋の言葉の辛さ、あるいは残酷さと調和がとれるような気がした。

「僕は、谷川君に結果しか期待していないから、彼は何も分からない藪内君に苛立っているのだろう」

利洋は、僅《わず》かに声に出して笑った。

「他人をコントロールするだけで自分の手を汚さないなんて、冷たくて卑怯《ひきょう》な気がする」

日未子は言った。

「それが仕事で結果を出す最良の方法だとすると、僕は躊躇なくそれを採用する冷たさを持っていると思っている。嫌いになった？」

利洋が微笑した。

日未子は「少し……」と言葉を濁したが、今までと違う、心の中に悪魔めいた冷たさを同居させた利洋に、困惑しながらも一方で魅力を感じていた。

「そうか、嫌われたか」

利洋は、声に出して笑った。そして急に真面目な顔で、

「今夜はいいんだろう？　部屋を予約してあるからね」

と言い、日未子を見つめた。

日未子は、利洋の視線の強さに抵抗できずに頷いた。

利洋のピアノのチョコレートケーキは、形を全く残していなかった。

# 第三章　街のきらめき

## 1

「藪内君の話は、とりあえず打ち切りだ」

利洋がテーブルを両手で押すようにして立ち上がった。

日未子も、椅子を後ろに引いた。

利洋が歩きだした。後ろを振り向かない。日未子は、その後に続く。従属した関係に少し気分が重い。

エレベーターが来た。ドアが開き、利洋が乗り込む。その時利洋の左手が日未子の方へ伸びた。利洋は、日未子に背を向けたままだ。日未子がその手を摑む。利洋が日未子の手を強く引いた。日未子は、利洋に身体を預けるように中に入った。

利洋が七階のボタンを押す。日未子の心臓が高鳴る。七階はスイートルームのある階だ。

「日未子が沖縄から帰って来るのを待っていた」

利洋は、宙を見つめたまま言った。日未子は何も答えない。

エレベーターのドアが開くと、利洋は、通いなれた通りのように歩いて行く。

七二一号室。ローズスイート。

「ここだよ」

利洋の言葉に、日未子は彼の手を強く握った。

施錠を解く音がした。日未子には心臓が止まるほどの大きな音に聞こえた。だが、それは日未子の耳にだけだ。周囲は、まるで海の底のように静まり返っていた。

ドアが開いた。利洋が明かりをつける。日未子は、思わず歓声を上げそうになった。

「お花が……」

床、壁、全てが淡いピンクの薔薇の花だ。

「まるで薔薇の花園に迷い込んだよう」

利洋は日未子の腕を掴み、いきなり抱き寄せた。

「ここには花が咲き誇っている。中でも一番、素晴らしい花は日未子だ……」

利洋の顔が近づいてくる。唇が塞《ふさ》がれた。チョコレートの甘い味がした。レストランで食べたピアノのチョコレートケーキの名残……。

日未子は、天井を見上げた。華やかなシャンデリアが輝いている。

この部屋には一度訪れたいと思っていた。女性というより少女になった気分が味わえるという評判を聞いていていたからだ。

薔薇の花園の館。子供の頃、憧れたお姫様。素敵な白馬の王子様が迎えに来てくれることを願っていた毎日。お母さんが作ってくれたピアノの発表会用のドレス。ひらひらとピンクのフリルが揺れる。裾《すそ》を摘み、いつまでもくるくると回っていた。

利洋の舌が日末子の唇を割って、中に入ろうとしている。抵抗してみる。それは日末子の唇の上で意外な抵抗にとまどっている。抵抗を緩めた。利洋の舌が小躍りして喜んでいる。一気に日末子の口の中に侵入してきた。

日末子は目を閉じた。背中に回された利洋の腕に力が入るのが分かる。利洋の舌が、日末子の舌に絡んできた。鋭い刺激が脳幹を刺激する。さらに固く目を閉じる。日末子も利洋の舌に自分の舌を絡ませる。口の中でそれらは激しく抱き合ったり、触れ合ったりしている。

もうチョコレートの味はしない。

「待って……」

スカートに伸びてきた利洋の手をそっと押さえた。

「どうして？　我慢できない」

利洋が目を開け、日末子をなじった。

「せっかくのお部屋だから、王子様に案内してほしい……」

「王子様？　僕が？」

利洋が困惑した笑みを浮かべた。

「そうよ。私はお姫様。だからあなたは王子様よ」

日末子は真面目な目で利洋を見た。

「分かりました。それではご案内いたしましょう」

利洋は苦笑いを浮かべて、

「ここはリビング」

と床を指差した。

「いやだな、そんなこと分かりきっているわ。ぜんぜんロマンチックじゃない」

「分かりました。ちゃんとやります。それでは日末子姫、お手をどうぞ」

利洋は膝《ひざ》を曲げ、手を差し出した。日末子はその手に自分の手を重ねた。

「ええっと、絵がありますね。これも薔薇の花の絵です。作者は……」

利洋が身を乗り出して名前を読もうとしている。

「ちょっと読めないな。でも、明るくて素敵な絵だよ」

「テーブルも椅子もみんなかわいいわね。壁と同じピンクの薔薇の花だわ。このシャンデリアもゴージャスね。まるでシャンデリアホテルね」

日末子はうっとりとした目でシャンデリアを見上げた。

「それではお姫様、隣の寝室へ参りましょう」

利洋が手を引いた。

寝室と聞いて、日末子は利洋の手を再び強く握った。

寝室も華やかだった。淡いピンクで統一されていた。

ハリウッドツインのベッド。ツインなのだが、ベッドが離れていない。ベッドの脇のランプの上には、また別の薔薇の絵が飾られている。

「こちらへ来てごらん」

利洋が窓のカーテンを開けた。

「素敵なベランダね」

大きなガラス窓の向こうにベランダがあり、テーブルと椅子が並べてある。

「ここで朝食をとることができるんだよ」

利洋が窓を開け、外に出た。

日末子も続いた。夜の風が頬をひんやりと撫でた。

「気持ち、いいわね」

手すりに身体を預けて、遠くを眺める。

真下には公園の緑が深い闇に沈んでいる。左手を見ると、日比谷通り沿いに高層ビルが続いている。まだ多くの人が仕事をしているのか、窓の明かりがビル全体を埋め尽くしている。遠くに東京タワーが煌々《こうこう》と輝き、それに向かう車の流れが光の帯のようだ。

「街のきらめき……まるで大都会の海に浮かんでいる島の明かりみたいね。この森の闇が夜の海で、ビルがそれぞれ島……」

「僕と日未子は、夜の海に取り囲まれた断崖《だんがい》絶壁の無人島に流れ着いた……」

「向こうに見える島の明かり、街のきらめきは近いように見えても、はるか遠い……」

「訪れる人もいない無人島で、二人は愛を確かめ合う……」

利洋の腕が日未子の身体を摑まえた。日未子は引き寄せられ、再び唇を奪われた。

利洋は日未子の背に手を回すと両足を持ち上げた。ふんわりと日未子の身体が宙に浮く。落ちないように利洋の首に手を回した。

「日未子……」

利洋が囁いた。

日未子は目を閉じた。身体が宙を滑るように移動し、どこかへ運ばれて行く。そしてゆっくりと下ろされた。薄く目を開けると、薔薇の花柄のベッドの上だった。まるで薔薇の花園の中に身を隠されたように錯覚した。

2

利洋が日末子の服を強引に脱がせようとする。

自分で脱ぐわ。嫌だ、僕にやらせてほしい。分かったわ。ブラウスのボタンを外すよ。あまり器用じゃないわね。普段、自分でワイシャツのボタンを留めたり、外したりしているの？　勿論、自分でやるよ。嘘……。奥さんにやってもらっているんでしょう？

利洋は子供っぽいところがある。日末子が、少しでも嫉妬深い様子や言葉を投げかけてくれるのを不思議と喜ぶ。

女房にボタンを留めてもらったり、靴下をはかせてもらったりする男の気が知れないね。強がりを言うのね。ほうらみんな外したぞ、上手《うま》いものだろう。

利洋は嬉しそうに言い、ブラウスを肩越しに脱がし始めた。日末子の腕をそっと摑まえると袖から抜いた。

ちょっと待って、きちんと畳んでおくわね。皺《しわ》になると嫌だから。

日末子は、下着姿でブラウスを畳み、ソファに置いた。

今度は僕を脱がせてくれよ。子供みたいね、自分でやりなさい。そんなことを言わないでさあ。

さっきまでの利洋と違う。銀行のエリート部長の態度を窺うことはできない。まるでわがままな少年だ。

日末子は利洋のワイシャツのボタンをひとつひとつ外していく。厚い胸が露《あらわ》になってきた。

これで何度目だろうと、日末子は外したボタンを見つめた。

どうしたの？　何かついている？　ううん、何もついてなんかいない、ちょっとね……。

日末子はおかしいな。

利洋が日末子の額にキスをする。


偶然に出会い、偶然に利洋の部下となった。「よろしくね」と利洋は言った。初めて会った日のことを覚えてくれていたのだ。嬉しくなった。利洋は仕事に男女のジェンダーを持ち込まない主義だった。それまでどちらかというと軽めだった私の担当先も、男性行員同様に重要な先が増えた。役割が期待され、働きがいを覚えるようになった。私は利洋を尊敬し始めた。偶然の重なりが私の中では必然に変わり、尊敬が恋に変わるのに時間はかからなかった。利洋を見るたびに息が詰まるようになってしまった。真っ直ぐに見ることができない。書類を提出する時視界に入っているのは利洋の指先だけということもあった。

利洋はいつもけじめをつけていた。バーで初めて一緒にカクテルを味わった時も、気をつけてと見送ってくれた。その後も何度か食事をする機会があった。けれどもいつも誰かが一緒だった。

私が酔った時は、

「ばかだなぁ」

と笑いながら、タクシーを呼んでくれた。

「気をつけてね」

「お休みなさい」

私はタクシーの窓を開け、

「ありがとうございました」

と頭を下げる。

タクシーが動きだす。僅かに開けた窓から流れ込む風が心地いい。

タクシーの背後に光の帯となって流れていた街のきらめきが急に滲み、ぼやけだした。慌てて人差し指で目頭に触れてみる。濡れている。泣いている自分に初めて気づいた。窓を全開にする。風が顔に痛い。

「お客さん、気分でも悪いんですか？」

「大丈夫です。少し風に当たりたいと思って……」

初めて好きだって言ったのは、新幹線のホームだった。

私は利洋がホームに降りて来るのを待っていた。夜の九時を過ぎていた。利洋は大阪から帰って来る。私は、明日の会議の書類を利洋に渡すように谷川課長から命じられた。

私は時計を見た。新幹線がホームに入ってきた。

到着時間と列車番号をもう一度メモで確認する。間違いない。

私は降りて来る客を、一人も見逃さない気持ちで検分していた。

そして、利洋が降りて来た。

「部長！」

「あれ？　大江君、どうしたの？」

「この書類を届けるように谷川課長に言われました」

「それはご苦労様」

利洋は、書類の入った封筒を受け取ると、直ぐに鞄《かばん》にしまった。

「ありがとう」

利洋が、微笑んだ。

途端に涙が溢れてきた。おかしいと思ったが、止めようがなかった。次から次へと涙が出てくる。私は、それでもじっと利洋を見つめていた。できるだけ笑顔になろうと努力した。利洋が困惑しているのが分かる。

その日は最悪の日だった。ある取引先との交渉につまずき、相手から「だから女の担当はだめだと言ったんだ」と露骨な嫌みを谷川の前で言われたのだ。悔しくて反論したかったのだが、じっと我慢していた。ここで涙を流したら、それこそ「女はだめだ」と言われてしまう。谷川はオロオロするばかりで何も支えにならなかった。書類を持って行けと言われて、その場を逃げ出すように飛び出してきたのだ。

利洋が私の肩に手を置いた。周囲を少し気にするように見回した。

「どうした？」

「何でもありません」

「何か問題があったのかい？　それとも苛められたの？」

「いえ、なんでもありません」

私はますます激しく泣いた。嗚咽《おえつ》と言っていいくらいだった。肩を上下させながら、顔を手で覆った。

「一人で帰れる？」

利洋が私を覗き込むように見た。私は、顔を覆っていた手を放した。そして睨むように利洋を見つめた。

「好きです」

私の口から言葉が出た。意図していた言葉ではない。勝手に飛び出した。涙が、不意に止まった。

「好きなんです」

もう一度同じ言葉が飛び出した。

利洋は表情を変えない。

体の力が抜けた。ぐにゃぐにゃとその場に崩れてしまいそうになった。緊張という緊張が解け、とてもすっきりとした気分だった。一日の嫌なこと、辛いことが全て吐き出されてしまったのかもしれない。

「帰ろう。僕が送るよ。さあ、行こう」

利洋は、私の肩を抱えて歩きだした。タクシー乗り場でもずっと私は利洋に寄り添っていた。誰かに見られるなどということは考えもしなかった。私は、無防備なほど幸せな気分で利洋に全身を預けていた。

タクシーが来た。私は、中に押し込まれた。

「自宅はどこかな？」

「月島です。送ってくださらなくても帰れます」

「そういうわけにはいかないさ。泣いている女性を夜の街に放置できない。運転手さん、月島まで行ってください」

「すみません」

利洋の指が、私の涙腺のところに軽く触れた。また私は泣きだしそうになった。

「部長を待っている間に、なんだか自分をコントロールできなくなってしまって……」

私は俯いたまま言った。利洋は何も言わない。

「私……」

胸が詰まってしまった。

「道、しっかり案内してくれなくては困るよ」

利洋は話を逸らす。

着いた。

「ここでいいの？」

「ええ」

動けない。動きたくない。タクシーから出ることができない。心臓の鼓動が耳にうるさいほど響く。

「気分でも悪いの？」

「違います」

私は言った。

「どうした？　降りなくてはいけないよ」

「部屋に寄ってくださいませんか。何もありませんがコーヒーくらいなら淹《い》れます」

喉がひりひりと渇いている。

利洋が真面目な顔で私を見つめた。長い時間が過ぎたような気がした。私は息を止めていた。

「ちょうどコーヒーを飲みたくなった。では寄らせてもらうことにするかな」

利洋は微笑んだ。

私と利洋は向かい合ってコーヒーを飲んだ。話すことは何もない。ただ黙って飲んだ。

「美味しいね」

私は、何か言わなくてはならないと真剣に焦っていた。しかし何を話題にするべきか分からない。言葉が見つからない。

利洋が立ち上がった。玄関の方へ歩いていく。私は慌てた。

「部長」

私は利洋に呼びかけた。振り向く。私は胸に飛び込んだ。

「好きです」

その時、私の唇を利洋の唇が塞いだ。その夜、私は利洋に抱かれた。


利洋の裸が目の前にある。厚く盛り上がった胸。五十歳に近いのに身体には余分な脂肪がない。腹の筋肉がくっきりと分かれている。普段からジムで鍛えているのだろう。

いいにおい……。

日未子は、利洋の胸にキスをする。

シャワー浴びてないよ。いいの、利洋のにおいが好き。くすぐったいじゃないか。乳首を舌で遊ばないでくれよ。外して……。

日未子は胸を突き出して、両手を利洋の肩にのせた。利洋は、シャツを脱がすように日未子のブラを取った。

くすぐったい。

利洋が、日未子の乳房を揉《も》んだ。

これも……脱がせて……。

日末子は、膝を支えにして腰を浮かせた。利洋の視線が日末子の股間《こかん》に注がれている。白く小さなショーツが日末子の中心部を覆っている。ショーツを通して薄墨のような翳《かげ》りが映し出されていた。

日末子の翳りは思いの外、濃い。初めて利洋にそこを見られた時、その濃さが恥ずかしかった。だが利洋に情熱的だねと言われた時、恥ずかしさを忘れることができた。

触っていいかい？

利洋の指が、ショーツの上を優しく動く。指はしばらく迷うような動きを見せていたが、ショーツと腹の間に滑り込み、日末子の中心部に真っ直ぐに向かう。

日末子は息を詰め、身体を硬くする。利洋の指が、日末子の身体の中に入ってきた。それらは日末子の中をじっくりと探っている。優しく、強く、慎重に、それは動く。

利洋が指を抜いた。両手をショーツにかけると、一気に足首まで下ろす。日末子は身体を少しよじった。明かりの下で、利洋に全てをさらけ出すのは恥ずかしい。

消して……。

だめだ。

利洋は、いつでも明かりをつけたままセックスする。男は視覚から興奮を得る動物だからだと利洋は言う。

利洋が、日末子の身体を跨《また》いで、じっと見下ろしている。

美しい。とても美しい。

利洋は感激したように言いながら、自分で下着を剝《は》ぎ取った。

利洋自身が日末子の前に現れた。猛々《たけだけ》しい姿を晒している。

日末子はそれを優しく包むように握った。

熱い……。そうだろう、日末子のことを考えているだけでこんなに熱くなるんだ。ばかね。ばかじゃないさ。沖縄に行っている間、ずっと待っていたんだからね。

利洋は右手で日末子の髪を撫でつけるようにして、頭を押さえた。そうして息を耳に吹きかける。舌を耳の奥に入れた。

利洋に耳を舐められると、それだけで身体の中心部が潤んでくる。

利洋は舌を耳から首筋に這《は》わせつつ、左手で日末子の腰のくびれ辺りを撫でた。その手は腰から腹の上に上り、日末子の最初の窪《くぼ》みである臍《へそ》の上で止まった。

利洋は臍の上で手を優しく回す。利洋の手のぬくもりで日末子の内臓までが喜んで動きだす。

お腹が気持ちいいわ。さっき、いっぱい食べたからね。

やがて利洋の手は、日末子の腹の滑らかなスロープを下り始めた。日末子は自然と腰が上がった。

利洋の舌が、日末子の乳首を弄《もてあそ》び始めた。勃起《ぼっき》した乳首が右に左に翻弄される。そのたびに痺れるような感覚が足先にまで伝わる。

甘い……。日末子の乳首は甘いね。

利洋は、さりげなく言葉を投げかける。言葉がセックスの快感を高めることを知っているのだ。

日末子は利洋の言葉でイメージを膨らませる。自分の肉体が翻弄されている感覚以外に、イメージの中で別の感覚を味わうことができる。甘い、と言われただけで、自分の乳首がイチゴに変わってしまい、それを美味しそうに頬張っている少年になった利洋を想像する。それだけで心が充実してくる。

うっ。

日末子は、腰を反らせた。利洋の左手が、日末子のお腹のスロープを滑り下りたかと思うと、いきなり柔らかい中心部に侵入してきた。

痛いっ。

利洋の指が、日末子の中心部で一番感度の高い部分を悪戯《いたずら》するかのように摘んだのだ。

ごめん。

もう来て……。入っていいのかい？　うん……。来て。

利洋の指が日末子の中心部を容赦なく苛めている。膝や足が狂おしく痺れ始めていた。入るよ。

利洋が、囁いた。その途端に、利洋自身が一気に日末子の身体を貫いた。大きな波に呑まれてしまったかのように息ができなくなった。何度も何度も大きな波が押し寄せて、途切れることがない。波に溺《おぼ》れないように利洋の背中に腕を回し、その身体にしがみついていた。

利洋は強く、深く、身体の中を突き続けた。ついに利洋の身体から振り落とされ、悲鳴を上げ、両手で頭を抱えた。薄く目を開けると、そこには淡いピンクの花が咲き乱れる花園が広がっていた。

花に包まれ、日末子は利洋と一つになっていた。身体の中心部で、利洋自身を実感した時、快感が全身を貫き、それは喜びに変わった。

3

利洋の右手が滑らかに日末子の胸から腹にかけて動いている。優しくマッサージでもするかのように日末子の肌を撫でている。日末子は、利洋の左手を握り締めている。そして眠っているような、いないような薄ぼんやりした目で天井を眺めていた。天井の花柄模様が溶け出し、淡いピンク一色になり始めた。生きているのか、死んでいるのかさえはっきりしない。薄ぼんやりとした世界に日未子は漂っていた。

日未子は、身体の中心部で利洋と繋がっている時より、こうして身体を触ってもらっている時の方が幸せな気分になれる。激しい波に弄ばれ、浜辺に打ち上げられ介抱されている。利洋の手は温かい。

セックスとはこういうものだと思う。身体と身体が繋がり、息も詰まるような刺激も重要だが、日未子が利洋の手を握り、利洋が日未子の身体を撫でる。こうしたさりげない身体と身体との触れ合いが最も大事なのではないだろうか。

何か言ったかい？　何も……幸せだなって思っているだけ。それは僕も同じだよ。

私、今、自分の幸せに感謝して祈ったわ。何て祈ったの？　聞きたい？　ああ、聞きたい。

私や、利洋や、私たちに繋がる人たち全てが、幸せでありますように……。

日未子は優しいね。優しい気持ちになったのよ。利洋に身体を触ってもらっているうちにね。

僕や、日未子や、僕たちに繋がる人たち全てが、幸せでありますように……。本当にそうありたいものだね。

利洋が日未子の頰にキスをした。

今夜の利洋からは今までにないものを感じたわ。何を感じたの？　いつもと違うから少し怖かったのよ。怖かった？　野心みたいなものを感じたの……。

利洋が笑った。

何がおかしいの？　野心って言ったからさ。野心がおかしい？　おかしいさ。今まで僕にはそうしたものがなかったみたいじゃないか。あったかもしれないけど、感じなかったのよ。僕にも人並みの野心はあるさ。

日未子は、利洋の手を強く握った。こうしていると安心する。街灯がない裏通りでも歩くことができるような気がする。

ふと男と女の違いを考えてみる。女は結局のところ受身にならざるを得ないのだろうか。こうして男の手を握っていることで安心するのが女なのだろうか。

例えば女性大統領がいたとしよう。彼女は男以上に野心の塊だ。その野心の実現のために、他人を押しのけて無理を重ねてきた。たとえそんな彼女でも男に抱かれる時は、きっとただの女になるに違いない。

そこで、自分を抱いた男を何かしら政治的な問題で処分しなくてはならない事態が発生したとしたら……。普通の女なら男に殉じてしまうだろうが、彼女は大統領だ。国益のことも考えなくてはならない。いや、そんなことよりも自分の野心を大事にしなくてはならない。

ノー。

彼女は、明瞭《めいりょう》に彼に告げる。

彼は、目を大きく見開き、信じられないという驚きの表情を浮かべたかと思うと、一転、悲しみに打ちひしがれ、両手で顔を覆い、号泣する。それでも彼女は顔色一つ変えずに、彼を冷たい視線で見つめている……。

何を考えているのかな？　男と女のこと……。変なことを考えているんだね。変じゃないわ、大事なことよ。男と女ってこうしているだけでいいじゃないか……。

利洋が、日未子の乳房を包むように撫で、乳首を摘んだ。

利洋とずっとこうしていられるならね。大丈夫だよ。僕は日未子を愛しているから……。でもずっと利洋に支えてもらうのか、それとも自分の足で立つのか、考えてしまうの。僕はずっと日未子を支えるよ。嘘……。嘘じゃないよ。だってあなたには家庭があるし、私たちも年を取るし、いつまでも愛だけでは続かないわ。

日未子は利洋を見つめた。目の前で利洋が微笑んでいる。

迷っているんだね。迷っている私って、嫌？　素敵だよ、僕も一緒に迷ってあげたいからね。

日未子は、利洋に抱き寄せられた。胸と胸とがピタリと合わさった。日未子の身体に利洋の鼓動が共鳴し始め、やがて一つになった。

ねえ、利洋。野心と愛との板ばさみになったら、どちらを選択する？　野心と愛？　その愛は勿論、日末子への愛と考えるんだね？　そうね、そう考えてほしい。だったら迷わず愛だな……。

利洋の唇が日末子の唇を塞ごうとした。日末子は、顔を背けた。

また嘘を言うのね、男の人は野心でしょう。

日末子は、真面目な表情で利洋を見つめた。

どうしてそう思うのかな。男は野心で、女は愛と言うのかい？　男が愛って答えるとおかしいのかな。じゃあ同じ質問を日末子にすると、日末子は何て答えるの？

日末子は利洋の質問にとまどった。答えを用意していなかったのだ。

何て答えるべきかな？　それを自分で考えるのさ。もし日末子が野心って答えても、僕は驚かないよ。そういう答えもありだなと思うから……。

日末子は、利洋を黙って見つめていた。利洋も日末子を見つめている。

答え留保。

日末子が言った。

卑怯だな。

利洋が声に出して笑った。

卑怯じゃない、迷っているだけ。いつか答えが出るわ。僕は、愛だよ。

利洋が、日未子の手を取り、自分の股間に運んだ。利洋自身が猛っていた。日未子は、その猛りに気づいていた。先ほどからそれがずっと日未子の中心部の最も柔らかいところを刺激し続けていたからだ。

日未子は利洋の肩を押す。利洋は素直に仰向けになった。日未子は、利洋の身体を跨ぎながら、利洋自身を右手で摑み、身体の中心部にあてがった。利洋を上から見つめる。目を閉じている。日未子は静かに腰を下ろしていく。利洋が僅かに腰を浮かせた。利洋自身が日未子の身体の中に納まっていく。

あったかいね……。

利洋が目を閉じたまま呟く。

日未子は、ゆっくりと腰を動かす。沈めては、また浮かす。自分自身の身体の深さを探っているような動きだ。徐々に利洋自身が日未子の身体の奥深くへと入っていく。日未子は、身体の中で利洋のエネルギーを感じている。

日未子の中は、すごくあったかい……。本当だよ。

利洋がまた呟いた。

日末子は、利洋の唇に指を当てた。

黙って……。

日末子は、このまま利洋のエネルギーを全て吸い取って利洋と一つになり、溶けてしまいたいと思った。それが一番自分の生を充実させることのように思えた。

薄く目を開いて、ベランダの方に目をやる。僅かにカーテンが開いている。その隙間《すきま》から街のきらめきが見える。それらが日末子の身体の動きに合わせてダンスを踊っている。

4

「日末子は、泊まっていってていいよ」

利洋が身体を起こした。

「えっ、帰るの？」

日末子が眠そうに目を擦った。

「明日、出張だからね」

「どこへ行くの？」

「北海道。取引先の工場の視察だよ」

「でも帰るなんて……聞いていなかったわ。今、何時なのかしら」

日末子は、ベッドの時計を見た。

「二時……こんな時間に帰っていいの？」

「出張前には帰ることになっているからね。帰らない方が怪しまれるのさ」

利洋は屈託なく笑みを浮かべた。もうベッドから離れて、下着を着け始めている。

日末子は、利洋を眺めていた。ついさっきまで利洋がいた場所に手を置く。シーツの皺が、利洋の身体の形を残している。

「今日は、久しぶりだったから一緒に泊まれると思っていた。あのベランダでミルクティーを飲みたかったな」

日末子は、不満そうに唇を尖らせた。

利洋は、もうネクタイを締め終わった。

「ごめんね」

利洋がソファにかけていた上着を着た。

「ネクタイ、曲がっているわ。ちょっと待って……」

日末子は、ベッドから起きる。裸だ。シーツでも身体に巻こうと思ったが、やめた。そのまま利洋の前に立った。

利洋が神妙な表情で直立している。日末子はネクタイを両手で握った。結び目を直す。利洋の両手が、日未子の臀部を摑まえた。自分の腰に日未子の腰を強く押しつける。

「だめよ。またネクタイが歪むわ」

日未子が、両手で利洋の肩を押しながら、身体を離そうともがく。不意に身体の中心部が熱くなった。利洋が、日未子の柔らかい部分に手を当て、指を挿入したのだ。腰から崩れそうになるのを日未子は耐えた。

「帰りたくないな」

「泊まればいいじゃないの」

「だめだ。大事な出張なんだ。明日は、留守を頼んだよ」

「休もうかな……」

「部長の僕が、いいよって言えないな」

「どうして?」

「だってそうだろう。部長と一緒にベッドに入りました。それで疲れたので休みますでは理由にならないだろう」

「仕事の時みたいにビシッとしてよ」

「日未子といると、緩んでしまうのかな」

利洋は、身体をかがめて日未子の頰にキスをした。

「さよなら。そしてお休み……」

日未子は頬に利洋の唇を感じながら呟いた。このまま目を閉じていようと思った。

「行くよ」

利洋の動きが、素足を通じて伝わってくる。離れていく。今、ドアの前だ。もうすぐドアの開く音がするはずだ。

「お休み……」

利洋が小声で言う。日未子は目を閉じたまま答える。

「お休みなさい」

その声に重なるようにドアが閉まった。

目を開けたくない。手を伸ばす。そこは利洋の形だけ空気が温かい。利洋の身体を感じることができる。でも目を開けると、もういない。

この瞬間がいつも嫌だ。惨《みじ》めになる。でも惨めというのは、本当はおかしいと思う。お互いに貴重な時間を割いて、誰にも邪魔されない、何ものにも代えがたい充実した時間を共有し、楽しみ、記憶に留《とど》めたのだから。それで満足しなくてはいけない。もっと長く同じ時間を共有し、空気を味わい、記憶を残したいという欲望があるから惨めになるのだろう。

目を開けた。先ほどまで感じていた利洋の温度が、手のひらから消えた。

不意に目が潤んだ。

「ばか」

日未子は自分に言った。

「涙を流すなんて、日未子らしくないぞ。泣けば、苦しさが消えるのは嘘だぞ。もっと苦しくなるぞ」

シーツを剝ぎ取った。それを身体に巻きつける。

白いドレス？　ウエディングドレス？

利洋が結婚の相手になることはあるのだろうか。それは百パーセントといっていいほどない。でも少しくらい可能性は残されていないのか。考えれば考えるほど、辛くなるだけだ。

最初は結婚なんて考えずに付き合った。だが、逢瀬《おうせ》を重ねるたびにそれを意識してしまう。

自分のあやふやな位置が耐えられなくなってしまうのだろう。

日未子は、くるりと身体を回転させた。

「ワイン呑もうかな？」

日未子は、シーツを引きずるようにして冷蔵庫に向かった。中から小さな白ワインの瓶を取り出す。キャップを捻《ひね》って開けた。そのままグラスに入れずに一口、呑んだ。酸味が身体に染み渡っていく。

窓まで歩いた。カーテンを開ける。東京タワーの明かりは消えていた。日比谷通りを見ると、まだビルの窓の何箇所かに明かりがついている。こんな時間でも働いている人がいる。

日末子は、ソファに身体を投げ出した。背もたれに身体を預け、街のきらめきを眺めていた。

ワインを呑んだ。急に、街のきらめきが歪んだ。どうしたのだろうと思い、目に指を当てた。涙だった。

『また泣いているの？』

もう一人の日末子が囁いた。

「だって今日は、まさか一人になるとは思っていなかったんだもの」

『利洋と付き合う限りそれは仕方がないじゃない。それが嫌なら別れなさいよ』

「そんなに簡単に言わないでよ」

『泣き虫日末子って嫌われるわよ。割り切って付き合って、あなたは彼のいいところを吸収して、大きくなればいいじゃない』

「分かっているけれど苦しいって気持ち、分からないの？　デリカシーがないわね」

『頑張れって励ましているのよ。いっぱい恋をして、別れて、泣いて……。人が生きるのは悲しいことの方が多い。だけど時々嬉しいことがあるのよ。それだけでいいのよ。その嬉しいことを記憶していく。そうして人生は続いていくのよ』

日末子は、またワインを呑んだ。酸味が体の隅々まで行き渡ると、徐々に温かくなってきた。

目を閉じ、そして瞼を薄く開く。あらゆるものの境界がぼんやりとし、曖昧《あいまい》になっていく。街のきらめきが溶け出して光の帯になる。日末子は、自分の身体がだんだんと曖昧になっていくのを感じていた。やがて光の帯と一つになる。そして悲しみも苦しみも何も感じなくなっていく……。

日末子の手から、ワインの小瓶が床に落ちた。

5

「日末子さん、日末子さん」

どこかから自分の名前を呼ぶ声が聞こえる。

日末子はまどろんでいた。

「日末子さん、時間じゃないですか。銀行に行く時間ですよ」

薄く目を開ける。

「日未子さん……」

どこにいるのだろう。確か……。

ぼんやりとしていた視界が、形づくられてきた。

女性がいる。ひろみに似た女性だ。

「ひろみちゃん？」

日未子は彼女に問いかける。

「何、寝ぼけているんですか？　ひろみですよ」

「どうして？　どうしてここにひろみちゃんがいるの？」

日未子の意識はまだはっきりしない。頭の芯がずきずきする。ホテルのベッドにいるはずなのに、どうしてここにひろみがいるのだろうか。

「もう七時半ですよ。起きないと銀行に間に合いませんよ」

「ここはどこ？」

「何を言っているんですか？　日未子さんのお部屋ですよ。銀行に行く時間なのに起きてこないので、心配して様子を見に来たんじゃないですか」

「私の部屋？」

日未子の目にはっきりとひろみの顔が映っている。ひろみは、微笑して小首を傾げている。

ひろみが日未子の目の前で手を振った。

「見えますか?」

「いけない! 遅刻する!」

日未子は立ち上がった。全てを思い出した。

昨夜、ホテルで利洋と食事をしてスイートルームに行った。利洋は、泊まらずに帰ってしまった。日未子は、寂しくて一人でワインを呑んだが、いつの間にか眠ってしまった。しかし目が覚めて一人でベッドに入っている自分がとても惨めになってしまって、ホテルを引き上げてきてしまったのだ。

「私、昨日、何時に帰って来たの?」

日未子は、ひろみに訊いた。

「完全な朝帰りだったんじゃないですか? 何時だか分かりませんけど……」

ひろみは答えた。帰宅時間までは監視していないという顔だ。

「今、何時?」

「七時半。正確には七時三十五分」

「間に合うわね」

日未子は自分に言い聞かせるように言った。自分でも気づかなかったのだが、ちゃんとパジャマを着ている。

「相当、呑んだのですか？」

「そうみたいね。あまり記憶がないから」

「怖いなぁ」

ひろみが呆れたように日末子を見つめた。

「あまり呑み歩くと、身体に毒ですよ」

「あまり呑んではいないの。でもちょっと悪酔いしたみたいね」

日末子は、話しながらもパジャマを脱いで、スーツに着替え始めた。

「どう？」

日末子は、ひろみの前に立った。

「とりあえず出勤の姿にはなりました。お化粧は？」

「銀行のトイレでやるわ」

日末子は、顔を両手で撫でた。アルコールのせいでむくんでいることはないだろう。それにしてもあれくらいのアルコールで正体をなくすなんて信じられない。利洋が帰ってしまった後の孤独が身体に悪い影響を与えたに違いない。

「ジュース搾っておきましたよ。グレープフルーツですけど」

ひろみがテーブルにジュースの入ったコップを置いた。

「ありがとう」

日末子は立ったまま、コップを口に当て、一気に呑んだ。

グレープフルーツの酸味が身体の隅々に力を与えてくれる。

「美味しかったわ。行くね」

「気をつけて。そうそう、雅行さんから電話がありましたよ。携帯に繋がらないから、こっちにかけたって」

「あっ、そう？」

「まだ帰って来てないのかって、心配してました」

「そう、分かったわ。何か用事があったのかしら？」

「特に何もおっしゃってはいませんでしたが」

「こっちから電話してみるわ。行って来ます。ほんと、ひろみちゃんがいなければ、完全な遅刻よ。感謝感激！」

日末子は、勢いよく外に出た。

時計を見た。我ながら早く身支度ができたものだ。今、七時五十五分。頑張れば、八時半をちょっと過ぎた頃には銀行に着くことができるだろう。

それにしても利洋は冷たい。まさか帰るとは思ってもみなかった。

「沖縄から帰って来るのをずっと待っていたなんて言っていたくせに……」

日未子は、思わず恨み口調で呟いた。

電車が来た。大江戸線に乗って、門前仲町で東西線に乗り換えれば大手町まで十数分。歩く時間も入れれば三十分でミズナミ銀行本店に到着する。寝過ごした時は、郊外に住んでいなくてよかったとつくづく思う。

地下鉄に乗り込む。人と人との僅かな隙間に自分を押し込む。

「それにしても癪《しゃく》だな」

日未子は、銀行に遅刻しないと分かり安心すると、利洋が帰宅してしまったことに腹が立ってきた。

「あの人、私のこと、何だと思っているのかしら」

日未子は声に出した。慌てて口を押さえる。周囲に聞こえたのではと心配になったのだ。

日未子は、不倫を不潔だとか、後ろ暗いとは考えていない。そもそも「不倫」という言葉が悪い。利洋を愛することが、倫理道徳に反しているのだろうか？

たまたま利洋と出会った時に、彼は結婚して子供がいて家族を形成していたということにすぎない。日未子は、利洋を愛しているのであって、それ以上でもそれ以下でもない。

しかし……と思う。

昨夜みたいにホテルの部屋に一人残されて、利洋が帰ってしまうと、寂しさを通り越して怒りが湧いてくる。

自分のことを愛してくれているのだろうか。彼が愛してくれるから、自分も彼を愛するという方程式は成り立たない。そんなことは期待はしていない。たとえ一方的な愛だったとしても、それはそれで仕方がない。

利洋には重要な仕事もあり、妻もいて家族もある。そして自分のような女性もいる。それに引き換え自分はどうだろうか？　仕事も特別充実しているわけではない。利洋と結婚しようと思っているわけでもない。少し刹那的《せつなてき》過ぎやしないか。

割り切った関係という言葉がある。

利洋も以前、こんなことを言った。

「僕は、家庭が大事だからね。妻も愛しているから」

微笑みながら、真っ直ぐに見つめられてこうまで明確に言われると、日未子も微笑して頷く以外になかった。

「いつまでこんなことを続けているのかな……」

日未子は人込みに身体をゆだねながら呟いた。

## 6

「あれ？」

神崎が日末子の顔を覗き見ている。

「日末子、すっぴん？」

神崎が少し驚いた顔をした。

「すっぴんだと、本人かどうかの判別がつかないって顔をしているわね」

「そうじゃない。意外と魅力的だなと感心しているんだよ」

「お世辞言っても、もう遅いわよ。ちょっと寝坊したの。今から念入りにお手入れしてくるから、乞うご期待ね」

「軽く口紅を引くくらいでいいんじゃないのかい？」

「ご親切なアドバイスありがとうございます」

日末子は大げさに頭を下げた。

「その方が時間がかからないんじゃないかと思ってね。さっきから藪内さんが待っているから」

神崎が藪内に視線を合わせた。

「えっ？」

日末子も藪内を見た。

その途端に、頭がフルに回転を始めた。

「ワールドクレジット！」

日末子は声を上げげた。

「そうだよ。今日は藪内さんとワールドクレジットに行く日だろう。それも重要な用件でね。時間はまだたっぷりあるとは言い難い。確か先方に九時半じゃなかったかな？」

日末子は腕時計を見た。もう八時四十五分だ。

「ありがとう、神崎さん。すっかり忘れていたわ。でもよく覚えてくれていたわね」

日末子は化粧道具を手に持ったまま言った。

「俺は情報魔だからね」

神崎は、耳を指差した。

「藪内さん、すぐ用意します。すみません」

「ああ、待っている。大丈夫だよ。会社は近いからね」

相変わらず暗い。

日末子は、急いで化粧をするためレストルームに向かった。

ワールドクレジットは、業界大手だ。会員はカードやその他を合わせると二千万人もいる。クレジットの取扱高も一兆二千億円強という数字を誇っている。しかしバブル期に推し進めた不動産融資の焦げ付きのために業績不振に陥っていた。ミズナミ銀行にとっても同社の再建は、喫緊の課題となっていた。

ワールドクレジットは、日未子と藪内が二人で担当している。

今日は、九時半に先方のオフィスで社長の熊崎克巳《くまざきかつみ》と面談しなくてはならない。用件は極めて重大だ。同社の再建に係《かか》わることだ。

「どうかしてるわね」

日未子はレストルームの鏡を見ながら言った。

社長の熊崎克巳は旧大日銀行の専務だった。ワールドクレジットの再建に送り込まれて三年になる。

銀行時代から強引な性格で有名だった。だから面談することに、日未子は気が引けていた。それで記憶から飛んでしまったのかもしれない。嫌なことは忘れてしまうという脳の働きのせいだ。

「これで、よし！」

日未子は、気合を込めて言った。しかし気合を入れた端から藪内の暗い顔が思い浮かんできた。

「気が進まないな」

日未子は藪内と二人であの熊崎と会うことを想像して、気が重くなった。

日未子はレストルームを出た途端、その場に立ち止まった。藪内が待っていたのだ。

「すみません！」

「さあ、行こうか。エレベーターのところにいるからね。書類忘れないでね」

「はい、急いで行きます」

日未子は逃げるように営業室に向かった。

「あれ？　藪内さんはもう出かけたよ」

神崎が日未子を見て、怪訝《けげん》そうな表情を浮かべた。

「分かってるわ。急いで行ってくる」

日未子は、鞄に書類を詰めた。

「しっかり意見を言ってくるんだぞ」

谷川が睨みつけている。

日未子は、藪内がレストルームの前に立っていた理由を納得した。谷川が来たからだ。彼と顔を合わせる時間を少なくしたいために席を離れ、レストルームの前に立っていたのだ。

「重症だな……」

日末子は呟いた。

「何か言ったか」

谷川が不機嫌そうな顔をしている。

「いえ、何も言いません」

「とにかく熊崎社長にウチの要望を伝えるんだぞ。藪内に言っておけよ。ちゃんと成果を上げないとクビだぞってな」

「厳しいですね」

神崎がおどけた口調で言った。

「当たり前だ」

日末子は谷川に答えることなく飛び出した。

7

ワールドクレジットは丸の内に本社がある。ミズナミ銀行からは徒歩で二十分ほどだ。日末子と藪内は歩いて行くことにした。

「外を歩くと気持ちがいいですね」

日未子は、藪内に声をかけた。

丸の内仲通りの彫像が明るい光にきらめいている。ドン・キホーテのように馬に乗り、槍《やり》をまさに投げようとしている。彼はどこに槍を投げようとしているのだろうか。

藪内は日未子に顔を向けた。周囲の光を吸い込んでしまうような暗い顔だ。

「大江さんはいつも明るくていいね」

藪内はぽつりと言った。

「いやあ、そんなことはないですよ。これでも結構、暗いところもあるんです……」

日未子は無理やり笑みを浮かべて藪内に答えたが、あまりに深刻そうな様子に言葉が続かない。

「ここはね、僕の銀行員人生がスタートした場所なんだよ」

藪内は独り言のように呟いた。

「スタート？　どういうことですか？」

「この通りにあった丸の内支店が初任店だったんだよ。新入行員としての第一歩がこの丸の内だった……」

「すごいですね。丸の内支店なんて、藪内さんはエリートじゃないですか」

「過去はそうだったかもしれないね。僕らの頃は、丸の内支店か大手町支店からスタートするのが一番だって言われていたから」

　藪内は、薄く笑った。

「過去だなんて……」

　日末子は口ごもった。

「いや、いいんだ。今では僕にはかつての元気はないからね。ちょうどこの通りのように……」

「この通りも元気がないんですか」

　丸の内仲通り。東京を代表する華やかなファッションストリートだ。幾つものブランドショップが通りの両側に並んでいる。元気に溢れているように見える。

　日末子には藪内の言っている意味が分からなかった。

「以前は、ここは銀行村だったんだよ。ずらりと銀行や証券会社の支店が軒を連ねていてね。多くのビジネスマン、いわゆるドブネズミスタイルの男たちが通りを埋め尽くしていた。僕もその一人として、この通りを縦横無尽に走り回っていたのさ」

　藪内は、何かを思い出すように目を細めた。

「藪内さんの支店はどのあたりにあったんですか？」

「今、通り過ぎた。レストランがあっただろう？」

藪内は立ち止まって、振り向いた。彼の視線の先には、有名シェフのフレンチレストランがあった。

「銀行や証券会社の建物もいいですけれど、こういうふうにファッションストリートになるのも、私は評価しますよ。元気がないってことはありません」

「大江さんにはファッションの方がいいかもしれないが、僕には銀行の支店のままであってほしかった。丸の内の銀行ストリートっていうのは、経済への信頼の証みたいなところがあったように思うんだ。僕の勝手な思い込みだけど……」

「信頼の証ですか……」

「僕が銀行に入った一九九二年は、バブル崩壊が顕著になり始めた頃だよ。今から思うと一九八九年の大納会で日経平均が三万九千円ぐらいになった時がバブルのピークだったたって分かるけどね。入行した時はバブル崩壊なんて誰も気づいてはいなかった。まだまだ銀行の未来に信頼を置いていたんだ。それが株価も地価も信じられないほど急ピッチで下がり始めて、あれよあれよという間に銀行はどんどん潰れ、ついには僕の入った大日銀行までなくなってしまったからね。その間、僕たちはずっと暗い気持ちで過ごしてきた。周囲からも銀行員だというだけで同情的に見られるくらい惨めになっていったからね」

「でも、そうした藪内さんたちのご苦労があって、銀行もようやく回復したんじゃありませんか」

日未子は藪内を励ますように言った。

「でも以前の銀行とはすっかり様変わりしてしまったように僕には思える。普通の会社になったとでも言うのかな。公益の前に私益を追求するだけの会社にね。多くの人たちに支えられてようやく経営を健全化できたという感謝の気持ちを忘れてしまっているような気がする」

藪内の表情が翳った。

「確かに公的資金や異常なほどの低金利の預金など、一般の人たちの犠牲の上に経営健全化を果たしたのではないかという意見が強いですね。でも銀行の健全化が経済の健全化に直結していると思います」

「僕は、それは思い上がりだと思うよ。だってそうじゃないか。銀行は助けられて当然だという気持ちがあるような気がする」

「感謝の気持ちを忘れないことですね」

「それに、大日銀行も合併してミズナミ銀行になったわけだけれど、どうして合併したのかを厳しく問い直すことも必要だろうね」

「どういうことですか？」

「銀行が生き残るためだけに合併したんじゃないことを、世の中に示す必要があると思うんだよ。合併したことによって、こんなに皆様の役に立つようになりましたってね」

「今はそうじゃないと考えているのですか？」

「少なくとも、合併してどれだけ多くの人に感謝されているかは疑問だね……。今から会いに行く熊崎社長だって合併には大反対だったからね」

藪内の言葉で日未子は熊崎の顔を思い浮かべた。

熊崎は、ごつごつした印象を与える、頑固親父という風貌《ふうぼう》だ。

「藪内さんも合併には反対だったんですか？」

「僕みたいなものが賛成、反対って言っても仕方がないさ。決まったレールの上を走るだけだからね。でも大日銀行のよさみたいなものがなくなっていくようで寂しくなることもあるよ」

藪内はかすかに微笑を浮かべている。だがそれは寂しそうな微笑だった。何か大切なものを諦《あきら》めてしまったかのようだ。

日未子は、利洋が言っていたことを思い出した。

(他人をコントロールして自分は手を汚さずに、自分の利益になるように動かす)

藪内は気づいているのかもしれない。谷川が利洋にコントロールされていることを。

「銀行は合併の歴史って言うだろう？」

「ええ。歴史が証明していますから」

「その都度、前の歴史を全てご破算にして新しい歴史を作っているんだよね。違う銀行の最もいいDNAが一緒になって、もっと力強く、もっと前向きで明るいDNAになればいいのに、実際はそうはならない。ローマ軍がカルタゴの町を占領した時、土を盛って町を埋めてしまったように、時には合併相手のDNAを全て破壊してしまおうとする動きさえあるんだ。徹底して破壊した結果、生まれたDNAは破壊した側のDNAでもない、なんだか訳の分からない醜いDNAになっていることがある。それは、破壊する過程で人間としての優しさなどを失っていくからだよ」

藪内はまるで自分に言い聞かせているように言った。

藪内は大日銀行に限りない憧憬《しょうけい》を抱いているのだ。それを壊そうとしているのが利洋であり、そのコントロール下にある谷川なのだろう。

二つの銀行が新しい価値を生み出すのなら、藪内がこれほどまでに暗くならなくてもいいはずだ。ところがそうではないと思っているところに彼の不幸があるのだ。

日末子には街のきらめきが、一瞬、くすんだように感じられた。

「着いたよ」

藪内が言った。

日未子は、なんとなく重い気分を引きずりながら、藪内の後に従ってビルの中に入って行った。

8

熊崎は還暦を過ぎているにもかかわらず、そんな様子は微塵もない。がっしりした身体、短く切った髪、ごつごつした黒い顔、鋭い目。まるで土とともに生きてきた農夫のような逞しさがあった。

「うちのような会社には部長は来ないのかね」

熊崎は藪内と日未子を睨みつけていた。

「あいにく山下は出張しておりまして……」

藪内が目を逸らしながら消え入りそうに言った。

「山下部長は、私のことが嫌なんだろう。私がミズナミの方針に逆らってばかりいるからな」

「決してそんなことはないと思いますが……」

「藪内君、君もだらしないな。私と一緒にやっていた頃は、まるで青年将校のように血気に逸《はや》っていたものだが。すっかり興産銀行の連中に降参してしまって、骨抜きになったのかね」

　熊崎は荒々しく言った。

「そういえば、藪内さんはどこで熊崎社長の部下だったのですか？」

　日未子は囁いた。

「何をこちょこちょ言っているのかね？　この藪内君はね、私の一番の部下だったんだよ。京橋支店の支店長をしている時にね。元気のいい若者がいると思ったのが、藪内君だった」

　日未子はあらためて藪内を見た。藪内は首をすくめて俯いている。元気な若者という表現が、全く似つかわしくない。

「僕が大日銀行からこのワールドクレジットに転出する時は、号泣してくれてね。悔しいと言って……」

　熊崎は遠くを見つめるように目を細めた。その時のことを思い出しているようだ。

「あの時は失礼しました」

　藪内が少し顔を上げた。

「失礼なことなどあるものか。とても嬉しかったよ」

　熊崎が表情を緩めた。

「社長に、頭取になってもらいたいというのが私たち若手の希望でしたから……」

「それは無理な相談だった。とても頭取になれるような器ではなかったからね」

「そんなことはありません」

藪内は顔を上げ、語気を強くした。

「彼はね、私につき従って、このワールドクレジットに行くとまで言ってくれた。止めるのに往生したよ」

「ご迷惑をおかけしました」

藪内は小さく頭を下げた。

「私は、彼らの期待に応《こた》えようと、このワールドクレジットで頑張った。業績は伸びた。ところが、不動産融資などで躓《つまず》いていた会社を充分に立て直すまでにはいかなかった。バブル崩壊の傷は思いの外、深かった。私が頑張った程度ではなかなか経営は改善されなかった。そこへ、頼みにしていた大日銀行は興産銀行と合併してミズナミ銀行となってしまった」

熊崎の表情が硬くなった。

「ミズナミ銀行になった途端に、対応が冷たくなった……」

藪内が熊崎を見つめて言った。

「そうだ。民事再生法でも申請せざるを得ない雰囲気だった。融資の書き換えにさえ応じないという態度で迫ってきた。驚いたよ。それまでさんざん出向者を送り込んできていたのに、手のひらを返されるというのはこのことだと思ったね。でもなんとか融資を継続してもらい、デッド・エクイティ・スワップや増資を引き受けてもらってようやく一息ついた」

デッド・エクイティ・スワップとは、債務を株式化することだ。これで会社は債務を軽減することができる。

「そこへ突然、今回のネット天国への身売り話が進められたわけですね」

「私としては、追い詰められ、どうしようもないと思わされたうえで、この話を持ち込まれたと思っている。君たちがこうして何度も私の意向を確認しに来ているのも、いずれは私が根負けするだろうという意図なんだろう。それもかつての部下の依頼だからね」

熊崎が日末子を睨んだ。

日末子は、ワールドクレジットの担当として再建策を立案した。旧大日銀行として二千億円強の融資残高があり、借り入れ総額八千億円をなんとかしなくてはならない。

「ネット天国にワールドクレジットを買収させて、再建するからね」

利洋は日末子に微笑みながら言った。

日末子は突然の指示に驚いた。

「ネット天国がクレジット業務に進出したいって言うのさ。あそこの社長の高山治《たかやまおさむ》を知っているだろう。とても事業欲が旺盛でね。なんとしてもワールドクレジットを欲しいって言うのさ。僕は、ボロ会社だから止《よ》した方がいいよって言ったのだけれどね。でも『うちが引き受ければミズナミ銀行も助かるだろう』と強気でこられてね」

利洋は快活に言い、指でオーケーサインを作った。まるでネット天国が運営しているネットオークションで競りが行われ、高値で落札してもらったような喜びようだ。

ネット天国は、元興産銀行行員だった高山治が創業したインターネット企業で、インターネット販売、金融などを手がける大手だ。

猛スピードで東証一部に上場し、売り上げは四百億円くらいだが、積極的なM＆A戦略で知られていた。会社を買収し、将来性を担保に増資して借り入れを返済する。そして決算では一気にのれん代を償却するという大胆とも言える経営手法を採用していた。

高山は、まだ四十代の前半だった。利洋とはかつて同僚のような立場で机を並べていたと、日未子は聞いたことがある。

「部長、私が立案した再建案はどうなりますか？」

「ああ、あれね。自主再建はうちのリスクが大きいから、どこかとアライアンスが必要だと思っていたんだ。そこへ高山社長がぜひにときたからね。ネット天国に買収させる方向で合意したから、それで作り直してよ。熊崎社長との交渉は大江君と……そうそう、藪内君が熊崎社長と親しいから、中心になってもらおうかな」

利洋は全く悪びれないで言った。これが利洋でなかったら日未子は机を叩いたかもしれない。というのは日未子は藪内と一緒に必死で自主再建案を作成したからだ。確かに自主再建するとなるとミズナミ銀行の負担は大きいかもしれない。だが旧大日系の関係企業で支えるプランだったので熊崎は非常に評価していた。

「熊崎社長が何と言うか……」

日未子は顔を曇らせた。

「そこは説得してよ。日未子、いや大江君の魅力でね」

利洋は片目をつむった。深刻そうな顔をしているのは日未子だけだった。

「私はね、ネット天国の高山社長が嫌なわけではない。また君たちが立案した自主再建案が極めて厳しいものだったから、ネット天国の系列下に入るのも選択肢の一つと思わないでもない。高山社長とも面識があるし、彼の経営手腕をもってすれば、ワールドクレジットもいい会社になるだろう。しかしそうは言うものの山下部長の態度が許せない」

熊崎は、吐き捨てるように言った。

日未子は身をすくめた。利洋のことを非難されると、まるで自分が責められているような気持ちになる。日未子が利洋と付き合っていることなど熊崎が知りようもないのに、まるで見抜かれているような恐怖に襲われる。

「山下部長は、興産銀行のことしか考えていない。まるで大日銀行を乗っ取ってミズナミ銀行を作ったような態度だ。ワールドクレジットが大日銀行にとってどのような位置づけであり、どのような歴史を辿《たど》ってきたのか、それに対する尊敬の気持ちが微塵も感じられない。ネット天国がうちを欲しがっている、ネット天国の業務拡大に役立つ、ネット天国に任せれば大丈夫……。まるでネット天国の代弁者ではないか。彼と高山社長はかつて机を並べた同僚だという。だから彼は高山社長の気に入るようにしたいのだ。ネット天国は興産銀行の大事な取引先だからね。だいたい銀行は、その時その時の旬の取引先ばかり大事にする。私のところもどれだけ大日銀行には貢献したか、君たちも知っているだろう」

熊崎は語気強く言った。

日未子と藪内が同時に頷いた。

「企業の盛りが過ぎただけで、二束三文の扱いだ。そんな失礼なことがあるか！」

熊崎は遂に机を叩いて、声を荒らげた。

「山下は、そういうつもりではないと思いますが……」

日末子は抗弁した。

熊崎が睨む。熊崎の短く刈った毛が立っているようだ。

「大江君はそう言わざるを得ないだろうが、山下部長はワールドクレジットのことは何も考えていない。ネット天国のためだけに動いていると感じても仕方がない。そうは思わないか、藪内君」

熊崎は藪内に訊いた。

藪内は熊崎の顔をじっと見ていたが、黙っていた。

「藪内君、何も言葉はないのかね。かつての部下が興産銀行の連中に骨抜きにされたのは見たくもない。帰ってくれ」

熊崎は追い払うように手を振った。

「ネット天国の高山社長とテーブルに着くだけでもお願いしたいのですが」

日末子が言った。

「今はそんな心境ではない。君たちにさえ裏切られたような思いだ。大江君だって自主再建案を作り上げた時は、あんなに喜んでいたじゃないか。それが実行に移されることもなく否定されたことが悔しくないのかね」

熊崎の表情が寂しそうだ。日末子は唇を嚙んだ。確かに熊崎の言う通りだ。自主再建案を熊崎と練り上げ、関係企業からも了解を取りつけた。それを利洋は全く無視したのだ。

自主再建案ができた時、利洋は、大丈夫かと言った。だが、関係企業が協力を申し出ているると答えると、よかったじゃないかと笑みを浮かべた。

勿論、関係企業といっても全て大日系であり、利洋には全く馴染みがなく、協力してくれるように交渉したのは日未子と熊崎だった。

「どうしても自主再建にこだわられるのですか？」

藪内が重い口を開いた。

「多くの大日系関係企業が協力を申し出てくれているからね」

熊崎が言った。

「でもそれは本心からではないでしょう」

「何を！」

熊崎の頬が引きつった。

「藪内さん、なんてことを言うんですか。私も交渉したんですよ。どこからも厳しいことを言われました。でも最終的には納得してくださったじゃないですか」

日未子は強い口調で言った。

「だったら大江君、どうして君は、山下部長がネット天国の話を持ち出した時に、そのように主張しなかったんだ」

「それは……」

「理由は、関係企業はそれほど快くワールドクレジットの支援を了承してくれていないということだろう。だってどの会社も経営は厳しい。ましてやミズナミ銀行になってしまってからは銀行の方針に逆らってまで支援しようというところはない。そうじゃないのか」

藪内は厳しい目で日未子を見つめた。

「藪内君、君はそこまで魂を抜き取られたのか」

熊崎が嘆いた。

「そうじゃありません。現実を申し上げているのです。私は幾つもの関係企業にワールドクレジット支援の本音を訊ねました。結局のところどこも銀行の方針次第だと答えました。どの企業も台所が苦しいからです」

藪内が話したことは事実だった。熊崎や日未子からワールドクレジット支援を依頼された旧大日系関係企業には、積極的に支援するという気持ちはなかった。これきりにしてほしいという思いを露骨に出す会社もあったほどだ。支援という泥沼に引きずり込まれたくないというのが彼らの本音だった。

「実際のところは、藪内さんのおっしゃることが現実です」

日未子は絞り出すように言った。

「君までも私を裏切るのか」

熊崎は天を仰いだ。

「社長、自主再建は難しいということをもう一度認識してください」

藪内は言った。

藪内の顔に赤みが差している。気持ちが高揚しているのだろう。藪内は誠心誠意熊崎を説得しているように見えた。かつての上司の自主再建への思いを理解しつつ、ミズナミ銀行になった以上は、銀行の方針に逆らえないのだという現実を直視してほしいと懇請しているのだ。

それにしても谷川に苛められてばかりいるところを見慣れていたので、日未子は藪内の迫力に目を瞠《みは》った。

「いつの間にかミズナミ銀行は興産銀行になってしまったようだね。藪内君までもそれほど心変わりをしてしまうとは、私は情けない」

熊崎が弱気な声を出した。藪内の迫力に圧されたのだ。

「申し訳ございません」

藪内が頭を下げた。

「君たちには悪いが、いくら説得されてもネット天国には支援を求めたくない。これは私の意地だ。もしどうしてもと言うなら私の首を取ってくれ」

熊崎は言った。

藪内は熊崎を見つめていた。膝に置いた手を固く握り締めている。

日未子の目に藪内の姿と丸の内仲通りの彫像とが重なって見えた。藪内はドン・キホーテのように馬に乗り、槍を投げていた。

街のきらめきに反射して輝く彫像の眩しさに目を細めるように、日未子は藪内を見ていた。

# 第四章　谷間のおののき

## 1

藪内の足が細かく震えているのが分かった。日末子の視界の端に入ってきたのだ。

「藪内君、君の話していることが分からない。僕にはさっぱり意味が分からない。頭が悪いのかな」

利洋は困惑したような笑みを浮かべている。

日末子があまり見たことのない利洋の顔だった。いつものこだわりのない、さっぱりした塩味のスープのような態度ではない。

利洋の隣には常務の桐谷《きりや》正男《まさお》が座っている。先ほどから利洋は桐谷をさかんに気にしている。藪内を見ているはずの視線が、いつの間にか桐谷に流れていた。

桐谷は興産銀行出身で利洋の直属の上司であり、営業部の担当役員でもある。でっぷりと太った身体をソファに沈めている。まるで眠っているようだ。顔立ちは温厚そうで、いつも口元が笑っているのだが、実力はあった。普段、多弁でないだけに、桐谷が言う一言には重みがある。利洋が出世していくためには、気を使わなくてはならない相手だった。

「ワールドクレジットを自主再建させてほしい？　ネット天国に買収させるのは考え直すべきだ？　いったい藪内君は何を話しているのかね。熊崎社長の言い分を繰り返しているだけじゃないか。君は単なるメッセンジャーボーイか。それとも熊崎社長に雇われているのかね？」

利洋から常務同席でワールドクレジットの再建について藪内は意見を求められたのだが、何度も言葉に詰まった。利洋が歓迎していないことが露骨に分かったからだ。「自主再建」という発言をしたかと思うと、利洋の整った顔が歪んだのだ。その瞬間に、藪内はまるでテープが切れたレコーダーのようになった。

「大江君、君も主担当として藪内君と同じ意見なのか」

日未子は、どう答えるべきか迷っていた。

利洋から説明を求められた時、本来ならば主担当である日未子が答えるべきだった。

藪内が、自分に説明させてほしいと頼んできた。日未子は、特に何も考えずにオーケーを出した。日未子にしてみれば、熊崎がネット天国への売却をまだ納得していないという事実だけを報告すればいいと思っていた。当然、藪内もそれだけを報告すると思っていた。それならばいっこうに構わない。

ところが藪内は予想外のことを口にした。利洋の方針を否定し、熊崎の方針を肯定したのだ。熊崎に自主再建を断念するように説得していたのに、藪内はいったいどうしてしまったのだろうか。日未子にも藪内の豹変が理解できなかった。

「なんとか言ったらどうだね」

利洋は本気で怒っていた。桐谷の前で恥をかかされたと思っているに違いない。

「いいよ、大江さん、君の意見を話してください」

藪内が小声で言った。

「何を二人でこそこそと相談しているんだ。大江君は主担当として意見がないのか」

利洋が声を大きくした。

カチンときた。日未子は利洋を睨んだ。一瞬、利洋の視線が揺らいだように見えた。日未子の怒りが伝わったのかもしれない。

「私も藪内さんと同意見です。部長の案には賛成できません」

日未子は声が裏返ってしまうのではないかと思った。それほど緊張した。たったこれだけの発言なのに、言い終わると足が震えている。

利洋が驚いて、目を大きく見開いて日末子を見つめている。まさか、信じられない、という顔だ。

「大江さん」

藪内が呟いた。少し藪内の背中が伸びた。

「大江君、それは君の意見なのか」

利洋は明らかに怒っていた。

「はい。私の意見です」

「なぜ自主再建がよくて、ネット天国への売却がいけないのだ」

「熊崎社長が完全に反対だからです。社長は、従業員から慕われておられます。銀行の言いなりにならずに自主再建に努力されているからです。そうした従業員の気持ちを考えないで、銀行の都合だけでネット天国に売却しようとするのは問題があると思います。事業は人の思いが動かすものだと考えるからです」

日末子の口からは意外なほどすらすらと言葉が出てきた。

これは普段から考えていたことだ。利洋が強引にネット天国への売却を推し進めようとするから、ワールドクレジット社内は動揺していた。急成長するネット企業への警戒感が強かったのだ。

「事業は人の思いが動かすもの。大江君から説教を聞かされるとは思わなかったよ」

利洋は皮肉な笑みを浮かべた。

「説教だなんて……。そんなつもりはありません」

日末子は動揺した。

なぜ利洋に逆らう言葉が出てきたのか自分でも理解できなかった。

数日前、ホテルで一人きりにされた夜、本当に寂しかった。久しぶりに利洋との時間を過ごしたから、余計だった。眠れなくて、ワインの力を借りた。結局、ホテルを逃げ出して深夜の街に出てしまった。ビルの谷間は、完全な無音の世界だった。怖くて、寒くて、おののき、身体を小さく縮めていた。この時の利洋の身勝手さを呪う気持ちが言葉となっているのだろうか。

「部長、もう少し時間をいただけませんか」

藪内がしっかりした口調になった。日末子の意見に勇気づけられたのかもしれない。

「時間？　時間などない。早く結論を出さなくては金融庁から何を言われるか分からない。もっと引き当てを強化しろとうるさく迫られる前に結論を出し、さっさと手放すのが経営というものだ」

「ワールドクレジットは大日銀行の大切な取引先であり、大日銀行とともに歩んできました。

さっさと売るなどという扱いを受ける会社ではありません」

藪内の足の震えは止まっていた。視線を利洋に据えている。

まずいことになる……。

日未子は、悪い予感がした。藪内は、部内で弱い存在だ。スケープゴートのような存在になっている。今、その弱い羊が、狼《おおかみ》に向かっている。狼は利洋だ。実際のところ、藪内を追い込んでいるのは利洋だ。直接的には谷川が苛めているように見えているが、彼を操っているのは利洋だ。

利洋の顔が険しくなった。

「君は随分と大日銀行にこだわるね。その噂は耳にしていたが、こんな重要な案件でも大日とか興産とか旧行意識にこだわるようでは問題だな。ねえ、常務」

利洋は桐谷の顔を見た。桐谷は何を考えているのだろうか。無表情のままで全く反応しない。

「旧行意識で申し上げているわけではありません。私たちはその会社の歴史にもっと敬意を払うべきだと申し上げているつもりです」

藪内は言った。

「うるさい。結論を言うぞ。ネット天国に売却する方針は変えない。とにかく熊崎社長にタイムリミットを突きつけるんだ」

利洋が怒鳴った。こんな利洋は見たことがない。日未子は、まるで別人を見るような思いだった。

誰かが言っていたことがある。役員になる寸前というのは、みんな病気になってしまうものだと。役員病という病気だ。これに罹《かか》るとやたらと自分を目立たせようとして、その結果、自分を見失ってしまうことがある。利洋もその病気に罹っているのだろう。特に桐谷がいることで、より症状が悪化しているのだ。

「本業のカード業務は立て直せるかね」

桐谷が穏やかに訊いた。眠っているのではないかと思うほど沈黙を守っていたが、初めて口を開いた。

「確かにワールドクレジットのカード業務は他社に押されて低迷しておりますが、本業の部分でもありますし、立て直してみせる、と熊崎社長は意欲的に取り組んでおられます」

藪内が答えた。

「熊崎さんは社長だから当然だ。そうではなくて、君たちが立て直せると思っているかどうかを聞きたいんだよ」

ワールドクレジットは流通企業などとの提携カードにそれなりの強みはあるが、一般の消費者への浸透はまだまだだった。経営再建のためにはカード業務を強化することが最優先課題だった。

「できると思います」

日末子は答えた。ここで弱気な態度を見せるわけにはいかない。

桐谷が日末子を見つめた。

「どうやるかね」

桐谷が少し微笑んだ。

「消費者がワールドクレジットのカードを持ちたくなるようなコンセプトを考えます。そうした消費者へのアプローチが今まで不足していたように思えます」

日末子は言った。

「その程度のことで再建などできるものか。再建には何よりも資本だ。決定的に資本が不足している状況なのだ。それを解決しなくてはならない。だからネット天国の資本を注入しようとしているのだ」

利洋が厳しい言葉を投げた。

「資本注入はその通りだと思います。しかしその前にやるべきことがまだ残っているのではないでしょうか。それらをやり尽くしてからでもいいと思います」

日末子は利洋の顔を見ていなかった。見ると何も言えないかもしれないという不安があった。

「資本注入もネット天国だけではなく、ワールドクレジットが望む会社を探すことも検討するべきでしょう」

藪内が言った。

「あんなお荷物会社に魅力を感じる会社が他にあるとは思えない。無駄な努力だ。せっかく僕が、ネット天国の高山社長に話をつけたというのに、君たちのお陰で前へ進まないなんて……。信じられない」

利洋は吐き捨てるように言った。

「山下部長、まあ、若い人があああやって言っているんだ。あまり無理強いするのもどうかと思うが」

「ですが……時間が……」

「確かに再建にはスピードが重要だ。早く処理するに越したことはない。しかし先方が全く納得していないものを無理強いすることはできないだろう。少し様子を見つつ、彼らに時間を与えよう」

桐谷は日末子と藪内を指差した。

利洋は眉根を寄せた。

「しかし、高山社長にはなんと……」

利洋は言った。

「リミットは一ヶ月以内とすればいい。その間に自主再建、ならびにネット天国との資本業務提携以外のベターな再建案を、この二人が提示できればいいではないか。どうかね。一ヶ月も待ってやればいいだろう」

桐谷は利洋を諭すように言った。

「常務がそうおっしゃるのでしたら」

利洋は何度か日未子に視線を送りながら、不満そうに桐谷に答えた。

日未子は、利洋の視線を避けるようにして藪内を見た。藪内は硬い表情で正面を見つめていた。拳を強く握り締めていた。

一ヶ月……。

日未子は心で呟いた。自分たちの主張が桐谷に理解されたように思えるが、たった一ヶ月で何ができるだろうか？　死刑が少し先延ばしされただけのような重い気分になった。

部長室を出た途端に、日未子はその場に蹲ってしまった。膝ががくがくと音を立て、身体を支えられなくなってしまったのだ。

「大丈夫か？」

藪内が心配そうに見下ろしている。

「大丈夫です。なんだか緊張してしまって……」

「僕も同じだよ」

「なんだかとんでもないことをしてしまったようですね」

日末子は立ち上がりながら、不安な目を藪内に向けた。

「申し訳ない。僕のためにこんなことになって……」

藪内が頭を下げた。

「まさか藪内さんが部長の方針を真っ向から否定されるとは思いませんでした。だって熊崎社長には自主再建を諦めろと、あれだけ熱心におっしゃっていたではないですか。はっきり言って驚きました」

日末子は、苦しそうに顔を歪めた。

「熊崎社長の怨念みたいなものが宿ってしまったようだ。すまなかった」

「怨念……」

「なんだか銀行の都合だけで自分の会社が玩具《おもちゃ》にされているようだと熊崎社長は怒っていた。僕もその通りだと思う。それは当事者たちの人生を否定することだ。それでは絶対にうまくいかない。それを部長に分かっていただきたかったのだが……」

藪内は肩を落とした。

藪内を反逆に駆り立てたものは熊崎の怨念ばかりではない。藪内自身の怨念もあるはずだ。

だが、勢いだけで利洋の方針に反逆してみたものの、その後をどうするかについては何も考えていなかったようだ。残された期間はひと月だけ。今や行動あるのみだが……。

「藪内さん、桐谷常務からひと月の執行猶予を貰いました。できる限りのことを熊崎社長と試みましょうよ」

日未子は明るく言った。

「ああ、やってみよう」

藪内の顔にようやく笑みが浮かんだ。

「おい！　大江君、藪内君！」

日未子が声のする方向を見ると、谷川が両手を上げて、こっちへ来いという仕草をしている。明らかに顔が怒りで引きつっている。

「藪内さん、次の難関ですよ」

日未子は言った。

「そのようだね」

薮内は暗い顔を日末子に向けた。

2

「君たち、部長に何を言ったんだ。それも常務の前で……」

谷川は日末子と薮内を立たせたままで憤懣《ふんまん》をぶつけてきた。もう谷川の耳に部長室でのやりとりが伝わっていた。きっと利洋から電話でもあったのだろう。谷川の興奮した顔を見ると、相当、利洋に叱責《しっせき》されたに違いない。

「ワールドクレジットの今後の方針についての考え方を申し上げました」

「取引方針って言っても、あれはネット……」

谷川は急に声を潜めた。急いで周りに目を配った。周りに自分の部下以外、誰もいないことを確認して、「N社に売却して、再建してもらうことに決まっているだろう」と言った。ネット天国のことをN社と言い換えた。

「そんなことはありません。自主再建の道、N社以外の支援者を募る道もあると思います。少なくとも熊崎社長はN社を拒否されています」

「大江君、君ねえ、立場ってものをわきまえているのかい」

谷川の顔が思いっきり歪んだ。

「はあ？」

日未子は首を傾げた。

「もう嫌になっちゃうな。N社は部長が連れてきたんだよ。それを否定なんかできるわけがないだろう。そんなことをしてみろ。これだよ」

谷川は手刀《てがたな》を喉仏に当てた。

本当に斬《き》られればいいのに……。日未子は血しぶきを上げて、谷川の首がごろんと床に転がる様子を思い浮かべた。

「課長、桐谷常務からひと月という時間をいただきましたので、よく検討させてください」

藪内が頭を下げた。

「おい、おい、おい。ここにも世間が分かっていない男がいるよ。ねえ、神崎君、聞いてくれよ」

谷川は眉根を寄せて、神崎に声をかけた。突然のことだったので神崎は驚いた様子で顔を上げた。だが神崎のことだ、先ほどから耳をそばだてていたに違いない。神崎は意味不明の笑みを浮かべて黙っている。

「常務から時間を貰ったなんて言っているばかがここにいるよ。ねえ、藪内君、勘違いもはなはだしい。常務がおっしゃった真意はね、直ぐに謝れってことだよ。ひと月後に謝ったら、本当にこれだよ」

　また谷川は手を喉仏に当てた。

「そんな……。常務はよく考えてほしいと確かにおっしゃいました」

　日未子は反駁《はんばく》した。

「アマーイ！」

　谷川は流行遅れのギャグを言った。タレントの真似をして、大きな口を開けた。

　神崎が声を出して笑った。日未子は神崎を睨んだ。谷川に追従《ついしょう》しているように見えたからだ。

「ちょっと、いいかげんにしてください……」

　藪内が呟くように言った。暗い声だが、確かな響きがある。日未子は驚いた。藪内が谷川にこのような言い方をするのを初めて聞いたからだ。

　谷川は目を大きく見開いた。衝撃を受けている。絶対に反抗されない子供を苛めていたら、急に強い兄が助《すけ》っ人《と》に現れた時のようだ。

「今、なんて言った？」

　谷川が訊いた。視線を藪内に据えたまま、唾を呑み込んだ。

「いいかげんにしてくださいと言いました。常務は間違いなく時間をくださいました。その時間で熊崎社長と最善の方法を検討します。邪魔しないでください」

　藪内が谷川を睨んだ。

「な、なんだと！　邪魔するなだと？」

　谷川がテーブルを叩いて立ち上がった。

「課長は、ネット天国から何か貰っているのですか。端《はな》からネット天国ありきじゃないですか！」

　藪内が声を少し大きくした。もう周りにネット天国の名前が響き渡ってしまった。

「もう一度言ってみろ。いつ、俺が、何を貰った？　それこそいいかげんなことを言うな」

　谷川は藪内に体をぶつけるように迫った。

「せっかく時間を常務からいただいたのですから、きちんとやらせてください」

　藪内が頭を下げた。

　谷川は、藪内の頭を無理やり起こし、

「俺がネット天国から何か貰ったという発言を取り消せ。土下座しろ」

　と声を荒らげた。

　突然、ガラガラという大きな音を立てて谷川の椅子が床を走ったかと思うと、谷川が床に尻餅《しりもち》をついた。ドンという鈍い音がした。

「きゃっ」

日未子が悲鳴を上げた。

「課長!」

神崎が慌てて立ち上がった。

谷川が床に手をつき、動転した顔で藪内を見上げている。何が起きたのか、事態を把握しかねているようだ。

「申し訳ありません」

藪内が、落ち着いた様子で谷川に手を差し伸べた。

谷川は、素直に藪内の手を握って身体を引き上げた。

神崎が谷川の椅子を元に戻した。

「時間をください」

藪内が深く頭を下げた。

「分かった……」

谷川は椅子に座り直して、呟き、ため息をついた。憑きものが落ちたように呆然《ぼうぜん》として、それでいて湯上がりのように顔を火照らせていた。感情の高ぶり、突然の驚きをコントロールできないのだろう。

「藪内さん、別室で打ち合わせしましょう」

日末子は、急いで藪内の手を引いた。

3

「ひろみちゃん、いる？」

日末子は、ひろみとの部屋を区切っているドアを叩いた。

「開いてますよ」

ひろみがドアを開けた。

「遅くにごめんなさい」

「まだ十時ですから、いいですよ。それよりどうしたんですか？」

日末子は、ひろみが勧めてくれたソファには座らずに、直接、床に座って、テーブルに肘をつき、深くため息をついた。

「どうしたんですか。日末子さんのため息で部屋の中がいっぱいになりましたよ」

ひろみが日末子の顔を覗き見て、笑って言った。

「人生、うまくいかないってこと」

「そんなの今、分かったんですか。遅いな。私なんかずっと前から分かっていますよ」

「私は、おそらくひろみちゃんよりもっと深く分かったわけ」

日末子は、再びため息をついた。

「あぶない、あぶない。このまま傍にいたら、日末子さんのため息に搦《から》めとられてしまいそう」

ひろみは、シャンシャンと音を立てて沸騰し始めた薬缶《やかん》の火を止めるために立ち上がった。

ひろみは、日末子がコンビニで買ってきたカップのお茶漬けに湯を注ぎ入れている。

「はい。できました。レンゲを使って食べてください」

ひろみがテーブルの上に湯気の上がっている二つの器を置いた。日末子が買ってきたそのままではなく、わざわざ別の器に中身を移し替えている。

「ひろみちゃんが作ると、インスタントのお茶漬けが高級料亭のお茶漬けになるわね」

日末子はレンゲでお茶漬けを掬って食べた。

「これをひと手間って言います。器を替えるだけでインスタントではなくなるでしょう？」

ひろみが得意そうな笑みを浮かべた。

「ため息の原因は、喧嘩と好きな人の思いがけない一面を見てしまった衝撃に対する防衛的反応ってところかな」

「難しいですね。要するに相手の嫌なところを見たんですね」

ひろみはお茶漬けに息を吹きかけて、冷ましていた。

「鋭い。その通りなのよ」

「相手は、あの部長さんですか？」

ひろみは日未子が利洋と付き合っていることを知っている。以前、じっくりと話したことがあった。ひろみは不倫だと日未子を責めたりすることはなかった。

日未子は藪内と二人で利洋と対立した時の様子を話した。その後、藪内と対策を協議したが何もいい考えが浮かばなかったことも。

「でも仕事での対立ですから、何も気に病むことはないじゃないですか？」

「そうかな……」

「仕事ってそういうものでしょう。お互いの意見をぶつけ合って、いいものをつくっていけばいいのではないですか」

「そんな理想的なことばかりじゃないのよね。部長の意見に逆らうことなんか、滅多にないことよ。それよりも、利洋に他人を貶《おとし》めてもいいから地位を得たいという欲望、それを野心って言うのかな……そんな嫌なにおいを放つ体臭みたいなものが漂い始めたの。以前はそんなものはにおってこなかった。とても爽やかだったわ」

「それはその方の立場からにおってくるのではないですか？」

「立場ねえ……。そんな自分の立場に対する執着とか保身とかを利洋も考えているのかしら？　幻滅ね」

日未子はレンゲを置いた。まだ食べ終わっていない。美味しいのだが食欲が湧いてこない。

「でもそういう人を日未子さん、好きになったんでしょう？」

ひろみが上目遣いに日未子を見つめた。

日未子は、唇を噛んだ。お茶漬けの器に視線を落としていた。なぜだか分からないが、急に涙が出てきた。

日未子は指先で涙を拭《ぬぐ》った。

「お酒、ない？」

「ビールならありますけど」

ひろみは、百二十五ミリ缶のサッポロ黒ラベルを一缶、持ってきた。

「小さいね」

日未子はそれを目の高さにまで持ち上げた。

「ビールはそれくらいが丁度いいんです。ちょっと渇きが癒せるでしょう。あまりごくごく呑んでしまうと、自分が渇いていることさえ忘れてしまいます。渇いて、ちょっと癒して、それが人生ではないですか」

「ちくしょう！　ひろみちゃんはヨガをやっているだけに、いいこと言うよね」

日未子は、蓋《ふた》のプルを引いた。

「もし足りなければ、言ってください。日未子さん、相当、渇きが酷いみたいだから」

ひろみが笑った。

日未子は、ビールを一気に喉に流し込んだ。爽快な苦味が、一瞬、何もかも忘れさせてくれる。

「そうなのよねぇ。そういう男を好きになってしまったんだね。今まで彼のいやらしい面が見えなかったのは、見ようとしなかったからか、見たくなかったからか……」

「人にはいろいろな面がありますから、一瞬だって立ち止まっているということはない。絶えず変化しているのだと思います。その変化の、自分にとって都合のいい面だけを見るのではなく、あらゆる面を見て、認めてこそ、本当にその人を愛するってことではないでしょうか？」

ひろみはゆっくりとした口調で話した。

ひろみの話は日未子の胸に鋭く響いてきた。

「川は流れていて、いつも同じ水がそこにあるわけではないわね。見た瞬間に、水は変化している。だからいつ見ても同じものではないのに、同じものだと思って見ようとする、あるいは見たいと希望する。そこに無理があるのね。流れそのもの、川そのものを見て、愛することが大事なんだってことね」

日未子は、ビールの缶を置いた。

「そういうことだと思います。そしてもし、日未子さんがその川をどうしても見たくない、愛することができなくなったということもあると思います。それはそれで仕方がないでしょう。その川は変化して、日未子さんが初めて見た時とは何もかも全く変わってしまっているのですから……」

ひろみは優しく微笑んだ。

「ひろみちゃん、ありがとう。なんだかすっきりしたわ」

「よかった。日未子さんが元気になって。そうそう、雅行さんから、日未子さん、帰ってきている？　って電話がありましたよ」

「雅行から？」

「あの人は、あまり変わらない人でしょうね」

「そうね。あまり複雑じゃないからかな」

「酷い言い方じゃないですか。日未子さんのこと、本気で心配しているのに……」

ひろみが少し唇を尖らせた。

「そうね。明日、電話するわ。もう遅いから。お休みなさい」

日未子は立ち上がった。指先で目じりに触れた。先ほどの涙がまだ少し残っていた。

4

「課長、不機嫌だよ」

神崎が小声で囁いた。

日未子は、谷川の方に視線を送った。

「そう？　そんなに不機嫌そうに見えないけど。いつも通りじゃないの」

「課長、今日、朝の挨拶、返してきた？」

神崎が訊いた。

日未子は出勤してきた時の様子を思い浮かべた。そういえば、日未子の挨拶に谷川は一言も返してこなかった気がする。

日未子は首を振った。

「そうだろう。さっきから一言も口を利かないんだ」

「どうして？　不機嫌なの？」

「それは昨日のことがあるからだよ。藪内さんの反抗だよ」

日末子は昨日の様子を思い浮かべた。谷川は藪内に押されて、尻餅をついてしまったのだ。

「怒っているの？」

日末子は訊いた。

「怒っているというよりとまどいかな？　まだ心の整理がついていないってところじゃないのかな」

神崎は、したり顔で言った。

日末子は、藪内を見た。いつもと変わらず、暗い顔で書類を見ていた。

初めて谷川は藪内に反抗された。それも思いがけなく。人前で藪内を怒鳴りつけるのも平気だっただけに、谷川の動揺は計り知れないものがあるに違いない。これからどうやって藪内に対処するのが最も適切かを必死で考えているのだろう。それがまとまるまでは、不機嫌ともなんとも言えない顔をしているより仕方がない。

「いい気味じゃないの。今までが今までだから」

日末子が、一層小さな声で言った。

神崎は首を小さく傾げた。

「大江さん」

日末子は、突然呼びかける声にとまどった。

「は、はい」

誰から呼ばれたのか分からずに、日末子は慌てた。

「藪内さんが呼んでいるよ」

神崎が囁いた。

「なんでしょうか」

日末子は、藪内を見た。

「昨日の続きをやろうか？　時間もないし……」

藪内が淡々と言った。

「はい。昨日の続きですね。分かりました。どこでやりましょうか」

「そこの来客用テーブルでいいかな？　誰もいないから」

藪内は書類を抱えて、立ち上がった。

「課長、ちょっと大江さんとワールドクレジットの打ち合わせをしてまいります」

藪内は谷川に言った。谷川は、何も言わずに小さく頷いた。

日末子も書類を抱えて、来客用テーブルに向かった。

営業部フロアの一角に、取引先と部員たちが手軽に協議をするためのテーブル席が、幾つか配置されている。そのうちの一つに日末子は藪内と向かい合わせに座った。

「大江さん、始めようか」

藪内は、ワールドクレジットの書類を広げた。

「大丈夫ですか？」

日未子は、恐る恐る訊いた。

「何が？」

藪内が訊き返してきた。

「昨日のことですよ。課長を、ドンって……」

日未子は両手で軽く、前を押す真似をした。

藪内は、笑っているような、困惑しているような複雑な表情を浮かべた。

「さあ」

「さあって……。課長をドンですからね」

「やってしまったことはくよくよしても仕方がないさ。でも、なんだかあれで吹っ切れた気がするんだ。それまでくよくよして、自分が自分でない気がしていたけれどね。ひょっとしたら人事部から何か言ってくるかもしれないけれど、その時はその時だよ。僕が一方的に悪いわけじゃないからね」

日未子は、藪内の意外な強さに驚いた。藪内も絶えず変化し続けているのだ。いろいろな面を見せながら、流れは留まることを知らない。

親ライオンに崖《がけ》から突き落とされ、谷間でおののき、身体を震わせていた子ライオンが、退路を絶たれ、開き直るような見事な変化、強さを見せるようなものだろうか。

「ワールドクレジットのことに集中しよう。その方が嫌なことを忘れられるからね。カード業務でいいアイデアはあるかな」

藪内が訊いた。

日未子は、首を振った。

「常務はカード業務の立て直しは可能かと訊いてこられた。大江さんはできると答えたんじゃないのかい」

藪内は薄く笑みを浮かべた。

「あの時は、勢いみたいなもので答えちゃった」

日未子は、舌をぺろりと出した。

「勢い？　それじゃ困るな。主担当だろ？」

藪内に言われるまでもなく、ワールドクレジットの主担当は日未子だった。だが、なんとなく主導権は藪内に握られてしまった。

「あの時、大江さんはいいことを言ったよ」

「なんでしょうか？」

「消費者がワールドクレジットのカードを持ちたくなるようなコンセプトを考える。消費者へのアプローチが不足している。こんなことだったかな。これはいいことだ」

藪内は、言葉をメモに書いた。

「でもそれを具体化するには、ね。いいアイデアがないかしら」

日未子は眉根を寄せた。

テーブルに置いていた携帯電話が鳴った。

「ちょっと、すみません」

日未子は携帯電話を取り上げた。雅行からだ。

『もしもし、日未子？』

雅行の声だ。昨日、電話をかけてきていたようだが、まだ日未子からはかけ直していなかった。

「ごめん、昨日、電話貰ったのね」

『そうだよ。かけ直してくれよ』

「遅かったから。それに今、会議なの」

日未子は藪内に頭を下げた。

『用件は、直ぐ済むから。日未子、新興銀行を取材するんだけど、一緒に行ってくれないか？』

「新興銀行？」

『そうなんだ。カード業務について取材するんだけど、俺、よく知らないから、日未子について来てもらおうと思ってね』

「カード業務！」

日未子の声が、大きくなった。藪内が、驚いた顔で日未子を見ていた。

『そう、カード戦略についてユニークなことをやっているらしい』

「テレビ局と銀行員が一緒に行っていいの？」

『オーケーは取ってあるから』

雅行の声を聞きながら、ひょっとしてこれはいい偶然かもしれないと日未子は思い始めていた。

## 5

日未子は新興銀行の前に立った。

そこはカフェだった。

かつてここに長期融資銀行があったことなど、もう誰も覚えていないに違いない。

全面ガラス張りのおしゃれなビルも、いずれ外資系銀行になってしまうことを予測して建設したのではないかと思ってしまう。

「ここ評判いいんだぜ」

雅行が言った。肩からカメラの入ったバッグを担いでいる。

「知ってるわ。アンケートではいつもトップだものね。特に働く女性からの人気が抜群よね」

「日未子には悪いけど、僕もここのカードを持っているんだ。他行のＡＴＭでお金を下ろしても手数料かかんないしね。後で戻ってくるんだよ。インターネットで二十四時間取引できるし、僕たちみたいに時間が不規則な者には便利なんだ」

雅行は、財布から銀色のキャッシュカードを取り出して、日未子に見せた。

「ミズナミ銀行を使ってくれてないの」

日未子は唇を尖らせ、怒った顔をしてみせた。

「ミズナミ銀行ばかりじゃないけど、日本の銀行はサービスが悪い。手数料は高いし、窓口では時間がかかるし、愛想悪いし……」

「もういいわよ」

「でも日本の銀行というのは、個人客にサービスするという気持ちに欠けているんじゃないかな。新興銀行を再建した伊勢正道《いせまさみち》という人が、何て言ったか知ってる？」

「知らないわ」

「日本の銀行にはお客様という概念がないと言ったんだ。だから再建に当たって、とにかくマインドセットを変えようと呼びかけたのさ。お客様にとって何がいいのか、選ばれる銀行になるためにはどうしたらいいのか、行員みんなで必死に取り組んだんだよ」

　雅行の熱心な言い方に、日未子は反感を覚えた。

「でも外資の投資ファンドががっぽり儲けたんでしょう。この銀行の再上場でね」

　日未子は、つんつんした口調で言った。

「驚いたな。日未子がそんな攘夷《じょうい》主義者みたいなことを言うなんて。外資ハゲタカ論を言う年齢じゃないでしょ！」

「でも事実じゃないの」

「あの時、どうして邦銀はリスクを負わなかったのだろう？　条件は同じだった。政府が公的資金で長融銀の不良債権を肩代わりしてくれたんだからね。でもどこも手を挙げなかったじゃないか。それを伊勢さんたちが成功したからといってやっかむのは、どうかしている。この国の僻《ひが》み根性丸出しってところじゃないのかな」

「雅行がミズナミ銀行を悪く言うから、少しナショナリストになっただけ」

「もう一言、言わせてくれ。あの時、日本の銀行が経営に参画していたら、こんなに早く再上場していなかっただろうね」

「それはどうして？」

「ビジョンがないからだよ。どういう銀行をつくりたいかという理想が経営者にはない。あるのは金融庁など役所への気遣いだけだ。伊勢さんはね、『言うは難《かた》く行うは易《やす》し』とも言っている」

「それは『言うは易く行うは難し』の間違いじゃないの？」

「間違いじゃない。その反対だよ」

「説明して」

「この『言う』というのは、経営者が考えるプランだったり、ミッションだったり、すなわちどう経営するかということだね。これを考えるのが、一番難しいってわけさ。これが決まりさえすれば、後はそれに従って、実行していけばいい……」

「要するに、日本の経営者は自分の頭で経営のプランを考えないってわけね」

「そうだよ」

雅行は、やっと話が通じたかとでもいうように満足げに笑みを浮かべた。

「納得してきたわ。確かに日本のエスタブリッシュメントな大企業って、部下がしっかりしているから、彼らが経営計画を立案して、トップはそれを追認するだけだものね」

ミズナミ銀行でもトップの発言原稿を企画部員たちが頭を捻って書いていることを日未子は思い出した。

「この『言う』を自分の言葉で考えることがトップの仕事だと、伊勢さんは教えてくれているわけさ」

雅行が、得意げに言った。

「あの人？」

日未子は、笑顔を浮かべてこちらに歩いて来る男性を見つけた。

「広報の角谷《かどや》さんだ」

雅行は、軽く頭を下げた。

「お待たせいたしました」

角谷は、雅行に低頭した。

「すみません。お忙しいのに取材をお願いしまして……」

雅行は名刺を出した。

「私も取材に同席させていただきます」

日未子も名刺を出した。

「ミズナミ銀行の方ですね。テレビ局の方とミズナミ銀行の方がご一緒に来られるというので、妙な組み合わせだなと思いましたが、大歓迎です」

角谷は嬉しそうに言った。

「私が銀行のことを何も知らないので、ちょっと頼んじゃいました」

雅行が日未子を見て、頭を掻《か》いた。

「ミズナミ銀行さんのような大手銀行が、私どもの銀行に関心を持ってくれるなんて嬉しいです。それでは行きましょうか」

日未子は期待に気持ちが膨らんだ。

ここにはどんな「言う」があるのだろうか？

自分でどんな経営をしたいのかを考えるのはトップとして当然のことだが、最も難しいことかもしれない。トップが何も考えないから、多くの企業が総花的な経営に陥ってしまう。どこに向かっているのかさえ分からない企業が増えてくるのもそれが原因だ。

6

応接室に通されると、そこに一人の女性が待っていた。

彼女は、日未子たちの顔を見ると、素早く立ち上がった。

「こちらは、マーケティング部の新垣智里《にいがきちさと》部長です」

角谷が紹介した。

部長？　日末子は、その肩書に驚いた。年齢はどれくらいなのだろう。三十歳を過ぎたくらいだろうか。白のスーツがよく似合う目元が涼しげな美人だ。

「本日は、お時間をいただきまして申し訳ありません」

雅行が、名刺を差し出しながら言った。

日末子も名刺を渡した。

「ミズナミ銀行に勤務しております。今日の取材に便乗してしまいました。申し訳ありません」

「いえ、結構ですよ」

新垣は言った。

「何でもお訊きください」

角谷が促した。

「それじゃあね、日末子、いや大江さん、あなたがインタビュアーになって、質問してくれませんか」

雅行が、カメラをセットし始めた。

「えっ、どういうこと?」

日未子は、思わず友達言葉が出てしまい、口に手を当てた。

「言ってなかったっけ? 僕が金融に詳しくないから、日未子に質問してほしいんだ」

雅行も友達言葉で応じた。

「どうぞご遠慮なく」

角谷は、日未子の困惑ぶりを楽しむような笑みを浮かべている。

「聞いてなかったわよ」

「じゃあ、今、頼んだから、頼むよ」

「もう、いい加減なんだから。すみません。なんだか慌ててしまいました。すごくこちらのお仕事に興味があったので、つい彼の誘いに乗ってしまって……」

日未子は、新垣に頭を下げた。

「面白いじゃありませんか。私も同業の方からの質問の方が、かえって気が楽ですわ。よろしくね」

新垣は、にこやかに言った。

「大江さん、インタビュアーは映しませんから。それと失敗しても結構です。編集しますからね。カメラを意識しないでいいですよ」

雅行は、カメラを新垣に向けた。

日未子は、覚悟を決めた。

ワールドクレジットのカード戦略を組み立てるのに必要な取材だと、割り切ることにした。

「あのう……。最初に個人的なことをお訊きしていいでしょうか？」

「どうぞ」

「新垣さん、お幾つでいらっしゃいますか」

日未子が訊いた。

「おいおい、いきなり年齢からスタートするの？」

雅行が呆れたように言った。

「私に任せるんでしょ。同じ女性として興味があるのよ。だって部長さんでしょう。ミズナミ銀行ではありえないことだもの」

日未子は、カード業務と並んで、この才色兼備の女性が、如何にして部長職を獲得したか、同じ女性として興味が湧いたのだ。

「よろしいですよ。年齢は三十七歳です」

「とてもお若くて、お綺麗ですが、三十七歳で新興銀行の部長職に就かれたのは、どういう経緯ですか」

「前職は、ルイ・レオンのグループにいたんですよ」

「あのルイ・レオンですか？」

日末子は目を輝かせた。

「ええ、あのルイ・レオンです。でも有名なハンドバッグではなくて、化粧品部門の会社にいたのです。その前はフランソワーズというフランスの化粧品小売会社にいて、ショップの立ち上げなどをしていました」

「フランソワーズっていうのは、あの六本木にあった……」

「そうです。残念ながら日本からは撤退してしまいました」

フランソワーズというのは、女性向きのかわいいコスメティックグッズが充実していた店で、値段も手頃だったので日末子も立ち寄ったことがある。

「化粧品分野を歩かれてきたのですね」

「一番初めは、パリジェンヌの宣伝部なんですよ」

新垣は、有名デパートの名をさらりと言った。

日末子は、彼女の口から出てくる華やかな会社の名前にめまいがしそうだった。

日末子は、もう一度、新垣の顔を見つめた。美しい顔の中に、仕事を評価されて歩んできたという厳しさを感じた。

「パリジェンヌですか？」

「はい。あのパリジェンヌです。私がいた頃は、紀尾井悟《きおいさとる》さんらがおられて宣伝部が華やかでした」

新垣は「おいしい生活」などのキャッチコピーで有名なコピーライターの名を挙げた。

「あの紀尾井悟さん？」

「はい、あの紀尾井悟さんです」

「日未子、いちいち驚くなよ」

「ごめん。暗い銀行業界にいるものだから……」

日未子は、雅行の構えるカメラのレンズを覗き込んで、苦笑いを浮かべた。

「おっ、その表情いいよ。いただき」

雅行が言った。

「映さないって言ったじゃない」

日未子は言った。

「何事にも例外はあるさ」

雅行は笑って言った。

「ずっと宣伝をやりたいと思っていました。もし宣伝をやるなら、パリジェンヌって決めていたのです。それでパリジェンヌに入社が決まって、そこからが私の宣伝と言いますか、マーケティング人生の始まりです」

新垣の顔から笑みが消え、真剣な目つきになった。プロフェッショナルの顔だ。

7

「マーケティングの専門家を探しているって、あるエグゼクティブ・サーチから連絡があったのです」

「エグゼクティブ・サーチ？」

「いわゆるヘッドハンティングの会社ね」

「あのヘッドハンティング？」

日未子は、また驚いた。

新垣が、くすりと笑いを洩らした。

「面白い方ね。そういう連絡ってよくあるのよ。大江さんにはないの？」

「ないです。全くないです」

日未子は、手を振って否定した。

「広告からＰＲ、マーケティング、ディスプレイ、販売促進、ショップの立ち上げなどひと通り経験した人はいないかということでした」

「新垣さんは全て経験しておられるのですか？」

「ええ、たまたまだけど」

「でも人材を探しているのが銀行だって分かったのですか」

「ファイナンスとだけしか教えてくれないのよ。新しいことが好き、チャレンジスピリッツがある、やると言ったらやるという根性……。そのヘッドハンターの話を聞いていると、まるで私のことを話しているように感じたのよ。それで興味あるわって答えたの」

「でも化粧品から金融でしょう？　ちょっと飛び過ぎていませんか？」

「そんなことないわよ。私も金融サービスにフラストレーションを感じることが多かったから。何やってんのよ！　って感じでね」

新垣は、怒ったフレーズで一躍有名になった女性タレントの口調を真似た。

「どういうところにフラストレーションを感じたのですか？」

日未子は、いよいよ本題だと勢い込んだ。

「日本の銀行って、サービス精神のかけらもないでしょう」

新垣の言葉に、日未子は思わず頷いてしまった。

「使い勝手が悪いし、電話一本で用事が終わらないし、二十四時間取引もできないし、手数料は高いし……。こんな不満をそのエグゼクティブ・サーチにぶつけたの。そうしたら『あなたが変えませんか』って言われて……」

「すごい」

日末子は大げさなくらい感動した。

「そんなに驚かなくてもいいわよ。お世辞で言ったに違いないから。それでどこが私を欲しがってるのかって訊いたのよ。そうしたら新興銀行だって……」

「それまでに新興銀行のことはご存じでした？」

「名前程度はね。でも、取引もなかった」

「それで直ぐ転職を決意されたのですか」

「新興銀行を調べてみたら、なかなかアグレッシブだなと思って、知り合いにも相談してみたのよ。するとみんな大反対。智里に銀行が勤まるわけがない。やりたいことができるはずがない。みんな言いたい放題。それでかえって、それなら行こうじゃないかと思ってしまったの」

「反骨精神ですね」

「それで新興銀行のマネージャーにできるだけ多く会ってみた。すると誰もが『新興銀行を日本で初めての金融ブランドにしたい』と熱っぽく語るのよ。この人たち本気だなと思ったわ。私には金融ブランドというのは、その時具体的にイメージできなかったけど、ブランディングというのは大事だし、確かに銀行のイメージって、堅い、真面目、古い、暗い、慇懃《いんぎん》無礼、雨の日には傘を取り上げる、弱いもの苛めなどマイナス色の強いものばかりでしょう。これを変えることはチャレンジしがいがあるなと直感したのよ」

「新興銀行には、もう一つ、ハゲタカ銀行などという悪いイメージがあります……」

日未子は米系の再生投資ファンド、アップル・ツリーのせいで、新興銀行がハゲタカ外資亡国論の代表銀行にされてしまったことを言った。

「日未子」

雅行がたしなめた。

「いいんですよ。事実ですから。そこを新垣さんに変えてもらおうと思ったのです」

広報の角谷が言葉を挟んだ。

「カラー・ユアー・ライフ。これが新興銀行のブランドコンセプトなのです」

「カラー・ユアー・ライフ？」

「銀行ってなんだろうって考えたことがありますか？」

「えっ」

日未子は言葉に詰まった。考えたことがない。銀行に勤めながら「銀行ってなに？」という根本的なことを考えたことがない。

銀行ばかりではない。会社という組織に属していて、「なに？」って考える人はどれほどいるだろうか？

「日末子、なんとか言えよ」

雅行が、また友達言葉で言った。

「金融の円滑な仲介機能？」

日末子は答えた。

「随分、堅い答えね。銀行というのは、金融商品を売ったり、ローンを提供したりするわけですが、それだけじゃない。人々の人生の全部に係わりをもって、その生活を豊かに彩るものではないかと思うの」

新垣が、日末子の目の前に一冊の絵本を置いた。その本の表紙には大胆な色使いの絵とともに、

「Color your life」

と小さく書かれていた。

「Big Sky
大空は無限大のキャンバスだ。

The sky is my infinite canvas.

嫌なこと、悲しいことがあったら、僕はいつも上を向くことにしている。あの大空がどんな悩みもちっぽけにさせてしまうからだ。あとはあの大空を埋め尽くすくらいの大きな夢を描くだけだ。

When I'm sad or frustrated, I look up at the sky. It makes my troubles seem so small.

I paint my dreams across that endless blue canvas.」

日未子は、絵本の一ページに見入った。

青空に向かって両手を高く掲げる少年の影絵のような写真が目に飛び込んだ。

その下段に日本語と英語で詩が書いてある。日未子はそれを声に出して読んだ。

なんだか胸が詰まってきた。

「素敵でしょ」

新垣が言った。

「ええ」

日未子は、絵本を見つめたまま言った。

この少年にはどんな嫌なことや悲しいことがあったのだろう。友達に裏切られた？　学校で先生に叱られた？　全てを大空にぶつけることで、明日に向かって力強く歩こうとしている。少年の叫び声が日未子の耳に届く。

日未子だって、こんな青空の下で叫んでみたいことはある。特に利洋のことは、胸の中にしまったままだ。

もし、この少年が日未子だとしたら、両手を広げて何を叫ぶのだろうか。「あなたを愛している」それとも「あなたを信じていいのですか」。いったいどちらだろうか。

「どうした？　日未子、インタビューが止まっているぞ」

カメラを構えた雅行が言った。

「ごめんなさい。あまりにも素敵だから、ちょっとうっとりしてしまったの」

日未子は、カメラに向かって謝った。

「人生には文字通りいろいろな場面があるわ。それを三十二色のカラーにしてみたの。それがこの絵本」

新垣は、絵本のページをめくっていく。

「これはルージュ色だけれどもファースト・ルージュと名づけて、『誰にでもはじめてはある』とコピーを付けたの。メロン色はメロン・ソーダとして『秘密はいつだって甘い味がする』という意味を持たせたわ」

「おしゃれですね」

「おしゃれだけれども、ただ表面的ではなくて、人の心に強いインパクトを残すでしょう」

「そうですね。ワン・フレーズの力強さと言うのでしょうか。ローズ・ピンクの『あなたがいたから、あたたかい花が咲きました』なんて、恋そのものですよね」

「ええ、でもここではお母さんへの感謝の色としたわ。でも、大江さんのようにローズ・ピンクに恋を思い浮かべる人もいる。それぞれの人が、私たちの提示した三十二色のカラー以上の色を想うの。無限大に色が広がれば、この色を使ったカードは、お客様のオンリー・ワン・カードになるに違いない」

「これを考えたのは新垣さんなのですか」

「社内決定されたプランをお客様に浸透させるのが私の役割なの」

カラー・ユアー・ライフというコンセプトを具体化するためにどうしたらいいかと考えた新興銀行では、カードのカラー化が決定した。それをマーケティングするのが新垣の役割となった。

「人生をいろいろな局面で彩るカード、それが新興銀行のカードなの。例えば、辛い時にこのカードを見るでしょう。すると新約した時のことを思い出すでしょう。なぜ自分はこの色を選んだのか？　辛かったからビッグ・スカイを選んだのなら、もう一回、大空に向かって叫んでみようじゃないかって思うわ。もしローズ・ピンクを選んだ時に恋をしていたとしましょうか。それなのに今は喧嘩ばかりしている。ひょっとしたらもう一度、恋人への感謝を思い出すかもしれない……」

「財布の中に人生が入っているって感じですね」

「でも大変だったのよ。ひとつひとつの名前や詩を考えるのがね」

「これ、すべてオリジナルでしょう？」

「もちろんそうよ」

新垣はきっぱりと言った。

9

「ちょっと寄って行くか」

雅行が声をかけた。

日末子は、寡黙《かもく》だった。新垣へのインタビューで疲れたのだ。身体というより心が疲れた。手には、お土産に貰った絵本やカードのカラー見本などを入れた袋を提げていた。

「すごいわね」

日未子は、独り言のように言った。

「何が？」

雅行が、首を傾げた。

「新垣さんよ。仕事してる！　って感じじゃない」

「それは日未子だって同じだろう」

「同じじゃないわ」

「どうして？」

「私は、ミズナミ銀行に勤務している銀行員。だけど新垣さんは新興銀行に勤務している銀行員ではない。うまく言えないけど、新垣さんの勤務する新興銀行という感じなの」

「分かんないな」

「雅行は、デリカシーがないわ。それではＡＤで終わっちゃうわよ」

「それじゃ困るから、日未子を呼んだんじゃないか。今回のレポートが初のディレクターとしての仕事なんだよ。なんとしてでもキラッと光るＶＴＲを作らないといけないんだ」

「このインタビューがディレクターへのテストみたいなものなの？」

「そうだよ。だから真剣なんだ。協力してよ」

雅行は両手を合わせた。

「どこに行くの？　もう五時だわね」

午後の二時から始めて、三時間も新垣のインタビューをしていたことになる。

「銀行に帰るのか？」

雅行が訊いた。

「帰ってもいいけど。まだ時間あるわ」

日未子は答えた。

「じゃあ、アラスカに寄ろうか？　取材費で落とすからさ。ちょっと軽くお腹に入れようよ」

雅行は、すぐ近くのプレスセンタービルを指差した。

「大丈夫？　私はいいけど、高いんじゃないの？」

日未子は、雅行の懐《ふところ》を心配した。

雅行は、今日は、取材ということもあり、ジャケットを着て、割と整った恰好《かっこう》をしているが、普段は薄汚れたジーンズ姿で、いつも金欠《きんけつ》に苦しんでいる。

「大丈夫さ。スパゲッティくらい奢《おご》るよ。それに日比谷公園を眺めながら、日未子に今日の感想を聞くのもいいかな、と思ってね」

「それって、デートに誘っているわけ？　まあ、いいか。行きましょう」

プレスセンタービルは、中に記者会見場などがあり、世界の要人が来日すると、ここで会見する。また新聞社や通信社の分室などがあり、その丸いドーム型のユニークな形でも知られたビルだ。

レストランアラスカはその十階にある。

アラスカは昭和三年に大阪で開店した老舗《しにせ》の西洋レストランだ。

日末子は、雅行と一度だけ行ったことがある。丸いドーム型の天井の高さに驚いた覚えがある。

「ビールを呑ませてくれる？」

日末子は訊いた。

「いいよ。お望みならね」

雅行は悪戯っぽく、目を丸くした。

「お望みよ。新垣さんに圧倒されたから、ビールでも呑んじゃおうかっていう気持ちね」

日末子は、プレスセンタービルの中に入り、エレベーターのボタンを押した。

「銀行と新垣さんが対等の関係で、いいものをお客様にアピールしようとしているって感じがしたのよね」

日末子は、新垣から受けた印象を話した。

「要は、組織にいながら自分のやりたいことを思いっきりやっているプロフェッショナルとしての存在感を感じたんだな」

雅行は言った。

日末子は、生ビールのグラスを持っていた。

アラスカの生ビールは上質だと日末子は思っている。ビールは注ぎ方で美味しさが全く違う。アラスカの生ビールは注ぎ方がとてもいいのだ。泡がきめ細かくて、なかなか消えない。

日末子は、ビールを呑んだ。

「はあ……」

ため息をついた。全身の力が緩んだ。

「なんだか男っぽい呑み方だな」

雅行が笑った。

「あの新垣さんも男っぽい女性よ。三十二色のカードをやろうとしたら、現場からは大反対だったでしょう？　それを押し返したのだから、すごいわ」

「そうだね」

「でも反対するのは当然よね」

「新しいことは、いつでも面倒だからな」

雅行が、ビールのつまみに頼んだスパゲッティを器用にフォークで巻き取った。

「カードの在庫管理はどうするのか？　複数のカラーカードをセールスすることはできない？　そもそもカードを三十二種類も作るなんて、現場を知らない人間のやることだ……。とにかく何もやらない人って、できない理由を挙げるのだけが得意なのよ」

「そこを彼女はやり遂げた。彼女が以前住んでいたコスメティックやファッションの世界では、ブランディングは普通のことだった。しかし銀行では、なぜブランドが大事なのかが誰にも理解されない」

雅行は、シナリオを書くように話している。頭の中で構成を考えているのだろう。

新垣が、気難しそうな支店の幹部を相手に、カラーカードを振りかざして、力説している。

人生には彩りが必要です。その彩りを新興銀行が担うのです。

彩りを担うっていうのはどういう意味だ。もうひとつ分からない。

人生の場面、そう、悲しい時、寂しい時、どんな時でも新興銀行のカードが一緒にあって勇気づけられると嬉しくありませんか。

そりゃ嬉しいさ。口座に残高があればね。

無理解な笑い。悔しそうに顔を歪める新垣……。

「成功した時の話をする彼女は、本当に楽しそうだったね」

雅行が、ビールをお代わりした。

三十二色のカラーカードは、新興銀行始まって以来の口座開設数に達した。

新垣は、その時の様子を弾んだ声で話した。

「毎日、電話が鳴りっぱなしだったのよ。インターネットでの申し込みも記録的な数字になったわ」

「反対していた人は変わりましたか？」

日未子は訊いた。

「ええ、変わったわ」

新垣は、微笑んだ。

「どう変わったのですか」

「横浜の支店に訪問した時のことだったわ。私が支店の中に入ると、支店長以下行員の皆さんが、マーケティング部長が来られましたって、拍手で歓迎してくれたのよ」

「最高ですね」

「最高だったわ。顔は赤くなったけれどね。私に支店長が近づいて来て、やっとあなたのおっしゃっている意味が分かりました、って言ってくれたのよ。なんでも横浜の裕福なお客様が、新興銀行は、普通の銀行にないおしゃれなことをするのね、とてもうきうきする銀行だから、取引させてもらうわって……。ポンと一千万円を預金してくださったの。新興銀行は、経営破綻した長融銀のイメージがありましたが、それが口座を保有することでお客様がうき楽しくなる銀行になるなんて考えてもいませんでした。これがブランドなのですね。そう言ってくれた支店長の明るい顔を見た時、よかったって思ったわ」

新垣の目は輝いていた。

羨ましい……。日未子の正直な気持ちだった。

11

「日未子は、どうしてカードに興味を持ったんだい」

雅行が訊いた。

「ワールドクレジットっていう会社がね……」

日未子は話し始めたが、雅行の顔を見て、止《や》めた。

新垣の成功談に比べると、あまりにも暗い。旧興産銀行の利洋が、旧大日銀行系のワールドクレジットを思うがままにしようと画策していることに、反旗を翻した……。

こんな話をすると、せっかくの気分が台無しになる。それに雅行に利洋の話をしたくない。いいことも悪いことも……。

「なんとなくね。担当している会社がカード業務に力を入れているから。雅行は？」

「僕は、初のディレクター仕事に、活躍する女性をテーマにするつもりなんだ。それで新垣さんを選んだってわけさ」

雅行は日未子を見つめた。真剣な批評を求めている顔だ。

「いいテーマね。女性の社会進出、少子化問題と、いろいろ広がりそうだものね」

「そう思う？」

雅行は嬉しそうに微笑んだ。

「今日的だわ。でもどうして外資系企業ばかりで女性が活躍するのかな」

日未子はため息をついた。

「確かにそうだね。日本の伝統的な企業は、相変わらずの男性支配だ。テレビ局だって、視聴者は断然、女性が多いはずなのに、役員に女性がいない。銀行は？」

「いるわけないいじゃないの。男性ばかりよ」

日未子は、ビールを呑んだ。少し強くテーブルにグラスを置いた。

「外資系には多くの女性リーダーがいるんじゃないかな」

「女性は経営者に向いていないと、コンサバティブな企業の役員たちは思っているんでしょうね」

「企業トップの考えもあるけど、制度的なものもあると思う。結婚、退職という流れが、大企業には未《いま》だに厳然と存在しているから」

「結婚して子育てして、その上、企業経営をするなんてことは、とてもできることじゃないわね」

日未子は、再びため息をついた。

「新興銀行には託児所まであるそうだよ」

「本当？」

「本当さ。広報の角谷さんが言っていたけど、伊勢さんが、能力ある女性が職場を離れないようなシステムをつくれと言ったそうだ」

「それ、どうしてミズナミ銀行なども取り入れないのかしらね」

日未子は、顔を曇らせた。

「僕のレポートが契機になって、女性の働く環境が充実するといいんだけどね」

「きっとうまくいくわ。ディレクターに無事、なれるわよ」

「そうだと嬉しいけどね。もし可能なら、日本企業の中で女性進出を阻《はば》む理由は何かっていうテーマで日未子に出てもらおうかな」

「まさか！　止めてよ。そんなテレビに出たら、私、何を言われるか分からないわ」

「冗談さ。でもね、これは冗談じゃないよ」

雅行が真面目な顔をした。

日未子は、緊張を覚えた。

「何？」

日未子は訊いた。

「僕がディレクターになったら、真剣に日未子と交際したいってことさ」

血液が日未子の身体中を駆け巡り、心臓の壁を激しく打ち始めた。

「真剣な交際って、何よ？」

日未子は、辛《かろ》うじて言った。

「僕は、今まで日未子の友達だった。友達以上になりたい。できれば一生、日未子を守りたい」

突然、日未子の唇に、雅行の唇が重なった。息が止まった。

日未子は、慌てて身体を引いた。唇に手を当てた。雅行の唇の感触が残っている。

「何、するのよ」

日末子は、怒ったように言った。

「怒った？」

雅行は、笑みとも悲しみともとれる複雑な顔で日末子を見つめている。

「怒るわよ。突然、キスをするなんて……」

「僕の気持ちだよ。僕は、一生、日末子を守りたい。僕は日末子の才能を縛りつけたりしない。僕は日末子の成長に役立ちたい。これ、真剣な気持ちだよ」

雅行は、僅かに微笑んだ。

「ありがとう。でもちょっと待って……。それってプロポーズなの？」

日末子は、真面目に訊いた。

「そう理解してくれてもいい」

雅行は、胸を張った。

「私には雅行に守ってもらうような才能はないわ」

「それってふられたってことかな」

雅行は苦笑した。

「待って、そう性急に答えを求めないで」

日末子は、両手で顔を覆った。

嬉しくないことはない。しかし、ずっとまるで兄妹のように付き合ってきた雅行からプロポーズされても、どう対応していいか分からない。

「ごめん。今日は、僕の気持ちを伝えたかっただけだ」

「今の気持ちは、何色かしら？」

「さあ、何色だろうな」

日未子は、新垣から貰った絵本をテーブルに置いて、ページをめくった。

「雅行は、これかな？　ワイン・レッド・カクテル」

「『お酒で酔っているわけではない』。僕は、酔っていない。僕は、この色だよ」

雅行は、サンフラワーのページを指差した。一面のひまわり畑の写真だ。

「『幸せとは、見つめてくれる人がいること』。いいコピーね」

日未子は呟いた。

「僕は、日未子を見つめているよ。いつも……」

雅行が言った。

日未子は、さらにページを繰った。

パッション・イエローのページに目が留まった。鮮やかな黄色のシャツの襟元に黄色のタンポポの花……。

「『この人がいるだけで、全てがうまくいく気がする』」

日未子と雅行が同時にコピーを読んだ。

目を合わせた。雅行の瞳の中に、戸惑っている日未子自身の姿が見える。

日未子は、ページを伏せた。

雅行から、目を逸らした。

日比谷公園の木々が目に入った。いつもの見慣れた公園の景色なのに、どこか震え、おののいているように感じる。新しい出来事に心が対応しきれていないのだと日未子は思った。

いったい私は、何色に染まっていくのだろうか？

日未子は、公園の木々を見つめていた。

# 第五章　森のとまどい

## 1

日末子は、銀座三越のライオンの前に立っていた。

時間は六時半。夏の日差しの中で多くの人が集まっては、言葉を交わし、笑顔で肩を触れ合っている。

銀座四丁目の交差点は有名な待ち合わせスポットだ。日末子はいつも三越の前だが、交差点の向こうには和光のおしゃれなショーウインドーが見える。赤とグリーンのマーメイドのようだ。その前にも多くの人が立っている。

みんな幸せそうだ。人々の誰もが笑顔であることに驚いた。待ち合わせをする人の中には、トラブルを抱えている人もいるだろう。しかしここでは誰もが笑顔だ。

幸せな人が待ち合わせをする場所と、不幸な人が待ち合わせをする場所とがあるのかしら？

日末子は、自分のことを思った。この銀座四丁目交差点が、幸せな人の待ち合わせ場所だとしたら、自分はふさわしいのだろうか？

ふさわしいような、ふさわしくないような……。

「待った？」

玲奈が目の前に現れた。

「あっ、玲奈」

「『あっ、玲奈』じゃないわよ。なんだかぼんやりしてない？」

玲奈が日末子の額を指でつついた。

「ごめん。人が多くて気づかなかった」

「久実は？」

玲奈が周りを見渡した。

「まだよ。彼女、いつもちょっと遅いから」

「まあね」

「何よ。聞こえたわよ」

日末子が、声に驚いて振り向くと、久実がいた。

「いつもちょっと遅くて悪かったわね」

「聞こえた？」

「こんな人込みでも丸聞こえよ」

久実がおおらかな笑顔を見せた。玲奈も久実も屈託がない。この交差点にふさわしい。

「だって今日は、高級イタリアンでしょう。遅刻するはずがないじゃないの。いつもの居酒屋と違うんだから」

久実は舌なめずりをしてみせた。

「嫌だな、久実。もうやる気まんまんじゃないの」

玲奈が苦笑した。

「さあ、行こうか？」

日末子が言った。

交差点を渡り、日産のショールームの直ぐ先にあるイタリアンレストランに行くのだ。

若い女性だけで行くには少し高級だ。しかしいつも安い居酒屋のようなところでは女を磨くことができないと久実が言ったので、玲奈がここを探してきた。特別ディナーの葉書を手に入れた。一人六千五百円。決して安くない。だが、たまにはいいかと三人の意見がまとまった。

「久実、あまり呑まないでね」

玲奈が言った。

「分かってるわよ。サービスについてくるワインだけにしておくわ」

「水だって高いのよ」

「なんで私だけが責められるのよ」

久実が不満そうに口を尖らせた。

「着いたわ」

日未子が言った。

シックで落ち着いた雰囲気だ。流れる滝をイメージした間仕切りがあり、ワンフロアに幾つかテーブル席が配置されている。個室もある。

「いい雰囲気ね」

久実が囁いた。

男性の案内係に従って、店内に入り、テーブルに着いた。

「まずは乾杯しましょう」

玲奈が特別ディナーにサービスでついているロゼワインのグラスを掲げた。

「何に乾杯するの？」

久実が言った。

「私の婚約に」

玲奈が平然と言った。

「えーっ」

日末子と久実は顔を見合わせ、同時に驚きの声を上げた。

2

デザートのアイスクリームとカプチーノが運ばれてきた時は、玲奈の独壇場《どくだんじょう》だった。

「婚約した彼とは投資信託のセールスで会ったって言うの？」

久実が羨ましそうな表情で玲奈を見つめた。

玲奈が婚約した相手というのは、人材派遣などを行う会社を東証マザーズに上場させた若手実業家だ。

「ミズナミ証券で彼の会社の上場のお手伝いをしたの。それで上場益の運用の相談を担当したのがきっかけよ」

「でもどうして今まで教えてくれなかったの？」

日末子が言った。

「黙っていたことは許してね。話そうと思っていたのだけれどもタイミングをみていたのよ」

　玲奈が言った。

「すごいお金持ちなんでしょう？」

　日未子は言った。

「勝ち組には違いないわね」

　玲奈は言った。

「超勝ち組じゃないの。まるで現代のシンデレラストーリーだわ」

　久実が天を仰いだ。

「玲奈がシンデレラだって言うの？」

　日未子が久実に訊いた。

「そうじゃない？　これでセレブの仲間入りなのよ」

「でもシンデレラって、自分は貧しくて、苛められていて、王子様のおかげで幸せになりました、めでたし、めでたしって物語でしょう。玲奈は貧しくもないし、才能はたくさんあるし、苛められていないし、その彼に会わなくても幸せじゃなかったってことはないのよ。だからシンデレラって言うのは、少し玲奈に失礼よ」

　日未子は、言い終わるとグラスの水を飲んだ。ガス入りだ。口の中で水に溶け込んだ炭酸ガスが弾けて、まるで発泡酒を呑んでいるような感覚になる。

　ガス入りの水は、気分を爽快《そうかい》にしてくれる。日未子は久実を見た。言い過ぎたかなと反省した。久実が、黙って俯いたからだ。

「日未子、変にこだわらないでよ。シンデレラでも、白雪姫でもいいのよ。玲奈に素敵な男性が現れて、玲奈が幸せになることを言いたかっただけ」

　久実が言った。

　やはり目が怒っている。

「ごめん。久実の言い方が、玲奈と彼とを比べて、あまりにも玲奈が下に位置づけられているように聞こえたから……」

　日未子は言った。

「久実の言う通りシンデレラでいいわよ。私、今のプライベート・バンキングのポジションに就いた時から、こういう出会いを考えていたから。勿論、可能性としてよ」

　玲奈が言った。

「ホント？　それ！」

　日未子と久実が同時に言い、顔を見合わせた。

「その意味では、シンデレラを夢見ていたのよ。シンデレラ症候群とでも名づけて。いつか素敵な王子様に出会えるようにって思い続けていて、それが実現したのだから」

玲奈はうっとりと目を細めた。

「プライベート・バンカーっていうのは、お金持ちを相手にするわけだから、彼みたいな新規上場させた若いオーナーと出会えるチャンスがあるってわけね。ああ、私も銀行を辞めなきゃよかった……」

久実が深くため息をついた。

「仕事はどうするの」

日末子が訊いた。

「当然、辞めるわよね。当たり前じゃないの。セレブよ」

久実が言った。

「辞めることになるわ。結婚すれば、仕事を続けるのは難しいもの。それに彼も家庭に入ってくれって言うから。彼には彼の理想の家庭像みたいなものがあるのよ。それに合わせるのがいいかなと思っているのよ」

玲奈が日末子を真っ直ぐに見つめた。

日末子は、新興銀行の新垣智里のことを思った。

彼女は独身なのだろうか。

訊いてみればよかったと残念な気持ちになった。

日末子は、仕事で何段階もステップアップしていく新垣の人生に感動したところだった。新垣に比べると、玲奈は結婚に全てを預けようとしている。結婚と仕事とは両立できないのか？

「仕事、辞めるのね」

日末子は呟いた。

「私だって、結婚したら、さっさと仕事を辞めたいわ。日末子はそうじゃないの？」

久実が言った。

「できれば仕事と家庭を両立したいわね」

日末子は答えた。

「でも仕事を続けたいと思うと結婚できないし、結婚して、子供を育てて、仕事をするというのは、相当ご主人になる人の理解がいると思わない？」

久実が眉根を寄せた。

「久実、まるで自分のことを悩んでいるみたいね」

玲奈が笑みを浮かべた。

「実はそうなのよね。付き合っている彼はいるけど、仕事を辞めたくはないし、でも結婚して仕事を続けられるかっていうとね」

「久実の気持ち、分かるな。結婚して、仕事を辞めれば、全てを彼に依存する生活になるわけでしょ。そうなれば女って何もできないじゃないの。友達と遊びに行くのでさえ彼の許可を得なくてはならないわけだもの。それに玲奈みたいにセレブになれればいいけど、大抵は独身時代の生活を維持しようとして、結婚してからも仕事を続けようと思っても、子供ができたらどうしようもないものね」

日未子が言った。

「結婚が女にとって割に合うものかどうか。投資するに値するものかどうか。それが問題だ」

久実が、さも深刻そうに言った。

「割に合うかどうかで結婚するわけではないけれど、私たちはどこかで割に合わないと思っているから、晩婚化や少子化になっているのよ」

日未子が言った。

「男性は、社会に出て仕事を選択すれば、それで成功を収めることを期待される。いわばそれだけよね。とてもストレートな人生だわ。ところが女性は、仕事を選んでもそれで成功することなど少しも期待されていない。そして結婚となると、慣れ親しんだ名字から彼の名字に変わり、彼の人生の中で成功するように期待される。それは彼の子供を産み、育てることと、彼を中心とした家庭を守ること。人生が大きく変わってしまうのよね。これはすごい投資だわ。この投資に失敗すると、なかなか復活のチャンスがないから、ふさわしい彼が現れるのを待っていると、それこそ白雪姫状態がずっと続くことになる……」

久実が真面目な顔で言った。

「何よりも三十歳を目前にして、いい出会いがあったことに感謝しているわ」

玲奈が言った。

「そうよね。三十歳って、人生の転換点よね」

久実が何度も頷く。

「確かに三十歳を過ぎると、よほど自覚していないと、ずるずると人生を流してしまいそうね」

日末子も言った。

「三十歳になる前になんとかしたいと思っていたけど、なすすべもなく棺《ひつぎ》の中で眠っていたら、運よく王子様が通りかかってキスをしてくれたってわけ。白雪姫みたいにね」

玲奈がおどけた様子で首を傾げた。

「白雪姫か……。彼女、王子様がキスをしてくれることが分かっていたのかしら？　もししてくれなかったらどうするつもりだったのかしら？」

日末子が訊いた。

「ずっと幸せな夢を見て、眠っていたでしょうね」

久実が言った。

「玲奈はシンデレラ症候群って言ったけど、『白雪姫症候群』なのか……」

日末子が言った。

「そうよね。私、ずっと王子様がキスしてくれることを願っていたもの。たまたま本当にキスしてくれたけれど、してくれなかったら、今も夢を見続けていたわ」

玲奈は、呟いた。

日末子は、森に置かれた棺の中で眠っている女性を想像した。その顔は日末子自身だった。

棺の周りを取り囲む七人の小人もいない。寂しい森の中。鳥の声が聞こえるだけ。

誰もキスをしてくれない。王子様の乗る馬の蹄《ひづめ》の音が近づいて、日末子の眠る棺の前に立ち止まる。しかししばらくじっと眺めているだけで、やがて蹄の音は遠ざかっていく。

利洋がやって来た。日末子は、どきどきしながらキスを待っている。しかし何も起こらない。雅行が来た。彼のプロポーズをどう受け止めるべきか、と日末子は迷った。迷って、考えが混乱し始めた。やがて雅行もいなくなった。

森は再び深い静けさの中に沈んでいく。

白雪姫となった日未子はとまどっていた。利洋との関係も、雅行との関係も、相手からボールは投げられているのだと気づいたからだ。

キスを待っていてはいけない。自分からキスをするために森を抜け出さなくてはならない。自分の人生なのだから。後悔しないためには、自分が王子様の唇を奪うくらいの決意が必要だ。

でも日未子は、森の奥深く、依然として眠り続けている。いつか眠りから抜け出ることができ、誰かと自然なキスをして、喉に詰まった毒りんごの芯が飛び出すことだけを願っていた。

3

日未子は、藪内と会議室に籠っていた。

「新興銀行は、ターゲットが実にはっきりしているね」

藪内は、日未子が新垣から提供を受けたカードの見本や、三十二色のエピソードを集めた絵本を感心して見ていた。

「働く女性にポイントを合わせてマーケティングをしています。なにせこの担当部長の女性はルイ・レオン出身ですよ。センスが違います」

　日未子は言った。

「すごいな。そういうキャリアの女性を責任あるポストに就けようとする勇気が外資系にはある」

「羨ましいと思いました。とても輝いていました」

「何が？」

「担当部長の新垣さんです。自分の進む道をしっかり見据えているという雰囲気で、圧倒されちゃいました」

　日未子は、大きくため息をついた。

「ため息をついたりして、どうした？　大江さんらしくないな」

　藪内は微笑んだ。

「どう思います？」

　日未子は、藪内を見上げた。

「どうって？　何を？」

　最近、藪内の表情は明るい。吹っ切ったようだ。利洋に逆らい、谷川に反撃を加えたからだ。

人というものは、ある日突然、劇的に変わる……。

日未子は藪内を見て、そう思った。以前の藪内は、惨めでみすぼらしいという印象だった。顎から首にかけての髭の剃り残し、ワイシャツの襟元の汗染み、そんなところばかりが目立っていた。

しっかりしなさいよ！

日未子は、藪内を見るたびに激励の声をかけたくなったものだ。ところが、今、目の前にいる藪内は全くの別人だ。

髭の剃り残しなどない。すっきりと剃刀《かみそり》が走っている。艶々とした肌だ。勿論、ワイシャツは汗染みなどなく、輝くように白い。何よりも目が変わった。白目と黒目の境がくっきりとし、意思が強く感じられる。以前は、この境がどんよりと滲んでいた。

逆に精彩がなくなったように感じられるのが谷川だ。ぼんやりと肘をついて宙を見つめている時がある。藪内に対する態度もどことなくおどおどして、自信なさげだ。以前なら、藪内をいたぶることに快感を覚えているようなところもあった。しかしそれはすっかり影を潜めた。藪内とは逆に谷川は自信を失ったのだ。飼い犬程度にしか評価していなかった藪内に部下の前で反撃され、倒されてしまったことが大きな衝撃になっているのだ。それに対して有効な手段を講じることができないからだ。

「仕事って何かと考えたのです」

「何やら哲学的な命題だね」

「そんなたいしたことでもないのですが、この間、同期が婚約したんです。彼女は仕事より結婚を選びました。仕事の中でいい出会いを求めていたようです。彼女のことを羨ましいなと思いつつ、新垣さんの生き方にも憧れます。仕事を評価されていろいろな舞台へ上っていく生き方も素晴らしいなと思うんです」

「同期の女性が結婚するのを知ってショックを受けたんだな」

「結婚してもキャリアメイクできないかなと思ったんです。真面目ですよ」

「確かに、女性が管理職として腕を揮っているのは外資系ばかりだね」

「ミズナミ銀行には女性の役員などはいませんし、日本のいわゆる伝統的な大企業には女性のトップクラスのマネージャーはいないと思います」

「大臣には女性がいるのにね」

「女性ってどこかでスピンアウトするか、ドロップアウトするかの選択を迫られるのでしょうか」

「やはり結婚ということが大きいね。結婚後も、あるいは出産後も女性が生き生きと働くことができる環境が整備されていないんだろう。うちの銀行だって、女性は結婚すれば銀行を辞めるものだと思っている男性幹部も多いからね」

「そうですよ。未だに私たちを職場の華扱いにする人がいます」

「先日、リーベル・シュトラウス・ジャパン株式会社の常務兼ＣＦＯの宮崎美知子《みやざきみちこ》さんにお会いした」

「リーベル？　あのジーンズの会社ですね」

「そうだよ」

「ＣＦＯというとチーフ・ファイナンシャル・オフィサーですから、財務の責任者ですね」

「会社の実質的なナンバー・ツーだよ。財務ばかりでなく、Ｍ＆Ａなどの経営戦略にも責任を持つ立場なんだ。宮崎さんは、高校を卒業して、女性の憧れの職業であるキャビンアテンダントになった。この仕事を一生の仕事と思っていたけれど、どうも志と違うと感じたらしい。それで四年で退職し、米国のコーネル大学に留学するんだ」

「コーネル大ですか。すごいな」

「そこでアメリカ人男性と結婚し、在米の日本の自動車部品メーカーに経理担当として入社した。いい会社だったらしい。いろいろ彼女に教えてくれてね。彼女は、その会社でめきめき力をつけ、二十九歳で財務部長になった。そこで家庭の事情などで日本に帰ることになる。そこからが問題さ」

　藪内は、話を切った。にやりと笑みを浮かべている。

「どうしたんですか？　じらさないで続きを聞かせてくださいよ」

「ここで質問だ。彼女は日本に帰るに当たって仕事を辞めたと思うかい？　イエス、ノーで端的に答えて」

「ノー」

「当たり。ではその自動車部品メーカーの日本本社に就職しただろうか？」

　藪内は、また質問した。じらすのを楽しんでいるようだ。

「イエス」

「残念でした」

「どうしてですか？　財務部長まで昇進しておきながら、もったいないじゃないですか」

「そこだよ。そこに日本企業の限界があるような気がするんだ。彼女に僕も訊いた。『なぜ、そのまま日本でその部品メーカーに勤務しなかったのか』ってね。すると『組合などから、前例がないと反対がありました。それで外資系のリーベル・シュトラウスに転じました』と彼女は答えたんだ。経営者じゃなくて従業員が反対したんだよ。慣例を変えたくなかったんだろうね」

「既得権益を侵されたくなかったのでしょうか」

「そう思うよ。どんどん女性管理職が増えて実力主義になると、困ると思ったんだろうね。彼女はね、日本で女性の社会進出が進まない問題点を三つ挙げた。一、女性は結婚退職すべしという風土的問題。二、産休、育休が男女とも取得しにくいなど育児支援がない制度的問題。三、女性は経営者に向かないなど男女の役割が社会で決められている社会的問題。この三つだよ」

「それってそのまま少子化の問題じゃないですか。二〇〇四年の出生率は一・二九でしょう。人口はこれから減少に転じるし、世界一のスピードで少子高齢化の社会に日本は突き進んでいるんでしょう？」

「そうだよ。このままいくと二〇二五年には三人に一人は六十五歳以上になるというデータもある」

「だけど現状は女性が結婚して、子育てしながら仕事を続けられる環境は充分とは言えません。夫が育休などを取得し、支援してくれたり、実家が近くにあったりしなければ、とても子育てと仕事を両立できないでしょう。全ての女性が管理職になりたいと望んでいるわけではないかもしれませんが、一生懸命働いても人事評価の過程で男女差別があって正当に評価されることが少ない。やがて仕事に意欲がなくなってしまう。こうして優秀で知的で意欲のある女性が、子育てもせず、家庭で悶々《もんもん》とすることになってしまうんですよね」

日末子は、大げさに嘆いてみせた。

「優秀な女性が、結婚して、子供を育てながら仕事を続けられるような環境をもっと大胆に整える企業が現れるべきだと思う。大いなる損失だよね。それにすごいのは、宮崎さんのご主人さ。彼女のご主人は、経営コンサルタントなんだけれど、彼女の行く先々に一緒に転勤していくらしい」

「すごいですね。私もそういう人と結婚したいなぁ。よほど宮崎さんを尊敬しているんでしょうね」

日末子は、夫である男性が、妻である女性につき従って移動する人生について想像した。しかし、これは難しいと思った。

でも雅行は、『日末子の成長を助けたい』と言ってくれた。あれは本気だろうか？　でも、自分には成長する才能や意欲があるのだろうか？

日末子は、利洋のことも考えた。彼とはいったいどういう関係なのだろうか？　利洋を愛していることは間違いない。しかし、利洋を愛している以上に愛してもらおうとは思っていない。

それはなぜ？　自分を抑えているからだ。利洋は上司であり、きちんとした家庭を持っている。そうした条件を全て承知の上で、利洋を愛し、関係を持ったのは、日末子の自己責任だからだ。

日末子には、利洋が自分の行く先に一緒について来てくれる姿を想像することは絶対にできない。そのことは日末子をなんとなく寂しい気持ちにさせた。

「子供の頃、優秀だった女性も社会に出れば、男性の後塵《こうじん》を拝していることが多い。僕は女性は経営者に向くと思う。女性が経営している会社は経験上からも財務面が堅実だ。何よりも女性は現場に強い。男性よりずっとリアリストなのだろう。現実を直視する能力が高いから、問題を先送りしない」

「藪内さんは随分女性を高く評価しているんですね」

「勿論だよ。だから大江さんみたいな女性は、このミズナミ銀行でもどんどん偉くなるべきだと思っている」

藪内は、日末子を見つめた。

日末子は、藪内の目を見つめ返すことができなかった。自分が、この銀行の中で本当に何をしたいのかということを分かっていないからだった。

## 4

「お財布代わりに使う携帯電話があるじゃないですか」

携帯電話に取り込んだ現金のデータを財布代わりに使い、小口の決済をするというサービスだ。

「携帯電話で缶コーヒーが買えるってやつだね」

藪内が答えた。

「あのサービスとワールドクレジットのカードを一体化できませんか？」

「どうなんだろうか？　できるのかな」

「そうなると、クレジットカードと携帯電話が一緒になるわけです。便利だと思いませんか」

「便利だと思うよ。だけどね……」

「いいアイデアではありませんか？」

「否定はしないさ。ワールドクレジットに提案してみよう。きっと賛成してくれると思うよ」

「でも藪内さん、あまり賛成じゃない顔をしていますね」

「桐谷常務から与えられたテーマの方向性を考えるとね。ちょっと違うんじゃないかなと思っている」

「そうかもしれないですね。便利な機能をカードにプラスしたというのではなくて、もっと根本的なことなんでしょうね」

日未子は天井を仰いだ。

「そうなんだ。新興銀行は、働く女性にターゲットを絞って、メッセージ性の強いカードを作り出した。このカードを持っていることが自分を主張していることだ、みたいにね。そうしたテクニカルなサービスじゃない、何かが必要なんだよ。それを見つけないと……」

「山下部長に負けてしまう？」

「その通り。今度は更にコテンパンにやっつけられるよ」

「負けたくないですね」

「最近、心配なことがあるんだ」

藪内の顔が曇った。

「どうしたんですか」

「谷川課長のことだよ。元気がないだろう」

「ええ、まあ」

日未子は奇妙な気持ちになった。谷川に元気がないのは藪内の言う通りなのだが、それ以前にもっと元気がなかったのが藪内ではなかったか。

「この間、部長室で山下部長に叱られているのを聞いてしまってね。なんだか気になっているんだ」

「でも以前は、藪内さんが谷川課長に苛められていたじゃないですか。私は心配していましたよ」

「その通りだけどね。苦しかったよ。あの時は……」

藪内は目を細めた。記憶を辿っているのかもしれない。

「今の藪内さんからは想像もつきません」

日未子は微笑した。

「なぜこんなに屈辱的な扱いを受けるのか分からなかったからね。でも合併したり、組織が統合したりするとよくあることなんだと考えるようにしたんだ。谷川課長も生き残りに必死だった。ああ見えて気が小さいところがあったからね。僕を苛めることが、山下部長に評価されることだと思い込んでいたところがあったんだ。自分の考えと全く相容《あいい》れない上司に仕えることになったからね。合併などがなければ、同じ釜の飯を食ったと言うべき上司だから、多少の意見の違いはなんとか調整がつくけれど、全く民族性が違う上司に仕えると軋轢《あつれき》は起きる。ユーゴスラビアの民族対立みたいなものだよ」

「ちょっと大げさではないですか」

「いや、本人にとっては民族対立そのものさ。谷川さんは、僕と敵対する民族の方に深く足を踏み入れることで生き残りを図ろうとしていた。僕は、自分の筋を曲げないで生きていこうと思った。その違いだったように思う」

「ちょっとした代理戦争？」

「僕にはそんな意識はなかったけれど、興産と大日を背景にして、谷川課長と僕が代理戦争をしていたのかもしれない。ばかばかしいね」

「それがどうして吹っ切れたのですか？」

「僕には、元々、ある程度は我慢するけど、それ以上は無理だという限界ラインがあったんだろうね。そこまで到達したから、吹っ切れたってところかな」

「谷川課長は、どうなんですか？」

「自分のアイデンティティ、拠《よ》って立つところを失ってしまったから、かなりショックなんだろうね」

　藪内は、口をへの字に曲げた。

「谷川課長は、興産に捨てられて、自分を見失っている状態だと言うのですか」

「山下部長から、『どうして部下を掌握できないんだ』とか、『君には旧行意識が強過ぎる』とか、言いがかりに近いことを言われていたね。谷川課長は苦しそうだった。あの人はプライドも高いから、山下部長の苛めに耐えられるかどうか……」

「山下部長って、そんなに意地悪な方とは思えませんが……」

日末子は苦しそうに言った。利洋のことを弁護したい思いからだ。

「意地悪かどうかは分からないけど、僕や、大江さんに裏切られたと思っているようだね。特に大江さんのことは、僕が見ていても、普段からかわいがっていたようだからね。ショックだったんじゃないかな。その反動が全て谷川課長に向かっているんだ。聞くに耐えない言葉を口に出していたからね」

「特に、かわいがってもらったような覚えはありません」

日末子は、怒った。強く否定しないといけないような思いだった。

「ごめん。えこ贔屓《ひいき》をしてもらっているなんて言うつもりはない。ただ山下部長にしてみれば、ワールドクレジットの主担当に大江さんを抜擢《ばってき》したつもりだったのに、僕のような者に同調して、異論を唱えたことが相当ショックなんだよ。彼にしてみれば子飼いにした谷川課長、そして抜擢した大江さんというラインで、自由にあの会社を仕切るつもりだったんじゃないかな。副担当は、頼りない僕だから、どうにでもなると思っていたのだろう」

藪内は皮肉っぽい顔を日末子に向けた。

「藪内さんの言い方だと、山下部長はワールドクレジットを意のままにするために、私や谷川課長を配したように聞こえますけど……」

日未子は、藪内の穿《うが》った見方に賛成できない。藪内の言うことを鵜呑《うの》みにすると、まるで日未子は利洋の奴隷のようではないか。

「山下部長が、そこまで深く考えていたかどうかは分からないけど、ネット天国とワールドクレジットを結びつけると、かなりの評価に繋がることは事実だ。先日も谷川課長は山下部長にひどく叱られたらしくて、『無能者は去れと言われたよ』と肩を落としていたからね。山下部長も、ワールドクレジットが意のままにならないいらいらを谷川課長にぶつけているみたいなんだ」

「山下部長は自分の評価を上げたくて必死なわけなんですか？」

「合併や統合になると、どうしても上のポストが少なくなる。金融庁も、銀行が大きくなったからといってポストを増やすことを了解しないからね。だからどうしても評価を上げておきたいという気持ちが強くなる」

「でも山下部長は、旧興産銀行のエースではないんですか」

「案外そうでもないという話もあるんだ。エースには違いないけど、同期には優秀な人材が多いのと、旧興産は絶えずエリートを競わせる風土らしいね。だから気が抜けない」

藪内は淡々と説明した。

日未子は、利洋のにおいを思い出した。野心のにおいだ。利洋の目の前に役員への道が見えている。誰よりも早くその道に辿り着きたい。利洋は、その思いを達成するために、今、戦っているのだ。少しかわいそうな気がしないでもない。でも、日末子は、においのしない利洋の方が好きだ。

「どの人も大変なんですね。私にはよく分かりません」

日末子は憂鬱そうに俯いた。

「ここが男性と女性の違いなのかもしれない。男性は組織での評価を重んじて、その組織から外れると猛烈に不安になる。女性はどんな仕事をしているかに関心が強い」

「でもそれは女性が組織内で評価をされてこなかったから、仕事の内容に関心を持たざるを得なかったのではないですか」

「そういう面もあるだろう。政治家になった女性は、男性と同じ顔つきになって、ポストを求めるからね。そうは言うものの、男性は組織内での評価を第一に気にするものさ。だからそこから評価されなくなると、うつ病になる人も出てくる。男性の自殺者が女性よりも断然多いのもその辺りに原因があるんだろうね」

藪内がドアに視線を向けた。日末子の背後でドアを叩く音がする。

「誰か来たみたいだ」

藪内が、日末子にドアを開けるようにと指差した。

日末子は立ち上がって、ドアノブを回した。

神崎が立っていた。不安そうな表情を浮かべている。ひと目で何か問題が起きたことが分かる。

「すみません」

神崎は、会議室の中を覗き込みながら入って来た。

「谷川課長を見なかったよね？」

神崎は、日末子と藪内を交互に見ながら言った。

「見なかったわよ」

「最初から？」

「ええ、私と藪内さんはここで打ち合わせをしているけれど、一度も課長は来なかったわ」

日末子は藪内に視線を送った。

「見なかったよ」

藪内が言った。

「そうですか……」

神崎は、肩を落とした。

「何かあったのか？」

藪内が訊いた。

「谷川課長が見当たらないんです」

神崎は悲壮感を漂わせていた。

「どこかでコーヒーでも飲んでるんじゃないか」

「ありえないですよ。営業本部の部長会の時間ですから」

「えっ、部長会に欠席しているの？」

藪内は事態の深刻さを認識した表情になった。

「もう始まっています。山下部長から、課長はどうしたと言われまして、今、捜しているところです」

神崎は泣きだしそうな顔になった。

部長会は、毎週一回行われ、営業部担当の役員、部長が出席し、各課の課長が現状報告をすることになっている。営業部のトップたちが現状を把握するとともに、課長にとっては晴れの舞台でもあった。そこで課の成果を大々的に披露することができるからだ。

谷川は、この部長会には力を注いでいた。資料を綿密に作り、水増しとは言わないまでも成果をアピールしていた。

「みんながよくやってくれるから、ほめられたよ」

谷川は部長会から上機嫌で帰って来ることが多かった。課員の成果を発表してきたと喜んではいるものの、実際は、自分の売り込みに成功して喜んでいるのだということは誰もが知っていた。

そんな重要な会議に谷川が出席していない……。

「気分が悪くて、診療室に行ったんじゃないの？　最近、少し元気がなかったから」

日未子は言った。

「そう思って、診療室にも行ってみたけど、いないんだよね」

「携帯電話にかけてみたか？」

藪内が訊いた。

「出ないんです」

神崎はさらに暗い顔になった。

「まさか部長会を忘れることはないよな」

「そんなことありえないでしょう。課長は、この会議に命を懸けていましたからね」

「ちょっとオーバーかもしれないけど、それくらい入れ込んでいたことは確かだ。ところで会議はどうなっているの？」

「会議は谷川課長抜きで進行していますが、山下部長はお怒りで、早く捜してこいと……」

神崎はメモを見せた。

利洋の筆跡で、『谷川君はどうした？　早く来い』と書いてあった。

「このメモを営業企画の担当が持って来ました。それが十分ほど前のことです。僕と菊池さんがいたものですから、二人で探しているところです」

「困ったな。我々も席に戻るよ」

「そうしてくれますか」

「ああ、一緒に探そう」

「藪内さんは、席にいてください。万が一、課長の代わりに課の実績を報告しろと言われるかもしれませんから」

「分かった」

藪内は、テーブルに広げた資料を片付け始めた。

「大江さん、課長が見つかってから、再開しよう」

藪内は緊張した表情になっている。

「分かりました」

日末子も資料を片付けた。

谷川はどこへ行ってしまったのだろうか？

日未子は、谷川の顔を思い浮かべた。最近は元気がなかった。

「男性は組織内での評価を第一に気にするものさ」

という藪内の言葉が浮かんできた。

「まさか!」

日未子は驚きを声に出した。

藪内と神崎が振り向いた。

「どうした?」

藪内が不安そうな表情で訊いた。

「なんでもありません」

日未子は大きくかぶりを振った。

日未子の頭の中に、自殺者三万人以上というデータが突然浮かんだのだ。

この数年来、日本は三万人以上の自殺者が続いている。多くは働き盛りであるはずの中高年だ。失業、借金などの理由もあるが、職場内でパワーハラスメントなどの苛めにあって自殺する人も多いという。利洋が、日未子に見せる顔とは別の顔で谷川にパワーハラスメントしていたと考えたくはない。

「谷川課長……」

日未子は、声にならない声で呟いた。とまどいが足元をふらつかせていた。

5

夜の十一時を回った。日未子は、藪内や神崎、菊池の顔に疲労の色が濃くなっているのに気づいた。営業部には、自分たち以外、もう誰もいない。がらんとして、空気が冷え冷えとしている。

「いったいどこへ行ったんでしょうね」

神崎が今にも泣きだしそうな声で言った。

「山下部長が、今日のところは人事部にも警察にも届けなくていいと言われましたが、手遅れになるなんてことはないでしょうね」

菊池が言った。

「手遅れだなんて、縁起でもないことを言うなよ」

藪内が怒った。

「奥様に連絡した時、随分心配してらしたわ。あの人が銀行からいなくなるなんてって……」

日未子が言った。

「奥さんに、何か連絡があれば直ぐこちらへ、と伝えたけれどね。心配そうだったよ。最近眠れないとか、眠っても直ぐに起きだして、喉が渇いたって言って、まるで大蛇が水を飲むみたいに音を立てて、ごくごくと……」

藪内は水を飲む真似をした。

「大蛇が水を飲むというのは、すごいですね」

菊池がわざとらしく笑った。

「ストレスが溜まると、やたらと喉が渇くのかしら。最近、辛そうだったものね」

日末子は藪内の顔を見た。

「大江さん、僕を見ないでよ。ストレスの原因が僕みたいじゃないか」

藪内が困惑した表情を浮かべた。

「そんなつもりはありません」

日末子は、慌てて否定した。

「確かに、ワールドクレジットを巡る一連の出来事をストレスに感じていたかもしれません」

菊池が言った。

「あれ以来だからね。課長の元気がなくなったのは……」

神崎が両手を前に押し出し、何かを突き放した。藪内が谷川を突き倒した場面を再現している。

「おいおい、みんな僕の責任かよ」

藪内が顔を顰めた。

「部長だ！」

神崎が声を上げた。

日末子は、神崎の視線の方向を見た。利洋がこちらに向かっている。少し顔が赤い。どこかで呑んでいたようだ。

利洋は、到着するなり、いきなり谷川の席に座って足を組んだ。

「まだ、何も連絡はないか」

利洋は言った。

「まだ何もありません」

藪内が答えた。

「しょうがない奴だな。戻ってきても、もう使えないな」

利洋は、投げやりな様子で言った。

誰も何も言わない。

「だいたいだな、ちょっと叱られたくらいで、職場を放棄するなんて、根性がない。大江君、そう思うだろう」

利洋は、突然日未子を名指しした。

日未子は、慌てた。

「はっ？」

日未子は、とまどいをそのまま返事に込めた。

「はっ、とはなんだね。質問の意味が分からないのか。谷川課長は、根性がない、だらしないと言ったんだ」

日未子に利洋の苛立ちが直接伝わってくる。日未子はとまどいから抜け出ることができずに黙っていた。

「僕が谷川君を追い詰めたと思っているんじゃないのか。仕事で成果が上がらないものは、そのポストを去れ、くらいなことは興産銀行では当然のことだ」

「谷川課長のこと、警察に届けた方がいいのではないですか」

日未子は、やっとの思いで言った。

「なんだと？　大江君は警察に届けるべきだと言うのか？」

「午後からずっといないんですよ。部長は、心配ではないのですか」

日末子は強く言った。

「僕も心配をしている。当たり前じゃないか。谷川君は思っていたほどたいした男ではなかったと言っただけだ」

「谷川課長云々《うんぬん》という問題ではなくてですね、警察に届けたらいいのではないかと……」

藪内も日末子に加勢した。

「私の部から警察沙汰《ざた》を出せと言うのか」

利洋は怒りを露にした。

「手遅れになったらどうされますか」

日末子は言った。

「君は、そんなことを言うのか」

利洋は悲しそうな目を向けた。

日末子は、ようやく利洋の思いが分かった気がした。部下が失踪《しっそう》するなどという事態に初めて遭遇している。そこで自分は悪くないということを、日末子の口から聞きたいのだ。

「分かった。奥さんに電話して、警察に捜索願を出してもらおう。これでいいのだろう」

利洋は、考えていたほどに成熟した大人ではない。彼は、いつもきちんとしていて乱れることがなかった。冷静で、とても自分が及ぶことができないほどの高みに存在していると思っていた。だから憧れて、それが次第に愛に変わっていった。

ところが、ふとしたことがきっかけで、彼はどんどん崩れていく。

まずワールドクレジットの問題が彼の思うようにならなかった。次に谷川の失踪だ。それらは全て彼の落ち度になりそうな気配になった。彼は焦った。自分に起きている予想外の出来事への対応がうまくできない。もちろん、組織内では、なんとかうまく立ち回るだろうが、部下の前では、谷川に対する思いなど、つい本音を洩らしてしまう。

「もし、谷川課長が、無事お戻りになったら、どうされますか？」

日未子は訊いた。

「どうされますかって？」

利洋は訊き返した。

「ポストをそのままにしておくかどうかです」

「当然、交替させるさ。自分の職場を放棄したのだからね」

「僭越《せんえつ》ですが、それは慎重にしてください」

「なぜだ？」

「谷川課長は、自分に自信を失っておられたように思います。それなのに戻ってきてポストがなかったら、今度こそ絶望されてしまうのではないでしょうか」

谷川が職場を放棄した理由は、間違いなく利洋が無能呼ばわりしたためだ。自分に対する上司の期待がなくなったと感じたことが、自信喪失に繋がった。

「考えは、聞いておく。だが職場を放棄したことは、許されることではない」

利洋は厳しく言った。

「私も大江さんの意見に賛成です」

藪内が言った。

利洋が睨むように藪内を見つめた。

「心療内科の先生にうかがったことがありますが、組織の中で自分の役割がなくなってしまったと感じたりする時、失踪などという問題が起きるようです。そしてこれは本人から発せられた心のメッセージみたいなものですから、これを無視して追い詰めてしまうと、予想外の展開になることが多いというお話でした」

「予想外の展開というのは、なんだね？」

「………………自殺です」

藪内は暗い声で言った。

「自殺ね……」

利洋は呟いた。

「失踪という行為は、心のメッセージなのです。谷川課長には、もう一度自信を取り戻してもらうようにしなければならないと思います」

「僕は君を後任に考えていたんだ。同じ大日銀行出身だからね。その方向で、人事部と調整しようと思っていたのだけれど。やめておいた方がいいな」

利洋は皮肉な笑みを浮かべた。

「それはありがたいお話ですが、きっと一時的な迷いからの行動ですから、充分に元の元気な姿に戻られると思います」

藪内は毅然《きぜん》と言った。

利洋は、憮然《ぶぜん》とした表情になった。

日末子は、利洋と対立する藪内を眩しく眺めていた。彼も、ついこの間までは、谷川と大きな違いがなかった。一歩間違えば、失踪した谷川が、藪内であったとしてもおかしくはない。

しかしワールドクレジットの再建に絡んで、彼は思い切って自分の主張をした。その瞬間に彼の中の何かが変化した。組織の中での自分の役割を自覚したのだ。組織の中で生きる人は、自分の役割を組織の中に見つけられれば、生き生きとした表情になる。それまでは役割を見つけられなかった藪内が、役割を見つけたのだ。

「奥さんに、警察に捜索願を出すように連絡いたします」

藪内は、利洋に背を向け、受話器を握り締めた。

6

「電話です」

菊池が、大声で言った。その顔には緊張感が溢れていた。

「誰からだ」

藪内が言った。谷川の妻にかけようとした受話器を持ったままだ。

「谷川課長です」

菊池は怯《おび》えたような顔で言った。

「代わってくれ」

藪内は、受話器を置き、菊池の所へ駆け寄った。

「谷川課長、藪内です。今、どちらですか」

藪内は落ち着いた声で言った。谷川の応える声に何度も頷いている。

「自宅近くのジョナサン、ですね。その場を動かないでください。直ぐ参りますから」

藪内は、菊池と神崎に目配せをした。二人に直ぐ動けと言っている。

「そんなことはいいです。気にしないでください」

谷川が藪内に謝罪をしているのだろう。

「代わりなさい」

突然、利洋が藪内から受話器を奪おうとした。

「部長、ちょっとお待ちください」

藪内は、受話器を奪われないように必死で抵抗した。

「貸せ」

利洋は、険しい顔で言い、無理やり受話器を奪った。

利洋は、何をするつもりなのだろうか。あんなに横柄な態度で、藪内から受話器を奪い取ろうとする利洋は、全く別人のようだ。

優しくて、繊細で、そして毅然としていた利洋はどこへ行ってしまったのだろう。あの野心のにおいが利洋の身体から漂い出ているのに気づいてからというもの、利洋は、利洋でなくなってしまった。

いや、そうではない。

利洋は、変わりはしない。日末子の目が変わってしまっただけだ。今まで青のレンズの眼鏡をかけて利洋を見ていた。その時は、青い色に見えた。ところがそれが赤い色のレンズに変わった。すると赤く見えるようになった。

相手は、変化しないでその場に、そのまま存在している。相手を見る目が変わってくるのだ。

いや本当にそうだろうか。変わったのは日末子の目だけだろうか？　そんなことはない。明らかに利洋は変わった。役員への道が目の前に現れてから、徐々に変化し始めた。利洋の中に眠っていた野心に火をつけてしまったのだ。

日末子は、その火を消せないものかと思った。もし消すことができれば、以前の利洋に戻るのではないだろうか。

あの夜、ホテルに一人残された寂しさの記憶が蘇《よみがえ》ってきた。どうして朝まで優しく抱き締めて眠ってくれなかったのだろう……。

「おい、どうした！」

利洋が怒鳴った。

「部長、冷静にお願いします」

藪内が利洋を制止している。菊池と神崎はその場に立ち尽くしていた。

「職場放棄などをして許されると思っているのか。今直ぐ戻って来い」

利洋は言った。電話の向こうで谷川が身体を縮め、震えているのが見える。

「菊池、神崎、直ぐに谷川課長の自宅近くのジョナサンへ行け。京王井の頭線の高井戸駅の近くだ。車で急ぐんだ」

藪内は声を張り上げた。

菊池と神崎は、その声にやっと目が覚めたかのように外へ飛び出した。

「大江さん、奥さんに連絡して、ジョナサンで課長に会うように言ってくれ。携帯電話の番号はこれだ。昼間、聞いておいた」

「分かりました」

日末子は、受話器を取り上げ、藪内から受け取った電話番号のボタンを急いで押した。

「そんな弱気で、課長など務まるか！」

利洋が声を張り上げた。

日末子は、利洋の声に驚き、受話器を落としそうになった。

「電話、切ってしまった……」

利洋は、受話器を見つめている。

「部長……」

藪内が呟いた。

「本当に気弱な奴だ。根性がなっていない。辞めたいなら、職場放棄などせずにさっさと辞表を出せばいいんだ」

利洋は、受話器を置きながら、不満そうな口調で話している。

「課長は何か話されていましたか」

「課長は務まらないから、銀行を辞めさせてくれなどと言った。弱音を散々、吐いていたよ。今、迎えに行ったのか」

「はい、菊池と神崎が行きました。大江さん、奥さんに連絡はついたか」

「今、呼び出しています」

「部長、失礼とは思いますが、一言よろしいでしょうか」

藪内は、利洋を正面から見据えている。硬い表情だ。

「なんだね」

利洋は、谷川の椅子に腰を下ろした。

「谷川課長とは何を話されましたか」

「職場を放棄したことを注意したよ」

「今、この時点でそれをすべきなのでしょうか」

「君は、何が言いたいんだ」

「電話でそんなことを責めるよりも、課長を落ち着かせ、保護することの方が大事ではないでしょうか」

「それだから菊池君と神崎君が行ったのだろう？　はっきりしない言い方だな。ワールドクレジットのことといい、君は何かにつけて僕に含むところがあるようだね。大日のポストは大日に、興産のポストは興産にというルールがあるから、君を後任の課長に推挙するつもりだったけれど、考え直すからね」

利洋は露骨に嫌な顔をした。

「別に課長に推挙してもらいたいとは思っておりません。部長の言葉が課長の心をさらに傷つけていないか、それが心配です」

「君は、どうも回りくどい言い方をするね。何を心配しているんだ。大江君、奥さんはどうだ？」

利洋がいきなり問いかけてきた。

「まだです。まだ通じません」

日未子は答えた。

「無事、保護できることを願いましょう」

藪内は、自分の席に座った。

「奥さんが出られました」

日末子は藪内に受話器を渡した。

藪内は強張《こわば》った表情で、受話器を受け取った。利洋は、椅子に深く腰を下ろして、目を閉じている。

「夜分、申し訳ございません。藪内でございます」

藪内は電話口で頭を下げた。

何を話しているのか、日末子には聞こえてこない。何度も、「はい」という返事を繰り返している。

「ご主人から連絡がありました。お近くのジョナサンにいらっしゃるそうです。直ぐに行って、ご主人と会ってください。会えましたら、私の方に連絡をいただけますでしょうか。部下が参りますので、少しその場でお待ちください」

藪内は、丁寧に言うと、受話器を置いた。

「どうだった？」

利洋が、目を見開いた。

「友人と食事会などに行かなければよかったと後悔されていました」

藪内は淡々とした様子で話した。

「女房なんてものは、そんなものだ。亭主が悩んでいることなど、これっぽちも関心がない」

利洋は、妻の無関心を強調した。

「菊池たちが駆けつけるので、ジョナサンに行ってご一緒にお茶でも飲んでいてほしいと申し上げました。何度も申し訳ないと謝られますので、気にしないで、課長の話をじっくり聞くだけで、決して責めたりしないようにと……」

藪内は、一瞬、厳しい目になった。

「それでいい。まあ大事に至ることなく解決しそうでよかった。全く今日の部長会は散々だった。待っても待っても谷川が来ないから、慌てたよ」

利洋は、日未子を向いて笑みを浮かべた。

日未子も、曖昧に微笑んだ。

「なんとか誤魔化《ごまか》したがね。大変だった。僕の失点になるところだった。ところで課長の身柄が保護できたら、あとは奥さんに任せて、こちらは帰るとしようか。どうだね、大江君、一杯付き合わないか？　もちろん藪内君も一緒でいいよ」

「遠慮いたします。菊池と神崎が帰って来るまで待っています。大江さんは、せっかくだから一緒に行ったらいいじゃないか」

藪内は、眉根を寄せて言った。明らかに気分を害している顔だ。

「私も今日は、そんな気分じゃありませんので、お断りします」

日末子は言った。

「嫌われたみたいだね。君たちは仲がいいみたいだ。案件でも気が合うようだし……」

利洋は、むっとした顔で言った。

「部長は、お引き取りください。何かありましたら、ご連絡いたします」

藪内が、利洋を無視するように頭を下げた。

「まあ、ここまで待ったんだ。最後までいるよ。ところで君たちが桐谷常務から命じられたワールドクレジットの再建策やカード戦略は、検討が進んでいるのか」

こんな時に、仕事のことを話題にできる利洋を、日末子は呆れる思いで見つめ返した。

その時、藪内の携帯電話が鳴った。

「奥さんからだ」

藪内が緊張した表情で携帯電話を耳に当てた。

「えっ、本当ですか」

藪内が驚きの声を上げた。

「課長がいない。奥さんが来られる前に店を出たようだ」

藪内が焦った様子で日末子に言った。

「部下は到着しましたか？　直ぐそちらに到着しますから、彼らを待ってください。それから一緒に捜しましょう」

藪内は言った。

しかし、声の調子を落として、

「了解しました。まだ会社におりますので、ご連絡ください」

と言い、携帯電話を閉じた。

「どうしたっていうんだ」

利洋が立ち上がった。

「課長がジョナサンにいないそうです。奥さんにその場で待つようにと言いましたが、心配だから近くを捜すとおっしゃって……」

「手間のかかる奴だな」

利洋は吐き捨てるように言った。

「菊池たちがそろそろ現地に到着すると思います。彼らと連絡を取って対応いたしますので、部長はお帰りください」

藪内は、強い口調で言った。その声には、利洋にこの場から去ってほしいという思いが強く込められているようだ。

「じゃあ、ここにいるから何かあったら連絡してくれ。大江君も残るのか」

利洋は、バーの名刺を日未子に渡した。日未子は利洋の視線を避けるように、その名刺を受け取った。それは銀座のバーだった。カウンターとテーブル席が一つだけの店だ。落ち着いた雰囲気で、利洋に連れられて行ったことがある。

「私もここに残ります」

日未子は、名刺を握ったまま言った。

「残念だな」

利洋は呟いた。目が寂しそうな光を放った。

7

広い営業部に日未子は藪内と取り残された。蛍光灯の明かりが、寒々と辺りを照らしている。

ボールペンを落としただけで、ガラスにひび割れができるに違いないと思われるほど、静かだ。

藪内は、利洋がいなくなったあと、一言も口を利かない。腕組みをして、目を閉じている。

「谷川課長、どこへ行かれたのでしょうか」

日末子は、沈黙に耐えきれないように言葉を発した。

「さあな……。もう菊池と神崎が現地に着いた頃だろう」

「無事でしょうか？」

「不吉なことを考えない方がいい」

藪内が睨んだ。

「すみません」

日末子は、慌てて謝った。

「大江君に怒っているわけじゃない。もし課長に何かが起きたら、僕は山下部長を許さないからね。そのつもりでいてくれ」

「それはなぜ……」

「理由は聞かないでほしい。とにかく許せないんだ。それだけだ。とにかく何もないことを祈っていよう」

藪内が、言い終わるや否や、また彼の携帯電話が激しく鳴った。

「着いたか」

菊池か神崎からのようだ。

「奥さんがそこに到着した時は、課長はいなかった。奥さんにはこちらから連絡するから、君たちはそこにいるんだ」

　藪内は、携帯電話を一旦切った。

「僕は、奥さんに電話をする。奥さんと菊池たちを合流させる。僕も現地に行くつもりだ。大江さんはどうする？」

「私も一緒に行きます」

「分かった。大変だけれど、協力してくれ。やはり男ばかりで奥さんを取り囲むより、女性がいた方がいいからね」

　藪内は微笑した。そして携帯電話を耳に当てた。

「藪内です。ご主人はどうですか？」

　藪内が問いかけた。

「そうですか。まだ見つかりませんか。私どもの菊池と神崎がジョナサンにおります。私も駆けつけますので、一旦、そこに集合ということにしていただけませんか。はい、ありがとうございます」

　藪内は深く頭を下げた。夫人が了解してくれたようだ。

「大江さん、行くよ。机の施錠などを確認してくれないか」

　日未子は藪内に言われた通り、各自の机や書類棚などの施錠を確認した。

営業部の通用口のところの明かりのスイッチを藪内が切った。今まで人工的な明かりに照らされていた室内がたちまち真っ暗になった。

「外に出て車を拾おう」

藪内が言った。

日末子は、真っ暗になった室内を見て、ふと不安を感じた。胸騒ぎと言っていい、胸の奥がずんとするような重い感覚だ。

タクシーは直ぐに摑まえることができた。

藪内は行き先を運転手に言うと、一言も発しない。日末子は、何かを口に出すのもはばかられ、緊張していた。

タクシーが深夜の首都高速を走って行く。昼間とは違って渋滞はない。

高井戸出口にさしかかった時、藪内が日末子を見た。

「僕が山下部長を許せないと言った理由が分かるかい」

藪内は問いかけた。日末子は黙っていた。

「ワールドクレジットの件では、僕も課長を非難したから、今回のことには責任を感じている」

「そんなことはないです。私が悪いんですから」

「いや、僕があんなに自主再建にこだわりさえしなければよかったんだ。熊崎社長の考えを受けたからだけれど、一方で山下部長の強引なやり方に反発したことも事実だ。あの後、山下部長は、課長を何かにつけて無能呼ばわりした。部下の管理もできないのかと……」

「そんなことを言われると、ワールドクレジットの主担当は私ですから、私がもっとしっかりしていればよかったと思います」

「大江さんを責めているわけじゃない。ワールドクレジットのことで僕が、大江さんと一緒に山下部長と対立したのは、あくまで仕事上のことだ。そのことを理由に、課長の人格攻撃や出世のことまで言及して責めたのは、明らかに山下部長のやり過ぎだ。僕たちに向かうべき矛先が、全て谷川課長に向かってしまったんだ」

藪内が唇を嚙んでいるのが分かった。

「谷川課長には申し訳ないと思っています」

日未子は言った。

「山下部長は、さっきの電話で、また課長を責めたんだ。あの時、殴ってやろうかと思った。課長は自ら電話をして、助けを求めてきたんだ。それを受け止めなくてはならないのに……」

「酷い言い方でしたね」

「経験があるんだよ。かつてある支店で失踪して、助けを求めている相手に向かって、なぜ失踪した、責任はどうするのだ、などと電話で責めた支店長がいた。彼は、そのまま自殺してしまった。今回もそれが一番心配だ」

藪内は、窓から遠くを見つめた。

「自殺……」

日未子は小さな声で言った。口に出すのもはばかられる言葉だ。先ほどからの胸騒ぎが言葉になった。

「大丈夫でしょうか」

「分からない。祈るだけだ。だいたい山下部長はパワハラという言葉を知らないのかなぁ」

タクシーはスピードを上げた。日未子の不安はますます激しさを増していく。

8

「ご自宅に戻りましょうか。私たちも同行いたしますので、高井戸署に捜索願を出すことにしましょう」

藪内が優しく説得するように言った。

谷川の妻は細身の美人だった。友人との食事会を終えて帰って来たままだったので、淡いピンクのスーツ姿だった。華やかで楽しい会の名残が感じられ、かえって痛々しく思えた。

「それでは出ましょうか。お戻りになっているかもしれません」

谷川の妻を先頭に、藪内、菊池、神崎、そして日未子が続いた。自宅までは歩いて数分の距離だ。

「課長、どうしたんだろうな」

神崎が言った。

「元気な顔でひょっこり現れてきてほしい」

日未子が言った。

「ここんところ課長、疲れているようだったからな……」

神崎が日未子の耳元で囁いた。

日未子は、何も言わずに黙って頷いた。

谷川の自宅に着いた。同じようなデザインの住宅が四棟建っている。分譲住宅を購入したようだ。

「あら？」

彼女が小走りに急いだ。

「どうされましたか」

藪内が訊いた。

「二階の主人の部屋に明かりがついているんです。帰って来たのかもしれません。息子は、今日はおりませんので」

彼女の顔が俄《にわ》かに緩んだ。

日末子の足取りも速くなった。二階に明かりがついているのが見える。彼女がつけてこなかったのなら、誰かがいるに違いない。日末子は、谷川の元気な姿があの明かりの下にあることを願った。しかし不吉な気持ちを抑えることができなかった。藪内も強張った表情をしている。きっと日末子と同じ思いに囚《とら》われているに違いない。

玄関の前に着いた。彼女はドアの鍵を確認した。掛かっている。財布から鍵を取り出すと、それを鍵穴に差し込んだ。

彼女は、施錠が外れるのが待っていられないほどの急いだ様子で、ドアを開けた。

「あなた、あなたいるの？」

彼女は二階に向かって声をかけ、靴を脱ぐのももどかしく階段を上っていった。

日末子は家の中に入った。玄関に谷川の靴が揃えてある。間違いなく帰って来ているようだ。

「キャーッ！」

突然、二階から空気を引き裂くような鋭い悲鳴が聞こえた。

「奥さん！　どうされましたか」

藪内が叫んだ。

「あなた！　あなた！」

二階からは彼女の張り裂けんばかりの声が聞こえる。

「上がるぞ」

藪内は顔を引きつらせた。

日末子は、ごくりと生唾を呑み込んだ。足が震えて思うように動かない。靴を脱ぐべきか、このまま上がるべきか。くだらないことばかりに気が回る。

二階で何が起きているかは容易に想像できる。その想像が、身体を縛りつけている。

藪内の背中が見えた。もう階段の中ほどまで上っている。その後に菊池と神崎が続いている。

二階からは、彼女の泣き叫ぶ声が聞こえ始めた。

日末子はその場を動けなかった。

9

細かい霧のような雨が降り始めた。しかし参会者は傘も差さずに並んでいる。黒い礼服が濡れ始めていた。

谷川信次の葬儀は自宅近くの寺で行われた。

日末子は、神崎とともに参会者のための受付を担当していた。菊池や中野、筒井は会場の中で案内などをしている。藪内は、受付の傍に立って、葬儀全体の流れを把握する役割だ。

読経《どきょう》の声が葬儀会場から流れてくる。僧侶の声は、深い悲しみに満ちている。この声を頼りに谷川は冥界《めいかい》に旅立つのだろうか。

会場の中では、悄然《しょうぜん》とした彼の妻と長男が参会者に頭を下げているはずだ。彼女は、涙を堪《こら》え、その場に座っているだけでやっとのことだろう。

目を閉じればあの日のことが浮かんでくる。そのたびに涙が溢れ出て、両手で顔を覆ってしまう。

日末子が谷川の自宅の二階に上がった時には、既に谷川は畳の上に寝かされていた。

「ベランダの手すりにロープを巻きつけて、首を吊った」

藪内の息が荒い。目が飛び出てしまうほど大きく見開いている。

日末子はベランダに目をやった。そこには荷物を縛るような細いロープが二重に束ねられて、輪を作っていた。

ベランダには、ビールの空き缶が三つ、焼酎のビンとグラスが転がっていた。あれを呑んで酩酊したところで実行に移したのだろう。

日未子は、膝が震え、立っていられそうもなかった。ゆらりと身体が崩れそうになった。

「大丈夫か」

神崎が言った。

日未子は、小さく頷いたが、決して大丈夫ではなかった。

菊池が、谷川の手を握っていた。脈でも調べているのだろうか。谷川の妻は、彼の胸に顔を埋《うず》めて、嗚咽している。しかし日未子の耳には、その声は聞こえない。きっとこれは現実ではない。そう思っているからだ。

谷川は目を閉じて、眠っているようだ。普通の寝顔だ。違うのは、大きく開いたワイシャツの襟元から見える首に赤黒い線が付いていることだ。ロープの痕《あと》だ。

お前がワールドクレジットの件で余計なことを言わなければ、こんなことにならなかったと谷川が囁いた気がした。

日未子は、その場で気を失った。目を開けた時は、一階のリビングに寝かされていた。藪内に促されて、ようやく身体を起こし、タクシーを呼んでもらったが、自分自身を責める声が聞こえてきて、耳を塞いだ。

「まだ部長が来ないな」

神崎が呟いた。

「部長はどうして来ないの」

日未子は言った。利洋とは谷川が自殺して以来、口を利いていない。

「お客様との約束があるそうだ」

「こんな日には断ればいいのに」

「そう思うけどね。本人も気が進まないんじゃないかな。おっ、噂をすればなんとかだ」

神崎の視線の方向にハイヤーから降りる利洋が見えた。運転手に傘を差してもらって、こちらへ歩いて来る。

「ご苦労様」

利洋が受付に来て、日未子に言った。

「ご参会、ありがとうございます」

日未子は、硬い表情で、型通り低頭した。

利洋が記帳し、顔を上げた。いつの間にか利洋の傍に藪内が立っていた。

「おう、藪内君、ご苦労様」

利洋は、無理やり笑みをつくった。

藪内は、無言で利洋を睨んでいた。

「どうかしたのか？」

利洋が訊いた。

藪内の右手が、すっと伸びた。一瞬だった。

パン
破裂音が、静かな境内《けいだい》に響いた。参会者が、一斉に音の方向を振り返った。

利洋が頬を手で覆い、藪内と睨み合っている。

日未子は、一瞬、何が起きたのか分からなかった。藪内が、利洋の頬を平手で打ったのが見えた。神崎が飛び出して、藪内の腕を摑まえた。

「帰ってください」

藪内が利洋に言った。

「なぜだ。なぜ君に帰れと指図されなくてはならないのだ」

利洋が興奮気味に言った。声が上ずっている。

「あなたに谷川さんを見送ってもらいたくない」

「君にそんなことを言われる筋合いはない。そこをどきなさい」

「どかない」

「そんなことをして無事に済むと思うのか」

利洋は顔を真っ赤にしている。

「藪内さん、落ち着いてください」

神崎が藪内の肩を必死で摑まえている。

日末子も飛び出して、藪内の肩を摑まえた。

「そこをどきたまえ」

利洋は言った。列を作っている参会者が利洋を注視している。利洋はその視線を避けるように、顔を伏せた。

「藪内さん、こんなところで言い争いをしては、谷川さんに申し訳ないです」

日末子は泣きながら言った。

「でも、僕は許せない……」

藪内は声を絞った。

「どかないのか」

利洋が藪内の胸を押した。藪内は足元をふらつかせた。日末子と神崎が藪内を支えた。

「藪内さん、これ以上は問題になります」

神崎が冷静に囁いた。藪内は、がくりとうな垂れ、今にも倒れそうになった。日末子と神崎が支えていなければ、確実に倒れていただろう。

利洋は、姿勢を正して参会者の列に並んだ。境内は再び何事もなかったかのような静けさになった。

谷川は遺書を残さなかった。だから自殺の理由は推測するしかない。遺書を残していないことで、遺族はかえって心の傷が深くなる。自分に責任があるのではないか。妻はもっと夫の話を聞いてあげればよかったと、息子や娘たちは、父親を慕えばよかったと、共に後悔の念を強く持つ。

日末子も同じだ。谷川に逆らってワールドクレジットの自主再建を主張した。今、ものすごく後悔している。自分が谷川を自殺に追いやったのではないかと思っている。

合併行の中で谷川はどうやって生き残るのか必死だった。気を抜けばすぐに地位を失ってしまう。そこで山下にすり寄ることにした。ところが、あの対立が起きた。それがきっかけで谷川は崩れ始めた。地位を失うのではないかと不安になったのだろう。自分の足元が不安定になり、なんとか修復を図ろうとしたが、利洋からも期待されなくなった。それどころか無能者呼ばわりされてしまった。それからというもの、谷川はどんどん落ち込んでしまったのだ。

藪内は利洋の参会を阻止しようとしたが、日末子も藪内も、そして神崎たちも、谷川が自死を選択するまで追い詰められていたことに気づいていたのだろうか。

もし気づいていなかったとしたら、罪は重い。気づいていたのに見て見ぬふりをしていたとしたら、さらに罪が重い。ここにいて、谷川の遺影の前で焼香する資格はない。

目の前を、利洋が無言で歩みを進めて行く。利洋の目には、絶望で悲鳴を上げている谷川の顔が映っているのだろうか。それともそんなものは一瞬にして通り過ぎる景色にすぎず、もっと遠くに自分自身の輝く栄光を見ているのだろうか。

雨が上がった。陽が差し込み始めた。参会者の顔に微笑が浮かんだ。境内には、松の木や百日紅《さるすべり》が多くの葉を茂らせている。それらの木々から蒸気が立ち昇り始めた。日末子には、それがまるで谷川の魂が天国へ昇っていくように思えた。

安らかにお眠りください。

日末子は、心で祈った。自分自身の許しも込めて……。

# 第六章　水のやすらぎ

## 1

谷川は、何を望んでいたのだろう。死ぬ前に何を見たのだろう。日未子はそのことを考えると仕事が手につかなくなる。

谷川が自殺してから、はや二週間が経った。季節は、人の生き死にに関係なく過ぎていく。九月になった。しかし、爽やかな秋の気候にはほど遠い蒸し暑い日が続いている。

谷川の後任課長には藪内が就いた。この人事が公表された時、多くの人が驚いた。藪内が、谷川の葬儀で直属の上司である利洋を殴ったことを誰もが知っていたからだ。

日未子もどうして、と疑問に思った。話によると、利洋も難色を示したらしい。しかし人事部が押し切ったようだ。

利洋は当然、旧興産銀行出身者を後任にもってこようと画策した。それが人事部の旧大日銀行出身者の怒りに火をつけた。意地でも旧大日出身者にしろと命じた。そこで白羽の矢が立ったのが藪内だった。人事部にしてみれば、最も利洋の嫌がる人材を配置するつもりなのだ。

珍しく藪内に事前の打診があったようだ。銀行の人事では絶対に考えられないことだ。藪内は一旦拒否したが、説得されてしまった。今のところ無難に推移しているが、旧銀行の代理戦争をさせられているようで、藪内は時折、憂鬱そうな表情を見せることがあった。

「課長、ワールドクレジットの再建策を、もうそろそろ山下部長と桐谷常務に説明しないといけませんが……」

日未子は言った。藪内を課長という役職名で呼ぶことにも少しずつ慣れてきた。

「しかしまとまらないな。結局これといっていいアイデアが出なかった」

「でも桐谷常務から与えられた期限が迫っています」

桐谷からは、ワールドクレジットの再建案を一ヶ月以内にまとめるよう指示を受けていた。

「せっかく新興銀行に行ったりして、本業であるカード部門をどう立て直すかを検討しようとしていたのにね。谷川さんの件ですっかり腰を折られてしまったな」

藪内は、日未子を見て独り言のように言った。

日未子も同じ思いだった。

ワールドクレジットのカード部門を中心とした再建策を提案します、と大風呂敷を広げて以来、歯車が狂いだした。あんな生意気なことを言わずに、利洋の指示通りネット天国への身売りをすれば、谷川は死なずに済んだかもしれない。そう思うとますます再建策をまとめようとする意欲がなくなってきた。

「山下部長と桐谷常務に白旗を掲げますか」

日末子は、少し投げやりに言った。

「白旗ねぇ……。それもいいかもしれないな」

藪内は言った。

「とりあえず新興銀行のカード戦略を参考にして、ワールドクレジットも自社ブランドを確立するべきだということを提案してみます」

「そうだね。そうしてくれるか」

藪内は気のない返事をした。

「どうしたんですか。なんだか意欲がないですね。課長になって、気が抜けたのですか」

日末子は、藪内を非難した。

藪内が、力のない視線でその非難に応えた。

藪内は、利洋とも表向きは何もなかったかのように振る舞っている。部の空気は、微妙な緊張感をはらんでいるが、目立った問題が出ているわけではない。

「夢を見てね……」

藪内は、とろんとした力のない視線で日末子を捉えた。

「はあ？　夢、ですか」

日末子は言った。

「谷川さんの夢だ」

「谷川さんの、ですか……」

日末子は顔を顰めた。

「彼が、僕の枕元にぼんやりと座ってね、寂しそうな顔で僕を見下ろしているんだ。僕はね、彼と視線が合った。何かを言おうと口を動かそうとしたんだが、口が開かない。恐ろしくなってね、逃げようと思って身体を動かそうとすると、今度は身体が動かない。そのうち苦しいほど心臓がどきどきと音を立て始めた。それが段々と激しさを増してきて、僕の心臓が飛び出るに違いないと思えるほどになった……」

藪内は、両手で胸を押さえた。

「それでどうなったのですか」

日末子は、藪内の話を現実感をもって受け止めていた。

「もう僕は死ぬんだと思った。谷川さんが僕のことを怒って、殺しに来たんだ。ポストを奪ったわけだからね。僕は諦めたよ。これで死ぬんだとね。朝になると布団の中で冷たくなった僕を女房が見つけて、驚くだろうなと思った」

「課長、もうその先はいいです」

「それで僕は目を閉じた。すると硬直した身体が急に落下し始めた。それも並のスピードじゃない。ものすごいスピードだ。このまま地面に激突すれば、間違いなく身体はバラバラになるだろうと思った」

藪内は話し続けた。

「それでどうなったのですか？」

「それがね、もうだめだと思った瞬間に、ふわっと身体が浮いた。あっ、助かったと思ったら、目が開いた。カーテンの隙間から差し込む光を見て、ほっとした。無事に朝を迎えられたってね」

「課長、疲れていませんか」

「疲れているだろうね。それよりも、僕がワールドクレジットに妙なこだわりを持ったおかげで谷川さんが亡くなったのではないかと思うと辛くてね」

藪内は視線を落とした。

「私も同じです。でもとにかくもう直ぐ期限ですから、頑張ってまとめます。例えば、働く女性のためのカードというコンセプトをしっかりと打ち出してみようかと思います。働く女性は二千万人以上もいますからね」

日未子は、笑みを浮かべて言った。無理やりの笑顔だ。

「そりゃあいいね。しっかり頼むよ」

藪内は、日未子と一緒に再建策を練っていたことなどすっかり忘れてしまったかのようだ。このままでは藪内も壊れるのではないかと心配になる。藪内は、谷川からポストを奪い取ったという罪の意識に囚われているのではないだろうか。

日未子は席に戻った。ワールドクレジットの資料を机に広げてみる。集中して資料を検証しようと思うのだが、頭の芯がぼんやりとしている。

藪内ばかりではない。日未子自身も、谷川の死をまだ正面から受け止めることができないでいる。谷川を死に追いやったのには、自分にも責任があるのではないか、そう問いかける日未子がいる。亡くなった人のことをいつまでもぐずぐず思っていてもしょうがないじゃないの、と別の日未子がそれに反論する。いつしか心の中で二人の日未子が諍《いさか》いを始める。これが葛藤《かっとう》というものか、とそれを冷静に見つめる第三の日未子がいる。しかし第三の日未子は諍いを止めるわけではない。こうなると収拾がつかない。

目の前の神崎を見る。彼も同じように生気がない。そういえば中野も菊池も小百合も、以前に比べるとどこか沈んでいる。

自殺予防の権威である防衛医科大学校の高橋祥友《たかはしよしとも》教授は、社会が急激に変化する時に自殺が増えると言う。

平成九年から十年にかけては、大手銀行や証券会社に対して、総会屋利益供与事件で東京地検特捜部の強制捜査が入った。それは大蔵省（現・財務省）・日銀接待疑惑へ飛び火していった。そして山一證券、三洋証券、長銀、日債銀などが次々に破綻し、世間は金融パニックの様相を呈し、貸し渋り、貸し剝がしなどが横行した。

あの時代、多くの経済人や官僚、そして貸し渋りや貸し剝がしにあった経営者が自殺をした。まるで誰かに誘われたかのように次々と自分の首を括《くく》った。このような連続して起きる自殺を群発自殺と言うらしい。アイドルタレントが自殺をすると、次々に若者が後追い自殺をする、あの現象のことだ。

高橋教授によると、社会の急激な変化にとまどって自殺をするのは、世界的には若い人が多い。しかし我が国では中高年が目立つという特徴がある。それも男性だ。働き盛り、一家の大黒柱が自ら死を選ぶ。わが国の自殺者の総数は平成十一年以降、ほぼ毎年三万二千人以上だ。谷川もその自殺者の列に加わってしまった。

2

机に置いた携帯電話が鳴った。液晶画面には利洋の名前があった。出るべきか、出ざるべきか、日末子は逡巡《しゅんじゅん》した。

静かになった。安心すると同時に、後悔の気持ちが湧いた。利洋は、谷川の死をどう捉えているのだろうか。周りの多くの人たちが、利洋の苛めによって死んだと陰口をきいている。その声は耳に入っているのだろうか。

利洋とは、しばらく会っていない。喜び勇んで会った時、ホテルに置き去りにされた。あの寂しさに傷ついてしまった。会いたいという気持ちはある。しかしわだかまりが残っている。

まして今回のように谷川の死という衝撃的な事件があると、ますます利洋との距離は遠ざかっていく気がする。いっそのことこのまま別れてしまえば、すっきりするかもしれない。二人とも何もなかったかのようにすれ違うのだ。それが正しい選択？

携帯の液晶画面にメッセージマークがある。利洋がメッセージを残したのだろう。今まで何度かメールが残されていたが、無視し続けていた。日末子は携帯電話を耳に当てた。

『今夜、銀座のマンハッタンで七時に待っている。少し話したい。もう一度元の関係を取り戻したい。お願いだ』

マンハッタンは利洋がよく利用するバーだ。

心臓が高鳴る。久しぶりに利洋の本音を聞いた気がした。毎日、部長としての声を聞いている。しかしそれは利洋の組織人としての声だ。日末子の心を揺さぶることはない。

しかしメッセージに残された利洋の声は、弱っていた。「お願いだ」という、彼に似つかわしくない言葉さえある。人間味のある声だ。会いたい。今直ぐ会いたい。会ってしっかりと抱かれれば、利洋の嫌なにおいのことも忘れ、もう一度好きになることができるかもしれない。

日末子は携帯メールを打った。極めて短い言葉だ。『伺います』

今は、五時だ。あと、二時間。時よ、時よ、早く巡れ。過去を忘れ、未来へ向かう、時よ、時よ、早く巡れ。日末子は、念じた。

「大江さん」

藪内が呼んでいる。

日末子は、空想から現実に呼び戻されたような不快感を覚えた。

「なんでしょうか」

日末子は、振り向く。

「ちょっと来てほしい」

藪内が焦った顔をしている。何か起きたのか。日未子は席を立って、藪内の傍に行った。

「熊崎社長が、君と僕に至急会いたいと言うのだ」

「今からですか?」

「六時までにワールドクレジットの本社に来てほしいと言っている。大丈夫か」

「六時までに……」

日未子は一瞬、考えた。利洋が銀座に七時とメッセージを残している。ワールドクレジットの本社は丸の内にあるが、六時から話を聞いたとして、七時に銀座へ間に合うだろうか。

「都合が悪いのか。もしどうしようもなければ、僕一人で行く」

藪内は言った。

「分かりました。ご一緒します」

ワールドクレジットの自主再建案をまとめている時に、熊崎から連絡があって会わないわけにはいかない。再建に係わる重大なことである可能性がある。

利洋に遅れるという連絡を入れるべきだろうか。しかし勇気が湧いてこない。

「よかった。熊崎社長も、ぜひ君にも来てほしいと言っていたんだ。相当重大なことのようだ」

藪内は先ほどとは違い、活気が戻っている。何か目標を見つけたのだろうか。喜びが顔に表れている。

「出かけようか」

藪内が席を立った。

「もう出かけるのですか」

日未子は慌てて、机の上を片付けた。

「早く着く分には、熊崎社長に叱られないからね。あの人、時間にはうるさいから」

藪内は言った。

七時に間に合うように……。日未子は祈るような気持ちだった。

3

「谷川君はかわいそうなことをしたね」

熊崎が鋭い目を藪内に向けた。

「ええ。とても残念でした」

藪内は目を伏せた。

「合併の犠牲者だと言えるだろう。あの山下部長に相当苛められていたという話ではないか。

遺族はパワーハラスメントで訴えればいいんだ」

「私にはなんとも……」

「君が葬儀の席で山下部長に一発お見舞いしたという話を聞いて、痛快に思ったよ」

熊崎は、ごつごつした顔に笑みを浮かべた。

「痛快などとはとんでもないことです。自分を抑えられなかったことを恥ずかしく思っています」

「谷川君の恨みが少しでも晴れたんじゃないかな。しかし今度は君が苛められないか心配だ」

「それは大丈夫です。私も随分鍛えられましたから。しかし谷川があれほど悩んでいたと気づかなかった私にも責任があります」

「それはあまり気にするな。他人の悩みなどは誰にも分からないものだ。天真爛漫《らんまん》な笑顔は、悲劇の上にこそ成り立つと言うからね」

熊崎は静かに言った。

「まだ私どもの自主再建案ができておりません。桐谷常務からの期限が迫っているのですが……」

藪内は、日未子を一瞥した。

「私の力不足です。申し訳ありません」

日末子は、熊崎に頭を下げた。

「そのことなんだがね」

熊崎は、藪内の方に身体を寄せてきた。

「何か問題が起きましたか」

藪内が訊いた。

「山下部長は相変わらずネット天国へ当社を売却することを目論《もくろ》んでいるようだね」

「はい。高山社長と何らかの約束をされているのではないかと思います」

「約束？」

熊崎が首を傾げた。

「旧興産には興民クレジットがあります」

「あれは内容がよくないと聞いているがね」

「あの会社をなんとかしたいというのが旧興産の希望です。そのためにワールドクレジットと興民クレジットを一緒にして、高山社長に支援してもらおうという考えだと思われます」

日末子は、藪内の話を驚きをもって聞いていた。

単純にワールドクレジットをネット天国に売却しようという話ではないのだ。もっとどろどろとした野望が隠れている。

「興民クレジットが経営を悪化させたのは、旧興産の問題債権を肩代わりしているからだという噂もあるが、本当なのか？」

「私もそのような話を聞いてはおりますが、真偽のほどは分かりません。一つの銀行になったとはいえ、タブーの案件はお互いにありますので……」

藪内は重々しく言った。

「まあ、そうだな、タブーはお互い様だ」

熊崎は短く刈った頭髪を撫でた。

日未子は、腕時計を見た。六時半になっている。早くここを出なくては間に合わない。

「さて本題に入るかな」

熊崎は、ゆっくりと藪内と日未子を見渡した。

「お願いします」

藪内は言った。

「実は、うちを支援しようという会社が現れたのだ」

「えっ、それはどこでしょうか」

「それはまだ言えない。君たちを信用しないわけではないが、どこから山下部長らに情報が洩れるとも限らんからな。当社内でも知っているのは数人だ」

「ヒントだけでも少しお教え願えませんか」

　藪内がすがるように言った。

「東証一部の大手企業だ。胡散臭《うさんくさ》い先ではないから心配しないでいい」

　熊崎は自信ありげに言った。

「社長が胡散臭いところに支援を求められるなどとは思っていません」

「今、提携内容の詰めを行っているところだ。それがうまくいけば発表するつもりだ」

「その会社の子会社になるのですか」

「そうではない。全くの異業種だから、当社の独立性は保たれる。どちらかといえば、義による支援だ。ビジネス上のメリットはお互いにこれから詰めていくが、それ以上に、旧興産側の横暴に対する共闘関係が実を結んだと言うべきだ」

「そうすると相手は旧大日の親しい会社ですね」

「そういうことになる」

　熊崎は満足そうに笑みを浮かべた。

　日未子は、二人の会話を黙って聞いていた。

　谷川が死んでしまった理由が少し理解できるような気がした。男たちは、組織のしがらみの中でしか生きられないのだ。誰が味方で、誰が敵か。男たちはいつもそれだけを考えている。その戦いの渦中にいる時は、まるで珍しい玩具を与えられた子供のように生き生きとしている。しかしひとたびその戦いから外されると、途端に勢いをなくし、老人のようになってしまう。

藪内の目が輝いている。それは熊崎とともに旧興産にひと泡吹かすことができるかもしれないと思っているからだろう。元来、藪内は、熊崎が評価していたように能力も意欲もある人間だったが、合併の中で眠らされていた。今、谷川の後任になり、旧興産へ戦いを挑む先兵に位置付けられた途端に、勢いが出始めた。日未子は藪内にも野心のにおいを感じていた。

携帯電話にメールが来た。ポケットの中で携帯電話が振動している。日未子は、藪内たちの視線を避けるようにして携帯電話の画面を開きメールを確認した。

『もう店で待っている』

利洋からのメールだ。日未子に早く来いと促していた。

「大江君、どう思う？」

藪内が、唐突に質問してきた。日未子は、一瞬、何のことか分からなかった。

「あれ、なんだか鳩が豆鉄砲でも食らったような顔をしているね」

熊崎が笑みを浮かべて言った。

「あまりにも事態が動き過ぎるので理解するのに苦労しています。私は何をしたらいいのかと思いまして……」

自主再建かネット天国への売却かで揺れ動いたかと思うと、今度は全く別の会社の支援を仰ぐという。ついて行くのが難しいというのが正直な気持ちだった。

「今回は黙って様子を見ていてほしい」

熊崎が言った。

「カード部門の再建案はどうしましょうか」

「そのレポートはぜひ完成させてください。新しい支援企業と検討することになるから」

熊崎は言った。

「あのう……」

日未子は熊崎に恐る恐る声をかけた。

「何かな？」

熊崎は顔をほころばせている。

「なぜ谷川さんは死ななければならなかったのでしょうか」

「なぜそんなことをあらためて訊くのかね？」

「こうして新しい支援企業が決まるような動きがあるなら、谷川さんもネット天国への売却に固執しなくてもよかったんじゃないかと思ったのです」

「彼は殺されたんだよ。最初から旧大日に軸足を置いていれば、悲劇は起きなかった。それを向こうに軸足を移すから、悲劇は起きた」

「そうすると、この新しい支援企業の案が突然公《おおやけ》になると、今度は旧興産の人に悲劇が訪れることになるのでしょうか」

「そうなる可能性は充分にある。例えば山下部長などは桐谷常務あたりから、何も知らなかったのかと責められることになるだろうね」

熊崎は満足そうに含み笑いを浮かべた。

日未子のポケットの中で携帯電話が振動している。新たなメールが来たようだ。利洋からに違いない。

「山下部長が責められる……」

日未子は苦しそうな表情になった。

「大江君、山下部長に同情してこの情報を洩らしたりするなよ」

藪内は、新しい事態の展開に興奮しているようだ。顔が生き生きしている。

「これからちょっと一緒に食事でもしようか。うまい和食屋があるんだよ」

熊崎が機嫌よく立ち上がった。

「ありがとうございます。大江君、前祝いだ！　ご馳走になろう」

藪内が勢いよく応じた。

「すみません！　ちょっとこのあと予定があります」

日未子は、頭を下げた。

4

「急いで」

日未子はタクシーの運転手に怒りをぶつけてしまった。

ワールドクレジットの前でタクシーを摑まえ、飛び乗った。ところが銀座に入ると直ぐに渋滞に巻き込まれてしまったのだ。

利洋にメールを打った。「直ぐ行きます」。しかし返事はない。怒って帰ったのだろうか。それともメールに気づかないのか。利洋に電話をかければいいのだが、躊躇してしまう。しばらく会っていないため、もしもそっけない態度をされたらと思うと怖いのだ。

「お客さん、この時間だからどうしようもないよ」

運転手は、フロントガラスの前に繋がる車の列を指差した。

「降りるわ」

「六丁目まで走るんですか」

「走ります。はい、これ」

日未子は、きっちりと料金を手渡すとタクシーを降りた。

「ろくでもない日だわ」

日未子は、熊崎と藪内の顔を思い出した。


「なんだ、せっかく銀座の美味しい店に連れて行こうと思ったのに。藪内君、伝えていなかったのか」

熊崎が残念そうに言った。

「いえ、まあ……」

藪内は困惑した顔で日未子を見た。

「困るな。ちゃんと予約してあるんだよ」

「大江君、なんとかならないの？　せっかくだからさ」

「でも食事をご一緒するなんて伺っておりませんでしたので……」

日未子は、もう一度深く頭を下げて、部屋を飛び出してきた。

息が荒い。銀座の石畳を走ると躓きそうになる。

「だいたい食事の予定があるなら、ちゃんと言うべきよ。まるで私には何も予定がないみたいじゃないの」

日未子は、ぶつぶつと言いながら人の流れを掻き分けていく。時間が気になる。既に七時半になっている。もう利洋は待っていないかもしれない。

ようやくマンハッタンの小さな看板が見えた。クラブなどが入った雑居ビルの六階だ。日未子はビルに入り、エレベーターのボタンを押した。

ドアが開いた。

「あっ」

日未子は思わず声を上げた。エレベーターから出て来たのは、利洋だった。

「日未子」

利洋が顔を輝かせた。

「ごめんなさい」

「振られたのかと思ったよ」

「メール、見なかった？」

日未子の問いかけに、利洋は背広のポケットから携帯電話を取り出した。

「直ぐ行きます……か。気づかなかった」

「ちょっと仕事が……」

「忙しいんだね。いろいろあったから」

利洋は、目を伏せた。

「上がる？」

利洋は親指を立てた。マンハッタンに戻るかと訊いている。

「お腹、空《す》いたわ」

日末子は甘えた口調で言った。久しぶりに会ったにもかかわらず、普通に話すことができた。それは野心のにおいがなく、以前の利洋に戻ったような気がしたからだ。

「つる家《や》に行こうか」

「つる家？」

つる家は京都東山にある高級料亭だ。各国のＶＩＰが京都に行けば、必ず立ち寄るという。

「松屋の上に、支店があるんだ。京都と同じ料理が味わえるいい店だよ」

利洋は微笑した。日末子は頷いた。利洋の腕に手を添えた。自然だった。

利洋が谷川のことで傷ついているのが、その雰囲気から分かった。おかしな話だが、傷ついているのを感じて、安堵《あんど》した。もしそうでなければこの場から逃げ出していたかもしれない。

日末子は、利洋と並んで中央通りを三丁目方向に歩いた。

「あの時、以来だな」

「そうよ。夏に沖縄から帰って来て……。それ以来」

「いろいろあったからな」

「本当に哀しいことばかり……」

「いろいろ僕の悪口が聞こえるんだろう？」

利洋が、日末子の顔を覗き込む。

「よく知らないわ」

日末子が答える。

「谷川君を殺したのは、僕だなどと言っている奴もいる。誰が言っているかも分かっているんだ」

「そんな話、よしましょう」

日末子は言った。辛くなってくるのだ。谷川を思い出しても、利洋の心を推し量っても、両方とも辛い。

「せっかく二人きりなんだからね」

利洋は薄く笑った。

いつの間にか、松屋の前まで歩いていた。

「誰かに見られなかったかしら」

日末子は、ふと心配になった。今夜は久しぶりに会ったので、いささか大胆に振る舞っている。いつもは車に乗って、ある場所から次の場所へ移動する。人とすれ違うことがない。今日は、銀座六丁目から三丁目まで利洋と腕を組んで歩いてしまった。こんなことは滅多にない。

「大丈夫さ。人通りが多いと、意外と他人のことに気づかないものだよ」

利洋が言った。

「そうかもしれない。みんな自分の幸せに熱心だけど、他人のことは気にしていないから」

日末子は、さらに強く利洋の腕を摑んだ。

5

つる家の東京支店「花陽《かよう》」は、デパートの中にあるとは思えない高級感が漂っていた。

「山下様、いらっしゃいませ、今日は？」

女将《おかみ》らしき着物姿の女性が訊いた。

「予約していないんだけど、部屋は空いているかな」

利洋は馴染みのようだ。

店内は、カウンターとテーブル席と小部屋に分かれている。

「どうぞこちらへ。ご案内いたします」

女将が先に立って歩き始めた。日末子は珍しそうに店内を見渡した。混んではいないが、適度に席が埋まっているという様子だ。

一瞬、心臓が止まりそうになった。慌てて顔を伏せ、女将の後ろに従った。急ぎ足で歩き、部屋に入って息を吐いた。それまで知らない間に息を止めていたようだ。

部屋は障子のような囲いに仕切られた空間で、テーブル席になっていた。

日末子は、椅子に座って、しばらく身体を硬くしていた。

「どうしたの。気分でも悪いのか」

利洋が訊いた。

「いえ、なんでもないの」

日末子は、顔を上げ、無理に笑みをつくった。

まさか藪内と熊崎がいるとは思わなかった。二人は店の奥のテーブル席で食事をしていた。

和食の店に行こうと言ったのは、この店だったのだ。

うかつだった。つる家と聞いた時、和食を連想して違う料理にすればよかったのだ。気がついただろうか。視線は合わなかったから大丈夫だと思うが……。

利洋が、ビールよりシャンパンにしようと言った。和食にシャンパン？　意外に合うんだよ。それに久しぶりに会ったんだから、お祝いも兼ねてシャンパンにしよう。利洋は、ドン・ペリのピンクを頼んだ。

店を出ようと言いたいのだが、言い出せない。利洋が楽しそうに注文をしているのを見ると、なおさらだ。その理由が藪内と熊崎がいるからだとすると、利洋はどんな顔になるだろうか。自分の最も嫌な相手から隠れて逃れるような真似はできないと怒りだすに決まっている。

どうしたの、楽しくなさそうだね。利洋が不満そうに訊ねる。そんなことないわ。美味しいわよ。日未子は、細かく泡立つドン・ペリのグラスをかざす。

会話が聞かれているのではないか。見られたのではないか。そんなことばかりが心配になる。なにせ熊崎の誘いを断って、ここにいるのだ。もし見られていたら、どんな想像をされるか分からない。

それに会社名は知らないが、ワールドクレジットの新しい支援先が見つかったという情報を教えられた直後なのだ。

利洋にだけはぎりぎりまで知られたくないと、熊崎や藪内は思っている。それなのに日未子が利洋と一緒にいるところを見られでもしたら、どれほど疑われることか。

「僕も海に潜りたいね。できるかな」

日未子があまり楽しそうな顔をしていないので気にしたのだろうか、利洋は海の話題を始めた。

「できるわ。もしその気があるならノリさんを紹介してあげる」

日未子が答えた。

「ノリさん？」

「ダイブ・フリークっていう那覇のダイビングショップの代表よ。とてもかわいい女性なの。親切で、私も今度はCカードを取ろうと思っているの」

「Cカード？」

「ファンダイビングといってね、リゾートでダイビングするためには必要な資格なのよ。これがないと、いつまでも手を引かれる体験ダイビングしかできないのよ」

「僕はそれでもいい。日未子に手を引かれていたい」

利洋の手が、伸びてきて日未子の手を包んだ。

「甘えんぼね……」

日末子は手のぬくもりを通じて利洋の思いを感じる。もしこのまま誘われれば利洋の胸の中で朝を迎えたいと思う。そうなれば、今日はあまりいい日ではなかったけれど、少し変わるかもしれない。

「仕事の話をしていいかい？」

「あまりよくない」

「少しだけだよ」

「少しだけなら……」

「ワールドクレジットのことだけれど、まだ自主再建にこだわっているの？」

「私が？」

「勿論、君と藪内君、そして熊崎社長さ」

「その話をしなくちゃだめなの？」

日末子は口を尖らせた。

「食事にふさわしい話題とは思わないけれど、僕には重要な話なんだ」

利洋は、申し訳なさそうに手を合わせた。笑みを浮かべているが、視線は真っ直ぐに日末子を捉えている。

「やっぱり今日は最悪の日だわ」

日末子は呟いた。

「何？　どうしたの？」

「なんでもない。今日の利洋は部長としての表情が全くなかったからとてもよかったのにと、少し残念なだけ」

「真面目なんだよ」

「自主再建にはこだわっているわよ。桐谷常務から与えられた期限には、レポートをなんとか提出するつもりだわ」

「日末子のレポートのことではなくて、ネット天国に支援を仰ぐことを熊崎社長はまだ拒否しているのかな」

「私のレポートには関心がないの？」

「すまない。そういう意味で言ったんじゃない。ネット天国のことを聞きたかったんだ」

利洋はばつが悪そうな顔をした。

「ネット天国だけは絶対に嫌みたいね」

日末子は答えた。

「何か聞いているか？」

利洋が日末子を見つめた。

「何を？」

日末子は首を傾げた。

「熊崎社長が、独自の支援企業を見つけようと動いているという噂があるんだ」

利洋は、日末子の表情を読み取ろうと食い入るように見つめている。

「やっぱり今日はいい日じゃなかったわ。期待した私がばかみたい。利洋は、やっぱり昔の利洋じゃない。なんだかギラギラしている。私は部長の利洋は嫌いなの」

日末子は怒った。

「どうしたんだ。怒らなくてもいいじゃないか。僕に協力してくれよ。僕は日末子のことが好きなんだ。愛している。だからお願いだ。もし熊崎社長の動向を知っているなら教えてくれ」

利洋はすがるように言った。

「私のことを愛しているの？」

日末子はきつい口調で言った。

「ああ、愛している。本当だ」

利洋は笑みを浮かべた。日末子が機嫌を直してくれたと思っているのだ。

「だったら結婚して」

信じられない言葉が飛び出し、日未子自身が驚いた。

利洋は黙った。眉根を寄せて日未子を見た。

「私ももうすぐ三十歳になるわ。自分の人生を決めなくてはいけない年齢よ。いつまでもぐずぐずこんな関係を続けられるとは思っていないわ。もし愛しているなら結婚してよ。奥さんとはあまりうまくいっていないんでしょう」

何かが日未子の中で壊れた。堰《せき》を切ったように言葉が勝手に出てきてしまう。自分で言いながら嫌な女だと思う。こんなことを言うつもりなど微塵もなかった。このまま二人で付き合い続けて、やがて年を取っていく。それで構わない。そう思っていたのに、なぜか嫌みな言葉が口をついて出てくる。

「その話はよそう。僕たちには似合わないよ」

「利洋が、ワールドクレジットのことなんか持ち出すからよ。私から情報を引き出そうとするなんて、私を利用しているだけじゃないの。今日もそんな不純な気持ちで誘ったの？　この間、ホテルに置き去りにされてどれだけ寂しかったか、利洋には分かるの？」

日未子は、涙が出てきた。感情が抑えられない。別の自分が出てきてしまったようだ。利洋を困らせてやれと煽《あお》り立てる。

「泣かないで。僕も悪いと思っている。日未子を愛している気持ちは嘘ではない。でも僕にとって大事な時なんだ。来月にも執行役員に命じられるかもしれないんだ。人材強化の方針が出てね。中間であるけれど登用しようという動きがあるんだ」

「それがどうしたっていうのよ。私には関係がない。私を愛して。仕事ではなくて……」

ハンカチで涙を拭う。後でトイレで化粧を直さないといけないと思う。肝心な時にくだらないことばかり思いつく。

「日末子も大人だろう。分かってほしい。僕がどんなに大事な時期に差しかかっているのかを。ワールドクレジットの案件でしくじるわけにはいかない」

「結婚は？」

「その話はゆっくりとまた時間と場所を改めて……」

利洋の顔がどんどん崩れていく。今日、最初に会った時の顔とは全く違う。知らない人のように見える。目が溶け、鼻が溶け、口がなくなった。のっぺらぼうになっていく。どうしたの？　どこにいるの？　あの優しかった、私のことだけを思ってくれていた利洋はどこに行ったの？

「もういいわ」

日末子は立ち上がった。

「怒ったのか」

「少し私も冷静になってみる。谷川さんのことやいろいろ嫌なことばかりが起きて、どうかしたみたい。少し変ね」

「落ち着いて二人のことは話し合おう。日末子のことは真面目に考えるから」

利洋が見上げているが、表情がない。全く知らない人のようだ。

「熊崎社長は別の支援企業を見つけたようです。山下部長」

日末子は言った。もうどうでもいい。揉めるなら幾らでも揉めればいい。派閥争いや自分のことしか考えられない会社が、客のことや社会のことを考えるわけがない。谷川という命が奉《ささ》げられても誰も変わろうとしない。利洋も熊崎も藪内も……。ますます諍いの度合いを激しくしているだけだ。

「どこだ！　その会社は？」

利洋が立ち上がった。

「知りません」

日末子は突き放すように言った。

「教えてくれ。知っているんだろう」

利洋は日末子の腕を摑んだ。

「離してください。直接、熊崎社長にお訊きになればいいじゃないですか。私は知らないのですから」

日末子は、利洋の腕を払った。

「知らないとは言わせない」

利洋は厳しい表情になった。

「帰ります。ご馳走様でした」

日末子は逃げるように部屋の外に出た。しまった、と慌ててテーブル席に目を遣《や》った。そこには熊崎も藪内もいなかった。

日末子は、落ち着かせるために息を吐いた。そして通路の突き当たりにあるトイレに駆け込んだ。鏡に顔を映した。涙の跡がなんとなく腫《は》れぼったい。

じっと自分の顔を見つめているうちに涙が再び溢れ出した。その透明な水は瞳を潤し、下瞼から溢れ出してくる。

泣けばいい、泣けばいい。涙の水だけ、心がやすらいでいく。

誰かが日末子の耳元で囁いている。

## 6

利洋と別れて、逃げるように自宅に帰ってきた。今日は最悪の日だった。利洋は以前にも増して嫌なにおいを発散していた。あんなに誠実だった藪内も、熊崎に取り込まれるように権力闘争にのめり込み始めた。何もかもが嫌な方向に変わってしまう。

「ひろみちゃん……」

日末子は、立ち上がって隣室と隔てているドアの前で声をかけた。中からは何も返事がない。

いないのかな……。

日末子は孤独を感じていた。寂しかった。こんな日は、ひろみの屈託のない笑顔がたまらなく見たい。

「あっ……」

日末子は、ドアの前で小さく叫んだ。ひろみがいない理由に気づいた。

「インドに行っているんじゃないの。ヨガの修行に行くって……」

ひろみは友人のヨガ教師に誘われてインドに行っている。そのことに気づいて、日末子は更に落ち込んだ。ひろみの自由さを羨ましいと思ったのだ。

「メールを送るって言っていたわね」

日末子は、パソコンのメールを確認した。その中にひろみからのメールがあった。

今回私たちは吉田先生をリーダーに7人で成田からマレーシア航空に乗り、クアラルンプールを経由してバンガロールへ行きました。バンガロール空港は、ここが空港？　というくらい質素なところでしたが、お手洗いがペーパーはないものの水洗だったので、ちょっとほっとしました。

吉田先生のお友達のインド人のハーリッシュがタクシーを2台用意して待っていてくれて、私たちはハーリッシュと一緒にタクシーに乗り込み、いざプッタパルティにある『祈りの場』アシュラムへ！　目覚めたら、プッタパルティの街に到着していました。タクシーに乗ったままアシュラムのゲートでチェックを受けて、外国人用受付の場所までそのまま進んで……まだ朝の4時くらいなので真っ暗で周りは何も見えないのですが、人が歩いている気配だけは感じました。ここでの生活は朝早いんだなぁと、どきどきしてしまいました。

この受付は24時間体制で、朝の4時だというのに即受付完了。7人入れる部屋を探してくれて、結局、受付と同じ建物の2階で2部屋に分かれて4人、3人で泊まることになりました。

アシュラムは、宿舎全ての出入り口にセヴァダル（無私の奉仕）をする人がいて、建物の中に入って来る人をチェックしているのでとても安心です。外から見ると大きな団地みたいな建物が、たくさん建っています。私たちは広いのを希望したので8人部屋を2部屋借りましたが、他には体育館みたいな広いところに布団だけ敷いて寝るタイプ（100人くらい収容できるそうです）、家族部屋、3人部屋、長期滞在型といろいろな部屋があります。なお家族部屋以外は全て男女別になっていますから、安心してください。

私たちは、すぐにダルシャンホールに向かいました。そこでサイ・ババに会えるのです。考えるだけでうきうきしてきます。この気持ち、日末子さんに分かるかな？

午前5時だというのにダルシャンホールの周りに列ができています。順番に座って待っていると、セヴァダルがくじを持って来て、列の先頭の人がそれを引きます。自分の列の先頭の人が引いた番号順に中に入れる規則になっています。

「ババはここで起きる全てのことを偶然と思わずに、ダルシャンホールの中に入る順番でさえも、自分の番号がどうしてその番号だったのか考えなさいと言うのよ。あなたも自分の健康状態、行い、ほんのちょっとのことでもメッセージが自分に送られているのだとしっかりと受け止めなさい」

と、吉田先生が教えてくださいました。

ダルシャンホールに早く入れれば、前に行くことができます。ババの近くに行くことができるわけですが、かといって絶対にババと目が合うとは限りません。不思議なことにババは隣の人には笑顔を向けていたのに、私には振り向いてくれません。突然ぷいっと反対を向いてしまうのです。これはババと目を合わせたいと我欲でいっぱいになっているからだと思います。ババは私の心の乱れを見抜いて、それを気づかせてくれるのです。
ダルシャンホールで、居心地がいいなぁなんて思って座っていると、いきなり後ろからすごい勢いで人がぶつかってきたり、割り込んできたり、時には私の膝の上に大きなお尻をねじ込んできて無理やり座ったり……。なんてマナーのない人たちなんだ!! とムッとして、

「あの人、ひどいんですよ」

と吉田先生に言いつけました。

すると、

「それでも、みんなのことを愛しなさい！ こんな人のことを愛せない！ と思っても愛さなくてはいけないの！ その時のあなたの心の状態、むやみに怒ったり、憎んだりするのではなく、とにかくあなた自身をよく観察しなさい。そして何千、何万人の人がこのダルシャンホールに座っている中で、どうして彼女があなたの傍に割り込んできたのか？ 彼女はどういう人なのか？ それもよく観察しなさい」

と叱られてしまいました。

私の前に割り込んできた女性は幼い娘を連れていました。彼女を観察しました。彼女は、自分のことなど一切、考えていないようです。何よりもまず娘にババを見せてやりたい。バ

バがよく見える場所に座らせてやりたい。ただその一心でした。娘を見つめている彼女は、もうむすっとした怖い顔ではありません。優しい母の顔になっていました。「見てごらん！スワミはあそこにいるわよ！」彼女が喜びに満ちた表情で叫んでいます。

私の前に来たぶしつけな母と幼い娘。それはババが何かを私に教えようとしているのでしょうか。「全てを愛しなさい」私の耳にババの声が聞こえてきました。そしてなんだか自然に涙が溢れてくるのです。「人間にはいい人も悪い人もいない。みんな同じ。全員の中に神様がいてみんなひとりひとりがとても神聖なもの。だから全ての人を愛しなさい」

吉田先生に私の気持ちを話しました。吉田先生は涙ぐんでいる私を見て、優しく教えてくださいました。

「人にはいい面、悪い面のどちらもが必ずあります。どちらを引き出すかは、あなたの波長次第。あなたの波長が今どういう状態にあるかは、近づく人のどういう面が出ているかで分かるわ。ただそれだけ。100パーセントいい人も100パーセント悪い人もいないのよ」

日未子さん、ヨガをやって、必死でなまった身体を苛めていたら、また吉田先生に叱られてしまいました。

「ひろみちゃん。せっかくババのところに来ているんだから、そんなに肉体を動かそうとしないの。どうしてもやるんだったら、マットやゴザを使わないで、石の上でやりなさい。そうすればひろみちゃんの身体の使い方が自分で理解できると思うから……」

言われた通り石の上でヨガをやりました。宿舎の廊下は石でできています。畳一畳分くらい、ぞうきんで綺麗に拭《ふ》いて毎日ヨガをやりました。

結果は散々でした。爪は欠ける、マニキュアは剝がれる、あちこち痛いところばかり。ギブアップしそうになって

「先生、石の上ではできません」

私は欠けた爪を見せて言いました。

「あなたが無理な身体の使い方をしているからよ。よく分かったでしょう」

吉田先生は微笑しながら言われました。

私は吉田先生にお願いして、正しい身体の使い方を教わりました。するとどうでしょう。全く痛くないのです。先ほどまでの痛みが嘘のようです。これ本当ですよ、日未子さん。

翌日。私は生理になってしまいました。本来だったら帰国近くの日の予定だったのが、10日以上早く訪れました。女性はババのところで生理になると浄化が更に進むそうです。もしかしたらこの生理もババが導いてくれたのかもしれません。そう思うと、いつもは憂鬱になる生理も喜びで迎えることができました。

生理になるとアシュタンガ・ヨガはやってはいけないのです。ところがその日からです！　私は自分の身体の変化に気づきました。本当に驚くほど身体が柔らかくなるんです。一日中ダルシャンホールに座りっぱなしなので身体が張って、寝る前にストレッチをするのですが、考えられないくらい身体が柔らかくなって、あんなに練習してもできなかったポーズがいとも簡単にできてしまうのです！

「先生！　私このポーズできます！　すごい！」

先生にポーズをとってみせたのです。日未子さん、笑っちゃだめです。本当に嬉しかったのです。

ところが吉田先生は驚きもせず、

「そりゃそうでしょ。だってひろみちゃんの背中のブロックが溶け出してきているもの。邪魔なものがなくなったらどんなポーズでも簡単にできるのよ」

とおっしゃいました。

人間は五層の鞘《さや》で構成されていると考えられています。食物鞘（肉体）、生気鞘（正しい呼吸法）、意思鞘（意思、感性、無執着）、理智鞘（知性、意志、思索によって感覚を制御して自我を克服し真理に達する）、歓喜鞘（完全な調和と均衡）、の5つです。

ヨガでは低位の食物鞘から始まってより上位の歓喜鞘まで浄化し、エネルギーが滞らないようにすることを求めます。それが瞑想の効果なのです。

瞑想をすると、上位の意思鞘や理智鞘などの層が浄化されていきます。それが食物鞘や生気鞘にも良い影響を与えるので、良いアイデアが浮かんだり、気持ちよい感じがあったりするのです。瞑想というと、どこか宗教っぽく感じたり、座っているだけなんて身体中痛いし、「無」になるなんてできないよー！　なんて思っていましたが、今や身体で納得！　という感じです。

本当に私の背中のブロックが溶け出して、日に日に身体が軽くなって、もっともっと元気に動けそうな、いつまでも体力が続きそうな、そんなかるーい感覚がずっとついてまわるのです。


ダルシャンホールのお話をします。日によって時間が変わるのですが、朝7時頃、昼の16時頃に、ババが毎日欠かさずダルシャンホールを訪れます。私はババに会うために、2時間くらい前にダルシャンホールに入るための列に並びます。

ダルシャンホールも全て男女別々です。正面に向かって右側が女性、左側が男性とに分かれています。今年は更に特別な年だったそうで、8月7日頃から毎日100人のお坊さんが来て、朝から晩までお焚《た》き上げをしながらヴェーダを唱えます。ヴェーダは日本でいうお経みたいなもので、お経よりももう少し明るい感じに聞こえます。

ダルシャンホールですることは、ただ座っているだけです。場所があれば、足を伸ばしていても、体育座りでも、座り方はなんでもＯＫです。ただ正座はＮＧ。頭ひとつ高くなるので、後ろの人がババを見られなくなってしまうからという理由です。自由な中にもきちんと規則があるということでしょうか。

私は、見えたり感じたりする特別な能力がないので、全然分からないのですが、能力のある人には、ダルシャンホールの中に浄化のエネルギーがものすごくうごめいているのが見えるそうです。

ババは椅子に座ってただくるくると手を動かしているだけ。たまにじっとある一点を凝視していたと思ったら、また手をちょっと動かす。私の目にはババのそうした表面的な動きしか見えないのですが、能力のある人には、ヒーラーと呼ばれる浄化エネルギーの流れが見えるそうです。ヒーラーは、座っている人たちの今世だけでなく前世のカルマ（業）をも浄化します。私はそれを見ることも、感じることもできないのが少し残念な気がします。ただとても心地いい、それだけは言えます。

「私はあなた方の心に愛の光を灯《とも》し、その光の輝きが日ごとに増していくのを見届けるために来たのです。私は特定の宗教のために来たのではありません。私はいかなる宗派、教義または主義を広めるために来たのでもなければ、またいかなる教理のための信奉者を集めに来たのでもありません。私は信奉者や帰依者を私の信者として、あるいはその他の信者として引きつけようとはひとつも思いません。私は唯一の信仰、霊的原理、信愛への道、信愛の徳、信愛の義務、信愛の責務をあなた方に教えるためにやって来たのです」

ババはそう言います。実際、周囲を見渡すと、キリスト教、仏教、イスラム教、ありとあらゆる宗教の人たちがいます。この場所では、宗教を超えて人を愛し、人の神聖さを敬うことを教えられます。ここにいたら、今、世の中で起きている争いなんか絶対に起きないだろうな……などと、社会情勢に詳しくない私までそう感じます。

東京では私も不満たらたら、好きな人に振られて泣いたり恨んだり、心の中は争いがいっぱいでした。でもここにいると、いつの間にかそれが溶け出すのです。なくなってしまいます。日未子さん、別に私が聖人になったわけではありません。私は私で何も変わっていません。ただ、そうした悪い心の動きに自分が動揺しなくなっているのです。

ここで吉田先生から伝授された瞑想の方法を日未子さんにも教えましょう。

「目を閉じてください。そして鼻の穴の下の皮膚を感じてください。鼻から息を吐く時、その皮膚に触れるところを感じてください。これで自分の意識を精妙なレベルに持っていくことができます。

目を閉じてください。頭を思い浮かべてみてください。はっきりと頭の輪郭を感じることができたら、次に眉毛、目、鼻、口、首、鎖骨……と徐々に感じる位置を頭から下部に移していきます。そしてまた下部から上部を感じていきます。

目を閉じてください。ヴェーダやパジャン（キリスト教でいう賛美歌みたいな、神聖な歌詞で音楽がついているようなものです）に耳を澄ませてください。その中に自分の身体が溶け込んでいくのを感じます」

日未子さんもやってみてください。何かが自分の中で変わるかもしれません。

アシュラムでは、歩いているだけ、食堂で物を食べているだけの人もいます。いろいろな人に会うのです。

「あなたがどのように周囲を見るか、誰に、どのように出会うのかに気をつけなさい。特に様々な状況に対する自分の反応を観察しなさい。ちょうど学校と同じで、教訓を与えてくれる人もいれば、試験をしてあなたの進歩の状況を教えてくれる人もいます。全ての体験と彼らに対する自分の反応を、静かな平常心で受け入れることができるかどうかです」

このババの言葉通りなのです。周囲に対する私自身の反応を観察していると、「あぁ、こういうことで人を差別したり、嫌ったりしているな」って気づくことが多々ありました。それは一定のパターン、癖のようでした。

私はなぜこんな反応をするのだろうか。私は、それを片付けないで、静かに目を閉じて瞑想しました。

突然、膝が、足の小指がどうしようもなく痛くなってきました。どうしたんだろうと不安に駆られましたが、落ち着いて、その痛みも受け入れようと、膝や小指を感じていました。するとと幼い頃の映像が、まるで映画の画面を見るように浮かんできました。

私がすっかり忘れていたことが浮かんでくるのです。

母が台所仕事をしています。とても忙しそうです。私は一生懸命に母に話しかけるのですが、母は手を休めません。お母さん、こっちを向いて！　私の話を真剣に聞いて！

私は母に泣きながら言い訳をしています。正直に話しなさい、と母は厳しい目で私を見ています。私、嘘なんかついていない！　信じて、信じて！　なぜ信じてくれないの！

過去の記憶というのは、すっかり忘れていると思ったら、自分の身体のパーツのどこかに記憶されているのです。それは膝であったり、足の小指であったり……。解決されないで鎮まっていない感情が身体のどこかに残っているのです。それが固いブロックとなって、それが影響して自分の反応の癖になっているのではないでしょうか。

「そうかー、この時の私はこうしてほしかったんだ」

そう思った時、私の中の何かが溶け出して、身体の痛みも消え、楽になりました。そして周囲を見渡すと、今までいらいらしたり、腹立たしく思ったりしていた出来事に対しても、心が動揺することなく、完全に穏やかな自分自身がいることに気づきました。

なぜか、とても不思議なんですが、ここにいると自分の心の中が全て見透かされているような気分になることがあります。自分が気になっていたこと、触れてほしくなかったことまで暴き出されてしまうようなのです。

自分の心の中を見つめて、客観視するのは難しいことです。しかし他人の行動を見て、ああだ、こうだと批評することはそれほど難しくはありません。だからなのでしょうか？　ここでは自分自身を客観視できるような出来事が私の近くでたくさん起きます。私はそれを見ることで、自分自身について考えさせられるのです。

例えば近くに来る人が私と似た人だったり、目の前で喧嘩が始まり、その原因に、あぁ私もこういうところあるかもしれない……と感じさせられたりするのです。

吉田先生が言われました。

「心で思っていなくても、聞き心地のいい言葉を口に出して、良い人間に見せるのは簡単。でもね、それは本当の自分じゃないでしょ。心で本当に思ったこと。最初に感じたこと。それが大切なの。何か人や物を見て、自分の中に生まれる感情を大切にしてみなさい。

あるものを見て本心は嫌な感じとかかっこ悪いとか思ったら、そう思った自分を『悪い感情が生まれた』と否定するんじゃなくて、受け入れなさい。

どうして自分はそう思ったのかを観察しなさい。同じものを見ても、同じ言葉を聞いても、受け止め方は人それぞれ。どんな取り方をしても間違いじゃない。大切なのは、それを否定しないで受け入れて、そう思う自分自身を愛すること。

よく観察すると、分かってくるのよ。まだ自我ができていない頃に親や周りの大人に言われたこと、しつけされたこと、それらがあなたの考え方の癖になっていくのね。幼い頃や、もしくは前世で魂に残った傷が癖をつくることもあるわ。それに気づいてあげるだけで、私は今までこんな考え方で生きてきたからこう思ったんだなぁと気づくだけでいいのよ。それだけで、その思いは浄化されていく。次からは同じ状況になったとしても、決して否定的な思いは出てこなくなるから」

自分の行いは、カルマの法則で自分に戻ってくるとヨガでは考えられています。悪い行いも、良い行いも自分に戻ってきます。人にひどいことをしたら、同じようなことが形を変えて戻ってくる。人に親切にしたら親切にされる。カルマの法則は、行いだけでなく気持ちも同じだそうです。口に出していなくても良い思いは、良い思いで戻ってくる。否定的な思いも同じように戻ってきます。

人に否定的に思われたくなくて、なるべく否定的なことを思わないようにしようという思いは、自分の思いをやはり否定することになります。大切なのは、心の中から否定的な思いがなくなること。そうするには自分の魂、心の奥底をしっかりと見つめなければいけないのです。

私の魂は今、どのくらい浄化されてきているのでしょうか……。

7

日末子は自分が泣いているのに気づいていた。

そっと指先で涙を拭った。

なぜ泣いているのだろう？　ひろみがとても内省的になり、成長を感じさせたからだろうか。それもあるに違いない。しかしそれだけで泣いたりはしない。ひろみが彼女自身のために感じ、記してくれたメールの内容が、そのまま日末子のために用意されたものだと感じたからだ。

「ひろみちゃんは、私のためにプッタパルティで癒されているのだ」

日末子は、そう感じたからこそ涙が滲んできたのだ。

「全てを愛しなさい。全てを受け入れなさい。自分自身をよく観察しなさい。あなたがなぜそう思うのか、否定的に考えないで、受け入れ、観察しなさい……」

日末子は、ひろみの言葉を反芻《はんすう》していた。

なぜ利洋と出会ったのだろうか。そして彼をなぜ愛するようになってしまったのだろうか。

それなのに今では彼を避けるようになってしまった。いったいどうしたことなのだ。

日末子は目を閉じた。闇が優しく日末子を包む。何も聞こえない。不安になる。鼻で深く息を吸い、そして吐く。ひろみの言う通り、鼻の穴の下の皮膚を意識してみる。皮膚の上を空気が滑っていくのを感じる。無音だった闇に、息遣いの音だけが響く。

ひろみは、子供の頃の様子がありありと浮かんできたと言うけれども……。日末子には何も見えない闇が広がっているだけだ。

息遣いの音……。なんだか皮膚が冷たくなってきた。ひろみのことを思ってみる。遠く離れたインドから日末子に思いを寄せてくれている。ありがとう……。

利洋のことを思ってみる。しかし顔が浮かんでこない。焦る。焦っても浮かんでこない。どうしてなのだろう。こんなに愛しているのに顔が浮かばないなんて……。

雅行の顔が闇の中に見える。笑ってこちらを向いている。利洋が浮かばないで雅行が浮かんでくるなんて、驚きだ。雅行の方を受け入れようとしているのだろうか。

雅行が何か言っている。口を動かして何かを伝えようとしている。なんだろう？　耳を澄ます。しかし何も聞こえない。そのうち雅行の顔が朧《おぼろ》になり、闇に溶けていってしまった。

後ろで音がする。慌てて振り向く。父がこちらを見ている。

「お父さん！」

思わず声に出す。

父は何も言わずに踵《きびす》を返すと、出て行こうとする。

「待って！　出て行かないで」

日未子は父の背に向かって叫び、手を伸ばす。しかし父は何も答えずにずんずん歩いて行く。

「お父さん、置いていかないで」

日未子は泣いていた。

突然、けたたましい音。日未子は目を開けた。机の上の目覚まし時計が大きな音を立てている。目覚まし時計の頭のボタンを叩くと、音が止まった。

時間を見る。五時だ。

これは夢の続きだろうか。まさか……五時になっているはずはない。

「お父さん」

日未子は周りを見渡す。どこにも父の姿はない。

父は単身赴任が多く本当に忙しい人だった。幼い頃、一緒に遊んでもらった記憶があまりない。それが日末子にはいつも不満だった。大きくなるにつれて父は束縛を強めてきた。反発した。今頃何よ！　という気持ちだった。しかし反発すればするほど、愛されたいという、父を求める気持ちが強くなっていった。

窓のカーテンを開ける。外は白んでいる。住吉神社の緑が目に入る。日末子は腕を思いっきり伸ばす。手の指先から、腰を伝い、足の指の先まで力が満ちていく。

「お父さん、何か言いたかったのかな。なぜお父さんが現れたのだろう。夢に現れたことなんかないのに……」

日末子は父が現れた意味を考えてみる。

「でもあれは本当にお父さんだったのかしら……」

日末子は、はっきりと目に焼きついている背中を思い出した。広くてがっしりした背中だ。

「もしかしたらあの背中は利洋じゃないの？」

日末子は、わざと大きな声で言った。

「あれは、ホテルで私を置き去りにして出て行った利洋の後ろ姿に違いない。私はあの背中にお父さんって声をかけたのね」

日末子の耳に、「全てを受け入れなさい」というひろみの声が聞こえてきた。

8

日未子は、藪内の視線がいつもと違うのを感じていた。

考え過ぎかしら？

ひろみのメールを読んでから、周囲に対しての感覚が鋭くなった気がするのだ。全てを愛しなさい。全てを受け入れなさい。この二つの言葉が、耳の奥で響いている。ところが、愛することも受け入れることもできないまま、近づいてくる相手が何者なのかを感じ、観察する感覚だけが鋭くなっている。

日未子は藪内に、昨夜会食に行けなかったお詫びと、熊崎に対する新カードの提案について相談しようとした。

すると、藪内は今までにない嫌な表情で、日未子を見つめた。それはまるで日未子を蔑《さげす》むような感じだった。

「ああ、気にしないでいいよ。それに新カードの提案は……それも急がなくていい」

「どうしてですか？　急がないといけないのでは？」

日未子は、ワールドクレジットを支援する企業が現れたとの極秘事項を洩らした熊崎の顔を思い浮かべた。支援企業のためにも、新しいビジネスの提案は急がなくてはならないだろうというのが、昨夜の熊崎との合意ではなかったのか。

「とにかくいいんだ」

藪内は、日末子と目を合わせない。

「納得がいきませんが……」

日末子は不満を顔に表した。全てを愛しなさい。全てを受け入れなさい。昨夜、この言葉に涙を流したのが嘘のようだ。やはりここは東京であって、聖人の街、プッタパルティではない。

藪内は、大儀そうに顔を上げて、日末子を見た。その目は、明らかにかつての親愛の情が表れていたものとは違っている。

「納得がいかないって?」

「はい、桐谷常務に対する回答期限も迫っています」

「もういいよ。担当を神崎に替わってもらうから」

藪内は視線を日末子から神崎に移した。

「今、なんて?」

「ワールドクレジットの担当を替わってもらうって言ったんだよ。新たな担当は神崎だ」

藪内の声が聞こえているはずなのに神崎は俯いたままだ。

「どうしてですか？」

「理由は特にないよ」

「それはおかしいです。理由もなく突然過ぎます」

日未子は、藪内の机に両手をついた。

「説明するのも面倒だから、あっちへ行ってくれ。僕はいらいらしているんだ」

藪内は、これ以上ない不機嫌な顔をした。優しさに溢れていた藪内にこんな表情ができるなどということが、日未子には信じられない。

「課長、どうされたのですか？」

日未子は、あまりのことに怒りがとまどいに変わった。

「どうもこうもないよ。大江さん、自分の胸に聞いてごらん。全ては君が原因なんだ。僕が変わったと思うだろう。なぜ担当を替えられるのかと僕の理不尽さを怒っているだろう。しかしそれらは全て君が原因だよ」

藪内は、日未子を見つめて言った。周囲に配慮して、小声になっていた。

日未子は、激しく動揺した。いったい何が原因なんだろう？

藪内は、日未子に顔を近づけ、更に小声になって、

「君は、なぜ昨夜、熊崎社長との会食を断った？」

と言った。

日末子の顔が凍りついた。何も考えられない。真っ白になるというのはこういうことを言うのだろう。周囲の景色が全て消え、何もかもが無になってしまった中に一人取り残されてしまった。

「君がそんな女性だとは思わなかった。よくもこれまで僕を裏切り続けてくれたね」

「いったい……」

「いったい何を言っているのか分からないと言うのか。ちょっとこっちへ来てくれ」

藪内は、椅子を蹴るようにして立ち上がった。そして応接室に向かって歩きだした。

# 第七章　万物流転

## 1

日末子の前には、身体全体から不機嫌さを思いっきり放っている藪内が座っていた。いつもは客と談笑したりする応接室が、まるで牢獄のように冷え冷えとしている。

全てを受け入れなさい。全てを愛しなさい。日末子の耳の奥でひろみの声が聞こえる。しかしそんな雰囲気ではない。日末子が受け入れたいと思っても、相手が完全に拒否している。

たった一日で、今まで同志のように思っていた藪内が変わってしまった。日末子を睨みつけるその表情は、前世からの敵《かたき》であったかのようだ。

「なぜ、担当を替えさせられるのですか？」

日末子が訊いた。

「自分の胸に聞いてみろよ！」

藪内が突然、テーブルを叩いた。

日未子は恐怖を感じた。いったい何がこんなに藪内を怒らせているのだろう。全く見当がつかない。

「君と山下部長が昨日、一緒に食事をしたのを僕は見てしまった」

藪内は、冷たく言った。

「えっ」

日未子は言葉を失った。

「昨日、僕と熊崎さんは銀座の松屋にある『つる家　花陽』という店で食事をした。君が来ないので残念だとか、のん気に話していた。食事も終わって外に出た。熊崎さんはほんの少し先に帰った。僕はトイレに行っていて遅れた。するとつる家から君が出て来るのが見えた。僕は慌てて身を隠した」

藪内は話しながら、身体を斜めにした。自分が壁に身を隠しているところを思い出しているのだろう。

「驚いたね。なぜ君がつる家から出て来るんだ。さっきまで僕たちもいたのに……。君は熊崎さんの誘いを断って、つる家に来ていたわけだ。僕は君を信じていたから、君は事情があってつる家でアルバイトでもしているのかとさえ思ったよ。君は急いだ様子だった。僕には一切、気づかなかったはずだ。これで終われば何事もなかったかもしれない。ところがだ……」

藪内は身体を乗り出すようにして話し始めた。

日末子は絶望的な気持ちになり始めた。利洋の姿を見たに違いない。

「君を追いかけるようにつる家から出て来た男がいた。その姿を見て、僕は声を上げそうになったよ。驚きでね。その男が誰だか知っているか？　君の口から言うか？」

藪内はいたぶるような口調で言った。

日末子は顔を伏せた。

「君が言わないのなら言ってやろう。その男は山下利洋、我々の部長だ。僕は頭をフル回転させた。でも自分の想像が信じられないから、頭は熱くなって、ヒューズが飛んでしまいそうだった。目の前の出来事を冷静に繋げれば、君は熊崎さんの誘いを断って、つる家で山下部長と食事をしていたという事実が浮かび上がる。しかし僕はその事実が信じられないし、まともに受け止められない。でもそれ以外考えられないじゃないか。僕は山下部長がエレベーターに乗って、姿を消したのを確認すると、つる家へ戻った」

藪内は日末子を冷たい目で見つめている。

日末子は、固く口をつぐんでいた。

「僕は訊いた。『緊急の用件なのですが、ミズナミ銀行の山下部長はおりませんか』ってね。

僕は自分の行員カードを示して、業務上の用事で来たように装った。『今さっき、お連れ様とお帰りになりました』『お連れ様というのは大江日未子ですか』『さあ、お名前は存じ上げませんが……』。僕はこれで確信した。そして君に絶望した。君は、なんの目的だか知らないが、山下部長とつる家で食事をしていたのだ。それも僕たちの目と鼻の先でね。ここまでは認めるかい？」

　藪内は日未子に迫った。日未子は口を閉ざしていた。

「何も答えないということは、認めるってことだね。問題はここからだよ。僕はどうして君が山下と食事をしていたのか不思議だった。無理やり誘われたのかとか、いろいろ考えた。そうしたら熊崎さんから緊急の連絡が入った。山下部長が今朝、突然ワールドクレジットに電話をかけてきて、『提携先を教えなければ取引を全て引き揚げる』とめちゃくちゃなことを言ったそうだ。熊崎さんは言葉を濁していたが、最終的には佐藤商事の名前を出した。そうすると山下が『以後は全てこちらが仕切りますから』と熊崎さんに釘を刺した。もし勝手な動きをしたら、どんなことをしてでも提携を壊してやるといわんばかりの勢いだった。熊崎さんは、佐藤商事ときっちりと内容を詰めて、山下やミズナミ銀行が邪魔できないスキームを作り上げようとしていた。もし反対するなら、熊崎さんとしては銀行取引だって見直すくらいの覚悟だった。ところがもう少しというところで邪魔されてしまった。山下部長がなぜワールドクレジットが提携することを知っていて、熊崎さんを追い詰めることができたのかと考えたら、君の顔が浮かんだんだよ。君がつる家で山下に教えたんだとね」

藪内の視線が痛いほど突き刺さってくる。

日末子は顔を上げ、できるだけ無表情を装った。ワールドクレジットの提携先は佐藤商事だったのだ。佐藤商事は旧大日銀行の最重要取引先だ。一時期は業績が悪化したが、大胆なリストラと情報分野への経営資源の集中で現在は業績を回復させている。

藪内を見つめる。藪内は以前の穏やかな顔をしていない。課長になり、組織での将来を意識した顔になっている。今回の佐藤商事とワールドクレジットの提携は、藪内にとっても大きな成果だったのだ。

それは二つの面を持っていた。一つは、ワールドクレジットの再建だ。もう一つは利洋の失脚だ。どちらかというと藪内にとっては後者の方が重要だった。

もし突然、佐藤商事によるワールドクレジット支援計画を桐谷常務など経営トップに報告されたとしたら、利洋は慌てふためくだろう。そして何も聞かされていない直属の上司として、利洋は失格の烙印《らくいん》を押されたに違いない。

ところが藪内の計画通りにいかなかった。利洋は藪内が手に入れるはずだった栄誉を全て奪ってしまったのだ。その原因をつくったのが日末子だと藪内は疑っている。

「僕は君を信じていた。君だけは僕を裏切らないと思っていた」

藪内は目を赤くしていた。それはまるで恋人に裏切られ、嫉妬に狂う男のようだった。

2

「ゆく河の流れは絶えずして、しかも、もとの水にあらず」

久実がビールグラスを掲げた。

「何よ、それ？」

玲奈がチーズとクラッカーを皿に盛り付けて運んできた。

「鴨長明の『方丈記』の出だしでしょ」

日未子がクラッカーを嚙み砕いた。

「そうそう、その名前を思い出せなかったのよ。ただね、このテラスから眺めていてね、あの車の流れを見ていたら、ふとその一節が浮かんできたの」

久実が指差した先では、車が光の流れになっていた。

「教科書に出てきたからかな」

日未子が言った。

「久実は、そんなに勉強熱心だったかしらね」

玲奈が笑った。

「こら！　何言うか！」

久実が笑いながら、拳を上げた。

日未子たち三人は、玲奈が住む新居のマンションに来ていた。

婚約者が玲奈のために直ぐにマンションを買ったという。汐留のビル群の中でもひときわ高く聳える高層マンションの三十階で、東京湾や都内を一望できる。

「それにしても素晴らしい部屋ね」

日未子は言った。

「婚約と同時に彼が買ったのよ」

玲奈が嬉しそうに言った。

「さすがに若手実業家ね。でも婚約と同時にマンションを買うなんて、でき過ぎてないかな」

久実がビールを呑んだ。

「どういうこと？」

玲奈が自分のグラスにワインを注ぎながら言った。

「深い意味はないわ」

久実はビールを呑み干した。

「深くなくても言ってよ」

玲奈が食い下がる。

「私もワインを呑もっと！」

久実は玲奈を無視してグラスにワインを注いだ。

「久実、ちゃんと話してよ」

玲奈の声が甲高くなった。

「どうしたの、玲奈」

日未子は訊いた。険悪な空気を感じた。

「久実がおかしなことを言うからよ」

「何言った？」

「でき過ぎてないかってことよ」

「なんだ、そんなことか。くだらないわ」

「くだらなくないわよ。それどういう意味よ」

「だから、婚約と同時にこんなマンションを玲奈のために用意するなんて、いい人ねって言ったのよ。でき過ぎの人だって」

久実の顔が赤い。酔っているようだ。

「久実、呑み過ぎじゃないの」

日未子が言った。

「大丈夫よ。これくらい、たいしたことないわ」

「でき過ぎの意味がよく分からないわ。いい意味じゃなさそうね」

玲奈が言った。不服そうな顔だ。

「しつこいわね。もう直ぐ結婚でしょう。もっと幸せそうな顔をしたら？」

久実がつっかかった。

「何よ。久実もどうしてそんなに嫌みを言うのよ」

「嫌みなんか言ってないわ。どうしてでき過ぎかっていうとね、このマンションだって、玲奈のためじゃなくて別の女性のために買ったものじゃないのかってことなのよ。その女性と別れた時にたまたま玲奈が現れた。それでプロポーズして、このマンションを玲奈にプレゼントすることになったんじゃないのかってこと。玲奈の彼氏ってお金持ちでもてるから、いろいろ噂が週刊誌に出ているじゃやない」

久実が言った。気まずそうな顔をしている。明らかに言い過ぎだ。玲奈の婚約者は若手実業家だ。マスコミにも時々取り上げられている。玲奈は普通の銀行ＯＬなので、いつも「シンデレラ」と書かれている。

玲奈が固まった。ワイングラスを持ったまま久実を見つめている。瞬《まばた》きしない。

「玲奈、大丈夫……？」

日未子は玲奈の顔を覗き込んだ。

玲奈の顔がみるみる崩れ始めた。目から大粒の涙が溢れ出てきた。鼻水も一緒に出ている。肩を上下し、ひきつったような息を洩らしている。

「酷い……。久実、酷い」

玲奈は泣きながら、恨めしそうに久実を見つめている。

久実は気まずそうに窓の外の夜景を見ている。

「私は彼を愛している。彼も私を愛している。それでいいじゃないの。どんな噂があろうとも、このマンションが最初誰のために買われようとも、私たちが住むようになれば、私たちのものよ。違う？　久実！」

玲奈は抗議口調だ。

「久実、謝りなさいよ」

日未子は言った。

「ごめん、悪かったわ」

久実は玲奈を見ないで、頭を下げた。

「ちゃんと謝ってよ。そんなの謝ったことにならない！」

玲奈はまだ泣いている。

久実は玲奈に向き直った。怒っている。

「玲奈は変わったわ。少しはしゃぎ過ぎ。持ち物や態度まで昔と変わった。彼がお金持ちだからって、無理して変わることないじゃん。昔のままの玲奈がいい」

久実は激しく言った。その途端に泣きだした。それは号泣といっていい。涙が噴き出ていた。

「久実……」

日末子は言葉を失った。

確かに玲奈は最近、気取っているように見えた。彼がいろいろな経済人や芸能人に玲奈を紹介するからかもしれない。

日末子も少し寂しい気持ちにはなっていた。玲奈とは距離ができたような感じだった。

久実も同じだったようだ。しかしこれは玲奈に対する嫉妬かもしれない。

「どうしたのよ、二人とも」

日末子は泣いている玲奈と久実を見て、弱り果てた。泣きたいのは日末子も同じだからだ。

利洋のことも銀行のことも、何もかもうまくいかない。

「日末子、どうしたらいいの？」

玲奈が崩れるように身体を預けてきた。

「私、変わった？　そんなに昔と変わった？　嫌な女になったの？」

「大丈夫よ。久実が言い過ぎただけよ。気にしないで……。ねえ、久実、なんとか言ってよ」

日末子は久実に言った。久実はようやく泣きやんで、ティッシュで鼻をかんだ。

「玲奈、ごめん。言い過ぎたわ。私、羨ましかっただけよ。玲奈が変わるのは当然よ。相手が相手だものね」

久実が肩を落とした。

「私もしつこく言い過ぎたわ。でも久実の言うこと、私の胸にグサリときたのよ」

玲奈が言った。

「どういうこと？」

日末子が訊いた。

「彼は無理しなくていいよと言ってくれるの。でも彼に合わせようと努力して、いろいろな人に会ったり、面白くない話に相槌《あいづち》を打ったりしているうちに疲れちゃった……。今日は思いっきり好きに振る舞おうと思っていたら、久実に叱られるし……」

玲奈が涙を拭いた。

「久実がさっき『ゆく河の流れは絶えずして』って言ったけど、どんなことも変わってしまうのが嫌だったのね」

日未子が言った。

「変わるのは仕方がない。どんなものでもじっと留まっていることってないものね。でも変わらないものがあってもいいと思う。それは玲奈や日未子との友情……」

「そうね。久実や日未子の前では気取ったり、かっこつけたり、見栄張ったりすることはない。彼の前でもそうするべきなのね。私、背伸びしていたのかしら」

「玲奈が背伸びしたくなるのも分かるけどね。ねえ、久実」

「うん、素敵な人だもの。お金持ちという意味ではなくね」

「三人は、どんなことがあっても変わらないでいようね」

玲奈が、日未子と久実の手を握った。

「私も変わらない」

日未子は玲奈の手を強く握った。

「私も。本当に玲奈、ごめんね」

久実が謝った。

「これからも、ずっとずっと友達だよ」

玲奈が微笑んだ。

## 3

「何をぼんやりしている？　なんとか言ったらどうだ。弁解するとか、何かあるだろう」

藪内が声を荒らげた。

「佐藤商事だったのですね」

「驚いたかい」

「ええ、それにしても万物流転。留まることなし、ですね」

日未子は呟いた。

「なんだ？　それ」

「何もかも変わってしまうということです。ちょっと友達のことを思い出していました。それにしても藪内課長は別人みたいになられましたね」

「僕は変わっていない。いつも同じだ。変わったのは大江君だろう」

藪内は不服そうな顔をした。

「そうかもしれませんね。私が変わったのかも……」

「認めたらどうだ？　君が山下部長に情報を洩らしたことを」

日末子は言った。

「もし私が情報を洩らしたのであればどうなります？」

「なんだ？　居直る気なのか？」

「そうじゃありません。藪内課長のおっしゃっていることが、あまりにくだらないからです」

日末子は立ち上がった。

「まだ話は終わっていない」

藪内の顔には動揺が走った。

「どうでもいいじゃないですか。ワールドクレジットは佐藤商事によって救済される。それでいいんでしょう。山下部長が手柄を立てようが、藪内課長が誉められようが、私にはどっちでもいいことです。藪内課長がそんなに自分の手柄にこだわる人だとは思いませんでした。なんだか悲しくて、虚《むな》しくて……。失礼します」

「認めるんだな。君が情報を洩らしたってこと。山下とは特別な関係にあるんだろう」

部屋を出て行こうとする日末子に藪内が言った。

日未子は藪内を振り向いた。

「見損ないました。勝手に邪推してください」

日未子は外に出た。部屋の中で何かがぶつかる音がした。藪内がテーブルを蹴ったのかもしれない。

日未子は自分の席に戻った。

「荒れていたね」

神崎が声をかけてきた。

「ワールドクレジット、頼んだわよ」

日未子は言った。

「藪内課長、なんて？」

「私のせいで手柄を山下部長に横取りされたと騒いでいるのよ。くだらなくなって出て来ちゃった」

「真相はどうなの？」

「真相って？」

「日未子が藪内課長を裏切ったのか、どうかってことさ。日未子は部長とデキている、あいつは情報を洩らしたとえらい剣幕だったよ」

神崎は興味深そうな顔を日末子に向けた。

「さあ、どうかしら？　でも何もかも嫌になったわ」

「藪内課長は日末子のことを同志と思っていたからね。いや、ひょっとしたら好きだったのかもしれない。それで余計にショックだったんじゃないのか」

「ばかばかしいね。でも全てが変わってしまった。人の心も何もかも」

日末子は机の上の書類を片付け始めた。

「何もかも変わるのは仕方がないさ。だからやっていけるのかもしれない。何もかもが変わらなければ、かえって窮屈だよ。変化するからいい。自分もその変化に合わせたり、流されたり……」

「私、帰る。気分が悪くなったって課長に言っておいてください」

日末子は言った。

「日末子にとってはつまらない権力闘争が、男を一番生き生きさせることなんだよ」

神崎が皮肉な笑みを浮かべた。

「男は嫉妬深いってことが分かったわ。女は自由に振る舞うべきね。男の嫉妬に惑わされることなく」

日末子は微笑んだ。

「日未子は、強いから大丈夫だよ。男社会でも勝っていけると思うけどな」

「ありがとう。神崎さんは変わらず味方でいてね」

日未子は手を差し出した。神崎が驚いた。

「握手」

日未子はもう一度手を差し出した。神崎が硬い顔でその手を握った。

「変わらずにいてね」

「ああ、了解」

神崎はとまどったままだ。

日未子は振り返らずに営業部のフロアを後にした。そして銀行の外に出た。

日未子は鞄を高く持ち上げた。この鞄を遠くに投げ出したい気持ちでいっぱいだった。

「さあ、どこへ行こうかな」

今、自分は悲しいのだろうか？　悔しいのだろうか？　自分の周りが全て変化していく。その変化に翻弄されてしまっている。なぜ翻弄されるのか。それは変化に自分を合わせ過ぎるからだ。神崎は変化に合わせて生きていくと言った。それが可能な者はそうすればいい。でも不可能な者はどうすればいいのか。ただ立ち止まっておろおろするだけなのか。

「とりあえず家に帰ろう。それが一番いいみたい」

日末子は無理に笑みを浮かべた。

4

帝国ホテルの広間は人で埋め尽くされていた。記者やカメラマンが壇上の男たちを取り囲んでいた。

強いスポットライトが壇上の男たちの顔を照らしている。

佐藤商事の社長、ミズナミ銀行頭取、そしてワールドクレジットの熊崎の三人が手を握り合っている。熊崎の顔は幾分、強張っているように見えるが、それでも笑みは絶やさない。

三人の背後に、まるで主役のように立っている男がいる。利洋だ。

スポットライトは熊崎たちに当たっている。しかし日末子の目には、一番強くライトに照らされているのは利洋だと映っていた。

日末子は会場の隅に立っている。利洋と視線を合わすことはない。もし日末子が目の前に立てば、利洋はウインクくらいするだろうか。あの日、つる家で別れてからは一度も連絡をとりあっていない。

「君の思い通りだね」

藪内が近づいてきた。

「何がですか」

「君が山下部長に情報を洩らしてから、たった二週間で記者会見だよ。熊崎さんや僕の意向なんか全く無視して、山下部長がこの提携話をどんどん進めていったからね」

「でも、まとまってよかったじゃないですか」

「何を開き直っているんだ。僕は許していないからね。本来ならあの席には僕がいるべきなんだ」

藪内は利洋を指差した。

「それは残念でしたね」

「君は谷川さんの無念を忘れたのか。谷川さんは山下に苛め殺されたようなものだ。その無念をもう少しで晴らせるところだったのに。君は谷川さんを二度殺したようなものだ」

藪内は暗い声で言った。

日未子は藪内を見た。そこには憎しみで顔を歪ませている藪内がいた。谷川の恨みを晴らす？　本気でそんなことを考えていたのか。

突然、壇上が光った。一斉にカメラのフラッシュが焚かれたのだ。記者がざわめいている。質問が次々と三人に浴びせかけられている。熊崎も上気した顔を見せている。もっぱら質問に答えるのはミズナミ銀行頭取と佐藤商事の社長だ。熊崎に出番はない。支援される側だから仕方がないのかもしれない。

ミズナミ銀行頭取が質問に答えようとしている。背後に控えていた山下が顔を近づけ、何やら頭取の耳元で囁いている。得意げな顔がスポットライトに浮かび上がる。

「あの満足そうな顔を見てみろよ。これで来月の執行役員就任は百パーセント約束されたようなものだ」

藪内の歯軋《はぎし》りが聞こえる。

そういえば、利洋は執行役員に就任するために失敗は許されないのだと言っていた。壇上にいる利洋の顔には成功した満足さが満ちている。

「何もかも変わってしまうのですね。『ゆく河の流れは絶えずして、しかも、もとの水にあらず』」

日未子は言った。

「何を気取っているんだ。まだまだ僕の怒りは収まらない。怒りは変わることがない。君がなんと言おうと、僕は谷川さんの恨みを晴らさなくてはならない。僕は谷川さんの犠牲の上にポストを得たようなものだからだ。このまま済ますことはできない」

藪内はその場を去った。

まだ何かをしようというのだろうか。藪内は本気で谷川の恨みを晴らすつもりなのか。とても虚しい行為に思えるけれど、それが藪内の生きる力になるのなら仕方がない。

おとなしく善良だった藪内が憎しみに取り込まれるなんて信じられない。彼は谷川の葬儀で利洋を殴った。谷川を追い込んだ利洋を憎んでいたことには間違いない。

「私のことがそんなに憎いのかな」

日未子は呟いた。

ある意味では藪内が羨ましい。憎しみであろうが、自分の思いをぶつける対象を見つけることができたからだ。日未子は、自分には何もないような気がしていた。ひろみが教えてくれたように、全てを許すことも、愛することもできない。かといって藪内のように憎むこともできない。藪内は日未子と利洋との関係を邪推し、いろいろな噂を流すだろう。それが最も効果的な復讐《ふくしゅう》の手段だと思っているに違いない。しかしそれもどうでもいいことのように日未子には思えた。

まるでうたかたに浮かんでいるみたい。

日未子は、自分の今の気持ちを喪失感というのだろうと思った。しかし、無理に何かで埋めることはできない。

もう一度、壇上を見る。利洋は頭取に寄り添っている。会場の隅から日未子が見つめていることなど思いもよらないようだ。

日未子は利洋を見つめている。おかしなことに気づいた。徐々に利洋の顔の輪郭がはっきりしなくなってきたのだ。見たことも、会ったこともない人の顔になってきた。顔が判然としなくなると、日未子が憶《おぼ》えていた利洋の息、声、肌の感触、におい、指先の感触など細部の記憶も失われ始めたのだ。

いったいどうしたのかしら。何もかもが流されていく。

顔は忘れてもいい。でも利洋の記憶は日未子の細部にいつまでも残っているはずだ。折に触れて自分の身体が思い出すことがあった。例えばバスタブで身体を洗っていると、日未子の指が突然、利洋の指に変わり、身体をまさぐり始めることがあった。どうしようもなく身体が火照り、日未子は指のなすがままにならざるを得なかった。またこうして利洋を見つめていると、以前なら利洋の息遣いに身体が反応することがあった。しかし今は何も感じない。

「終わったみたい……」

日未子は呟いた。同時に、司会者が記者会見の終了を告げた。

5

日未子はリビングのソファに座ってテレビをつけた。チャンネルを汐留テレビに合わせた。

雅行から番組を見るように連絡があったのだ。

日未子は、画面に現れた映像に釘付けになった。そこには新垣智里が映っていた。

「おめでとう。やっと放送になったのね」

日未子は雅行の喜ぶ顔を思い浮かべた。この取材がディレクター試験のようなものだと言っていた。

画面では新垣が熱心にカードについて語っている。本人から直接話を聞くより、画面を通して聞く方が迫力があるのは不思議だった。これが編集の力なのだ。テレビを通じて見る現実は、あくまで制作する者、今回は雅行が見た現実なのだ。それに迫力があるというのは、雅行の問題意識の深さの表れだろう。

新垣以外にも、社会でキャリアを積んでいる女性たちが多く登場してきた。それぞれに魅力ある女性たちだ。誰もが明るく前向きだ。男性と戦うなどと肩肘を張っていない。ゆとりがあって穏やかだ。

私はだめだなぁ……。

日未子はテレビに向かって呟いた。

「しょうがない女だな。迷って、何もかも見失って……」

日未子は言葉に出した。すると肩の力がふいっと抜けた気がした。

しょうがない女である自分を好きになろうと思った。認めようという気がした。何かを求めて無理にあがいていた今までの自分が、本当の自分ではなかったのだろうか。

雅行が登場させた女性たちも、あがいた揚げ句に自分のスタイルを見つけたに違いない。何かになりたい、何かが欲しい、愛されたい、そんな多くの欲望から離れたところに自由があるに違いない。本当に強く生き抜くためにはその自由が必要なのだ。

久実は「ゆく河の流れは絶えずして、しかも、もとの水にあらず」という方丈記の一節を思い出した。変わることが怖かったからだ。

でも変わっていくことはそんなに怖いことだろうか。そんなことはない。変わっていくから、新しいとも言える。囚われずに生きていけるのは、変わることができるからだ。

いつの間にか番組は終わり、スタッフの名前を流している。番組のタイトルは「ニッポン・ウーマン」。制作者名に雅行の名前があった。いい作品を作ったね。これでディレクターだね。おめでとう。日未子は雅行に心の中で祝福をした。

日未子は画面に意外なものを見つけた。大江日未子、自分の名前だ。協力者として名前が挙がっていたのだ。

「雅行ったら……」

日未子は微笑んだ。それは雅行の優しさのメッセージだった。

6

空気が緊張している。日未子が出勤すると、いつもと何かが違う感じがした。

神崎も、菊池も、中野も、そして藪内も一斉に自分を見た。

日未子は少し遅くなったことを責められているのかと思って、躊躇した。みんなの出勤が早過ぎるのだ。そんな不満を口にしそうになった。

「小百合ちゃん、おはよう」

日未子は、筒井小百合に声をかけた。小百合は、はっとした顔をして、日未子の傍から離れた。

聞こえなかったのかと日未子は思った。しかし嫌な気分だった。わざと避けたような気がしたからだ。

「おはようございます」

日未子は、できるだけ大きな声で言った。

「おはよう」

神崎だけが小声で応じた。しかし直ぐに口をつぐんだ。

日未子は席に座った。おかしい。いつもと違う。

「何か変ね？」

日未子は隣の神崎に言った。

「えっ？」

神崎が驚いた顔をした。

「何、驚いてるの？」

「知らないのか？」

「何を？」

日未子は、苦笑いを浮かべた。気持ちは、笑える状態ではない。

神崎は藪内の方をちらりと見た。

「大江さん」

藪内が呼んだ。

「はい」

日未子は顔を上げた。

藪内が手招きしている。

「行った方がいいよ」

神崎が言った。

い。

日未子は立ち上がった。すると藪内も席を立ち、歩き始めた。ついて来いということらしい。

日未子は小首を傾げた。またワールドクレジットの情報を洩らしたと、ねちねちと言われるのだろうか。

藪内は応接室に入った。日未子も続いた。

「閉めて」

藪内はソファに座ったまま言った。

日未子はドアを閉め、その場に立っていた。

「ここに座って。そんなところに立たれたのでは話ができない」

藪内は硬い顔で言った。

日未子は藪内の前に座った。

「なんでしょうか」

日未子は藪内に挑むように言った。いつまでもぐずぐず言うようなら、この部屋で大騒ぎしてやろうかと勢い込んでいた。

「困ったことになった」

藪内は眉間に皺を寄せ、さも深刻そうな顔をした。

「またワールドクレジットのことでしたら、私は情報を洩らしていませんし、もう担当を外れましたから」

「そうじゃない」

「いったいなんですか？」

「これだよ」

藪内は、白い封筒をテーブルに置いた。

「これは？」

「これを読んでみろ」

藪内が、顎で指示する。こんな横柄な態度の男だったかしら。日未子は気分が滅入《めい》る。

「いいんですか」

日未子の問いかけに、藪内は大儀そうに頷いた。

日未子は不安な気持ちで封筒を摑んだ。指が細かく震えた。その指に藪内の視線が突き刺さっている。何が入っているのだろうか。

封筒の中を見る。便箋が入っているようだ。日未子の指がその便箋を摘んだ。封筒をテーブルに置く。三つ折りになった便箋を開く。

「あっ」

日未子は便箋を落とした。頭が真っ白になる。何、これ？

「読んだか？」

藪内は不快感が溢れる顔で言った。

日未子は黙っていた。手紙には「山下利洋部長と大江日未子が不倫している」と書いてあった。

具体的な場所や時間が特定されているわけではない。利洋を責めているだけだ。女性を玩び、不倫をするような男が執行役員になることは許されないという内容だ。

「それをどう説明する？」

「これはどこに来たのですか？」

封筒の消印は丸の内だ。

日未子の問いに、藪内は更に表情を暗くした。

「僕や神崎、菊池、中野、それに小百合ちゃんの家にも来た」

「じゃあ、これは課長の家に来たものなのですね」

「違う」

「えっ」

「僕の家に来たものは捨てた。そんなものはいらないからね。それは人事部に来たものだ」

「人事部！」

日未子は驚きの声を上げた。

「人事部ばかりじゃない。秘書室にも届いた。さっき、秘書室長が目を吊り上げて持って来た。そっちは僕の机の中に入っている」

藪内は、静かに言った。

「いったい誰が……」

日未子は声を震わせた。身体が冷たくなっていく。

「頭取の自宅にも届いたそうだ。頭取も驚いてしまって、秘書室長が呼び出された。そうしたら秘書室にも届いていたんだ。どれだけの範囲にばら撒かれたのかは把握できていない」

「なんて卑劣なんでしょう」

日未子は言った。

「事実はどうなんだ？」

藪内が口角を歪めた。

「お付き合いなどしていません」

日未子は言い切った。この答えは嘘だ。しかしこの場ではこれ以外の言葉が浮かんでこなかった。今、どんな顔をしているのだろうか。動揺はしていないだろうか。もし変に落ち着かなかったりしたら、疑われてしまう。

「だってこの間は食事をしていたじゃないか。二人っきりで……」

藪内の目が細くなった。明らかに疑っている目だ。

「それは……」

日末子は口ごもった。冷静になれ、冷静になれと心の中で言っているのだが、思考は完全に止まっている。これらの手紙は藪内が出したに違いない。日末子はこんな事態を予想していた。しかし、実際に現実になると、思った以上に動揺は激しい。

「たまたまだって言うのか？　山下部長が君と二人っきりで食事をするほど重要な話というのはなんだったのだ。その時の話をしてくれれば、誤解が解ける」

「仕事の話です」

「大江さんと込み入った仕事の話とはいったいなんだろうね。どうして課長の僕を同席させてくれなかったのだろうか」

「そんなの知りません」

日末子は口をひん曲げた。

「しかしこんな手紙をあちこちにばら撒くなんて、どういう考えなのだろう。それにしても山下部長は酷いね。君をお遊びの相手に選ぶとはね」

藪内は、急に媚《こび》を売るような下卑《げび》た目つきになった。

「知りません。失礼します」

日未子はこの場を早く立ち去りたかった。

「この問題は広がるよ。あとから人事部の呼び出しがあるかもしれない」

「なぜですか？　プライベートなことじゃないですか」

「そうはいかない。山下部長は執行役員候補だ。変な噂がマスコミにでも知られてみろよ。どうなるか分からないだろう？」

藪内は薄く笑った。日未子は、その笑みにどうしようもない違和感を覚えた。まだ頭は混乱している。冷静になればこの違和感の正体を突き止められるかもしれない。

日未子はドアを開けた。応接室の外の空気は重く淀《よど》んでいた。もうここには居場所がない。そんな思いが急に湧き起こった。

7

日未子は席に戻った。誰もいない。みんな取引先企業や会議に出かけてしまったようだ。日未子は、一人で書類を広げた。

寒い……。

日未子は肩を寄せた。

室温が低いのではない。自分を見る周囲の目が冷たいのだ。それが身体の芯を冷えさせている。

藪内も神崎も誰も彼もが日未子を拒否している。どうしてこんなことになったのか、答えを見つけることができない。

あいつ、山下部長とできてたんだ。道理でいい仕事が回っていたよな。不倫よ。結局、捨てられるのに、案外、ばかね……。

日未子は頭を机につけた。気持ちがどうしようもなく沈んでいく。

携帯電話が鳴っている。誰だろうか。日未子は、携帯電話を手に取った。利洋だ。

「もしもし……」

日未子は押し殺した声で話した。周囲には幸い誰もいない。

『僕だ』

利洋の声だ。つる家以来だ、声を聞くのは。案外、落ち着いている。手紙のことは知らないのだろうか。

「なんでしょうか」

返事がぎこちない。

『怪文書の話だ』

「怪文書？」

『知らないのか？　僕たちのことを書いた手紙だよ』

「たった今、知りました」

日末子は少し興奮していたが、周囲を警戒して普段とは違う丁寧な言葉遣いで話した。

『実は、困っている。頭取の目にも留まった。秘書室長にも呼ばれてね……』

利洋の困った顔が浮かぶ。

「私だって困っています」

『日末子、お願いだ。電話で頼めることではないんだが、いいかな』

「どうぞ、おっしゃってください」

日末子は胸がざわざわとしてくるのを感じた。

『誰に訊かれても、僕とのことは何もないと否定してくれないか。そうでないと困る。君も困るだろう？　大事な時期なんだ。僕とは全く関係ありませんと言い切ってほしい』

「もう、そう言っています」

日末子は冷たく言った。

利洋の予想通りの話の内容に、日末子は怒りも覚えなかった。以前なら怒りで目の前が見えなくなったかもしれない。しかし今はそんな気持ちが起きない。利洋を許したのだろうか。そうではない。自分の中で男と女の関係が終わる、あるいは終わったというのはこういうことだ。相手に怒りなどの感情が湧き起こってこなくなることなのだ。

『誰に言ったの？　人事部かい？』

利洋が慌てた様子で訊いた。

「藪内課長にです」

『藪内か……。案外、手紙の犯人はあいつかもしれない。僕のことを憎いと思っているようだから。もし僕が人事担当役員にでもなったら、あいつは許さないぞ』

「安心してください。完全否定します」

『ありがとう。僕が執行役員になったら、何かプレゼントするから。また会おう』

利洋が無邪気に言う。

「いつ決まるのですか？」

『来週の金曜日だ。取締役会で決まる予定だよ』

利洋の声が弾んでいる。一週間後に利洋は、同期のトップで晴れて執行役員だ。

日末子は、急にいらいらし始めた。

「おめでとうございます」

日末子は携帯電話を一方的に切った。利洋が何か言ったように聞こえたが、構わない。もうこれ以上話していると、怒りで、心がズタズタになりそうだった。

日末子は、レストルームに走った。涙が溢れそうになったからだ。机で泣き伏すわけにはいかない。

レストルームに駆け込んだ。幸い誰もいない。洗面台に両手をついた。鏡をじっと見つめる。両瞼から涙が溢れ出てきた。

「どうしてなの……。どうして私のことを心配してくれないの」

利洋と電話で会話を交わしていた時、どうしようもない悔しさ、悲しさに襲われてしまった。それは、利洋が一言も自分を労《いたわ》る言葉をかけてくれなかったからだ。どうしている？　元気だったか？　すまない、迷惑をかけてしまった……。優しい言葉は数限りなくある。誰でも直ぐに二、三種類思いつく。それなのになぜ利洋は一言も言わないのか。

困っている。否定してくれ。大事な時期なんだ。

どれもこれも自分自身を庇《かば》う言葉ばかりだ。日末子に対する労りの言葉はない。

鏡に映った顔を見る。涙でマスカラが少し流れたのか、黒ずんでいる。いや、マスカラのせいではない。気持ちが落ち込んでいるからだ。なんてやつれてしまったのだろう。

「日末子さん……」

入り口の方から声が聞こえた。振り向くと小百合が立っていた。

「小百合ちゃん……」

日未子は言った。小百合は緊張した目で日未子を見ている。あまり会いたくなかったという顔をしている。

「泣いていらしたのですか」

小百合が言った。

日未子は、慌てて鏡に向き直った。白目が赤く染まっている。

「ちょっとね……」

「大変ですね」

小百合は、ポーチから口紅を取り出した。鮮やかな赤だ。小百合は、それで丁寧に唇を描き始めた。唇が赤く色づき、小百合の若さが生き生きと輝き始めた。

「今、お化粧？」

「ええ、朝、慌ててたものですから」

「小百合ちゃんにも手紙が来たの？」

日未子は訊いた。

小百合は、小さく頷いた。

「そう……」

日未子は、どう反応していいか分からずに鏡を見つめていた。

「私、怒っています」

小百合も鏡を向いたまま言った。鏡の中の小百合が日未子を睨んでいる。

日未子は動揺した。小百合が不倫をした自分を責めているのか。

「ごめんなさい……」

日未子は目を伏せた。謝る必要があるのかどうかは分からない。しかし謝罪の言葉が出てしまった。

「日未子さんに怒っているのではありません。藪内課長に、です」

日未子は小百合の意外な返事に驚いた。

「課長に怒っているの？」

日未子は訊いた。

「そうです。課長は卑怯です。もし山下部長と日未子さんとのことが本当だとしたら、嫉妬しているのです」

「嫉妬？」

日未子は、小百合の顔を見た。

「ええ、嫉妬です」

小百合は日未子を見つめて、言った。

「課長は以前から、日未子さんが山下部長にかわいがられているのに気づいていたようです。時々、自分はよく怒られるのに、日未子さんは誉められるって愚痴っていましたからね。でもきっと課長は課長で、日未子さんのことを好きだったのです。ワールドクレジットで日未子さんが課長を庇いましたよね」

小百合は勢い込んだ。

日未子は、頷いた。藪内に同調して、利洋や亡くなった谷川に逆らったのも、遠い昔のようだ。

「あの時、とても嬉しそうでした。それから、日未子さんと一緒に仕事ができると喜んでいました。それが一転して、苛めるようになったのです。最初は山下部長への恨みだったような気がします。谷川さんのこともありますから。でも今回は、日未子さんに裏切られた、まさかあの山下部長と付き合っていたのか……という思いなんじゃないでしょうか。部下を守るのが課長の役目です。それなのに、自分の憤懣を日未子さんにぶつけているのです。負けないでください」

小百合は、一気に言った。そして日未子の返事も聞かずに化粧品をポーチにしまうと、レストルームから出て行った。

日未子は、また一人残された。

「嫉妬……」

藪内が日未子に冷たくするのは、嫉妬からだと小百合は言う。もしその通りだとすれば、自分はどうすればいいのだろうか。何もかも分からない。

日未子は目を閉じた。

8

どれくらい時間が経っただろうか。実際は数秒なのだろうが、日未子にはものすごく長く感じられた。自分自身の身体の中から、力が込み上げてくる。とことんまで追い詰められて、最後に生き残るために振り絞るエネルギーのようだ。負けないでください。小百合の言葉がリフレインする。

「えい！」

日未子は、掛け声とともに水道の蛇口をひねり、顔を洗った。冷たい水でも浴びなければ、混乱した頭がすっきりしない。

濡れた顔が鏡に映った。化粧が落ちた顔に、小さな皺が見つかった。もう直ぐ三十歳。若いようで若くない。自分では、絶対に若いと思っている。しかし子供からは「おばちゃん」なんて声をかけられる。小百合みたいに真っ赤な口紅を引くと、華やかになるより、「どうした？」って不審がられる。

中途半端な年齢だ。マスコミでは三十路女に、大人の女になれとけしかけるが、そんなことばかり言っていられない。

結婚？　早く結婚した学生時代の同級生は、しっかりと母親をやっている。玲奈だって結婚する。

利洋とは結婚できない。利洋だってそんなことは考えていないはずだ。自分はなぜあんな男を愛したのだろう。はるか遠くに憧れとして眺めていた男が、あんなに自分のことばかり考えるつまらない男になってしまうとは思わなかった。意外だった。男は目の前に権力というものを見せつけられると、そっちへ行ってしまうのか。それは女よりも魅力のあるものなのだろう。

「くだらない」

日未子は、鏡に向かって小声で言う。なんだか心が楽になっていく。何もかもくだらないことだ。

孔子は「三十にして立つ」と言った。あれは男の話なのだ。孔子の時代に女が活躍することなどなかったから。

　でも今は、女も自由に羽ばたける時代だ。三十にして立たねばならないのは、男ではなく、女なのだ。

　小百合も「負けないでください」と言ってくれた。くだらない藪内の嫉妬に負けるなと言ってくれたではないか。普通は、不倫などしたら、女同士で傷つけ合うものだ。でも小百合は応援してくれた。ひょっとしたら小百合も同じような境遇にあるのかもしれない。

「くだらない」

　日末子は、はっきりと言葉にした。

　ハンカチを取り出し顔の水滴を拭った。素のままの顔になった。白目の赤みが取れている。

「もう直ぐ三十歳。素のままに生きてみようか。今までは周りに影響され過ぎていた気がする。もう立たねばならない歳《とし》だよ。分かった？　日末子！」

　鏡の中で、すっぴんの日末子が笑みを浮かべた。

9

　日末子はレストルームを出て、自分の席に向かって歩いた。藪内が席に座っている。利洋が横に立って、藪内を見下ろしている。その隣には神崎が立っている。ワールドクレジットの今後について協議しているのだろうか。

　笑い声が聞こえてきた。利洋が笑みを浮かべながら、藪内の肩を軽く叩いた。藪内は、頭を掻きながら利洋を見上げた。神崎も笑みを浮かべている。幸せそうな上司と部下の様子だ。写真に撮れば、そのまま採用パンフレットの表紙写真にでも使えそうだ。逞しく、信頼できる上司。賢明な部下。なごやかで風通しのいい職場。「怪文書」騒ぎなど何もなかったかのような雰囲気だ。

　日未子は、立ち止まった。

「嘘」

　あの幸せそうな笑い声は、嘘ばかりだ。化粧がべったりと塗られ、本当の顔さえ分からなくなっている。

　利洋は、藪内を嫌っている。全く信頼などしていない。怪文書めいた手紙は藪内が出したのではないかと疑っている。電話でも利洋は、藪内のことを絶対に許さないと言った。

　藪内も利洋を嫌っている。谷川の復讐とか言っているが、実際のところは分からない。旧大日銀行の誰かから言われ、旧興産銀行の利洋を追い落とそうとしているだけかもしれない。利洋は旧興産銀行の期待を一身に背負っている。もし失脚させることができれば、骨は拾ってやるとでも言われたのだろう。

それに小百合に言わせれば、自分に対する嫉妬もあるらしい。嫉妬とは、自分が愛しているものが他の誰かを愛しているのを知って憎むことだ。藪内は自分を愛しているのだろうか。

ごめんこうむりたいわ。

日末子は心の中で呟いた。

確かに藪内に同情したことはある。しかし愛したこともなければ、愛してほしいと思ったこともない。男って、時々妙に勘違いする。部下の女性が、気持ちを少し寄せるような素振りをしただけで舞い上がってしまう。女をそんなに安っぽく思うな。

日末子は、親しげに言葉を交わしている利洋と藪内を見て、ふと胸が騒いだ。

藪内は谷川の前で無能だった。いつも叱られてばかりいた。ひょっとしたらあれは演技だったのではないか、そう思ったのだ。

谷川は利洋の歓心を買うのに必死になっていた。それを面白く思わない旧大日銀行の誰かが、藪内にサボタージュを命じていたのではないだろうか。その結果、次第に谷川は追い詰められていった。計画通り、藪内は谷川の後釜に座ることができた。谷川の葬儀で利洋を殴るという暴挙を働きながら、なんのお咎《とが》めもなく、課長に昇進したのだ。

日末子は以前、合併企業の役員からこんな話を聞いた。

「合併ってのは、大変でね。ばかなことをやっていたものさ。以前僕はね、ある部長の下で、次長として働くことになった。もちろんその部長は僕とは別の会社出身さ。するとね、自分の出身会社の上司に呼ばれ、こう言われたんだ。サボれ、なんだったら休んでいい。あの部長の仕事をやりにくくしろってね。おかしいって思ったよ。でも相手は真剣でね。最後にこう言うんだ。お前の人事は俺がみているんだからなってね。それで僕がどうしたかって？そりゃ、僕も我が身がかわいいからね。できるだけサボって、その部長が躓くようにしたのさ。嫌だったけど、仕方がないさ。自分が生き残るためだよ。その部長はついに仕事に行き詰まって、失脚したよ。嫌な思い出だね」

藪内は、利洋を失脚させるために送り込まれた刺客なのだと日未子は思った。利洋も当然それを知っているに違いない。藪内とあんなに打ち解けて話しているのは、藪内の背後にいる自分の敵を見据えているからだ。

男のつくった社会って本当にくだらない。嫉妬と陰謀の渦ではないか。どこにも真実や労りがない。憎み合っていながら、あの笑い声。なんという空虚な笑い声……。日未子は、徐々に怒りが込み上げてきた。

「大江さん、どこに行っていたんだ」

藪内が日未子を見つけて言った。

日未子は、無言で藪内に近づいた。

「あれ？」

利洋が苦笑している。

「どうしました？」

藪内が媚《こ》びるように訊いた。

「大江君の顔がおかしいね。すっぴんだね」

利洋が言った。

日末子は、利洋を睨んだ。

初めて素顔を見たって言うの！　何度も何度も利洋には素顔を見せたわ。素顔がいいねと言ったこともあった。それを忘れたの！

日末子は大声で叫びたくなった。

「そうですね。顔を洗ったのかな」

藪内も笑っている。

日末子は、利洋の前に立った。利洋が笑っている。日末子が睨む。

「どうした？」

利洋の笑みがわずかに強張る。顔を顰めながら、口だけは笑っている。

日末子は、すっと右手を上げた。そして迷わずにそれを振り下ろした。空気を切り裂くような破裂音がした。途端に利洋が両手で左の頬を押さえた。

「な、何するんだ」

利洋は、のけぞった。

「大江君、気でも違ったのか」

藪内が椅子を蹴って立ち上がり、利洋と日未子の間に割り込んだ。

「さようなら。利洋」

日未子は藪内の手を払いのけた。

「と、利洋？　利洋だって？」

藪内が、何かとんでもないものを聞きつけたような驚きの声を上げた。

「黙れ！」

利洋が藪内の肩を強く押した。藪内は小さく悲鳴を上げ、よろよろと足元をふらつかせたかと思うと、尻餅をついた。鈍い音がした。

「い、いてぇ」

藪内が顔を歪めた。

谷川が藪内に倒された時のようだと日未子は思った。

日未子は利洋をひと睨みし、踵を返した。

日未子は振り返らない。そのまま歩いた。

小百合と目が合った。小百合が微笑した。親指を立てている。やったねという合図だ。日未子も、小百合の真似をして親指を突き出した。気持ちが軽くなった。自然と笑みが浮かんでくる。

日未子の足が自然と速くなった。もうこの場所へは戻って来ることはない。そう決意した。銀行の外に出た。日未子は大きく腕を伸ばした。

「さあ、どこへ行こうかな」

もう一度大きく伸びをした。顔を上げると、太陽の光が目に痛い。

「ノリさんに会いに、沖縄に行くかな」

日未子の目の前に、青く澄みきった沖縄の海が現れた。息がビー玉になってころころ転がるように昇っていく。その向こうをゆっくりとアオウミガメが泳いでいる。

ミャーオー。ミャーオー。

猫の鳴き声が聞こえる。どこだろう？　か細い声だ。

日未子は声を頼りに、辺りを探す。植え込みの中からのようだ。日未子が中を覗き込む。真っ黒な子猫がいた。小さな目をいっぱいに見開いている。日未子は両手を差し出し、子猫を抱きかかえる。逃げようとはしない。

「おまえも必死で生きているんだね。一緒に行こうか」

日末子は子猫を優しく撫でた。

ミャーオー。

子猫は、日末子を見つめ、力強い声で鳴いた。

# 解説

小室淑恵

本書は、合併した銀行で繰り広げられる男同士の権力闘争の様子が、主人公・日未子の目を通して描かれている。部下を苛《いじ》めることで上司に自己アピールをしようとする谷川、その谷川の苛めのせいで鬱《うつ》気味の藪内、日和見的な神崎、そしてそんな彼らの上司であり日未子の不倫相手でもある利洋……。さまざまな登場人物の心理に焦点を当てながら物語は展開する。彼らの言動や変貌《へんぼう》ぶりを追っていくと、現代組織の姿が浮き彫りになって、そうそう、だから日本の企業は発展しないわけよね、と妙に納得してしまう。銀行を舞台に描かれているけれど、どの業界も似たような問題を抱えている。

ミズナミ銀行に勤める日未子は二十九歳。仕事は好きだしやりがいも感じている。だが、なんとなく行き詰まっている。いつか結婚をしたいし結婚後も仕事を続けたい。でも、そんな自分をサポートしてくれる人は現れるのだろうか。「仕事」も「結婚」も求める自分は欲張りなんだろうか、と。

三十歳を前にした迷いと焦り。女性なら誰しも、この言いようのない焦燥感に襲われることがあるのではないだろうか。自分はこのままでいいのか、幸せになれるのか――。

私自身は二十七歳で結婚。二年前に出産を経験し、現在は子育てと仕事の充実した日々を送っている。「家庭の充実が仕事の充実につながり、企業が活性化することが個人の生活に潤いを与える」という信念から立ち上げた会社「株式会社ワーク・ライフバランス」を経営している。

職業柄ということもあり、普段は二十代、三十代の女性から仕事の相談をもちかけられることが多い。日未子同様、仕事に対する情熱があって有能な彼女たちだが、特徴的なのは入社して四、五年目くらいから、優秀な人から次々に転職していくこと。その主な理由は、日本の組織に横たわるくだらない論理に愛想が尽きたこと。だから彼女たちは「外資系に行くことに決めた」とそろって言う。

本当にもったいない。こうやって企業は貴重な人材を失うのだなとつくづく思う。

二十代後半から三十代前半は、微妙な年頃だ。本書の久美と玲奈のように、自分が勤める会社への失望から、知らず知らずに結婚に目を向けてしまう女性も少なくない。

そういう私自身も、大学時代は「私は専業主婦になりたいの」と公言していた。その時点では、それがポジティブな人生の選択だと思い込んでいたのだ。

ところが私の価値観は、大学三年で猪口邦子教授の講演を聴いたことで一変。

なーんだ、女性性を否定しなくても、キャリアを積める時代になっていたのか。もしかしたら私は、努力のしがいのある時期に居合わせているのかもしれない。そう思った瞬間、輪ゴムが弾けたような感覚がして、「働きたい」と思った。

もちろん、そうすべてがうまくいったわけではなかった。

大学卒業後に入社した大手化粧品メーカーでは、入社二年目にして新規事業計画が認められ、インターネットを利用した育児休業者の職場復帰支援サービスの立ち上げを手がけた。自分のキャリアにとっては絶好のチャンス。

でも、この時期が本当につらかった。前例のないことを、しかも入社して間もない私が手がけるのだ。追い風の中での船出とは決して言えなかった。あらぬ噂をたてられたこともあった。頑張れば頑張るほど、追い込まれていくような気がした。今だから言えるけれど、円形脱毛症にも悩まされた。会社をボイコットして一日中お風呂に入って過ごしたこともある。

でも、そうやって一人で抵抗したとしても、会社には何も影響がないことに気づいてさらにショックを受けた。

その時期を、どう乗り越えたのか。

私の場合、会社が人生のすべてではなかったことが救いになった。実はボランティアで、大学生のためのプレゼンテーション講座を開いていたので、土日には学生たちが待っていてくれた。自分の話に熱心に耳を傾けてくれる人がいる。自分の存在価値を取り戻させてくれる場だった。

会社一筋で頑張りすぎると、仕事がうまくいかなくなったときにも、その仕事に執着してしまい、たった一本しかない心の柱が折れてしまうおそれがある。拠《よ》り所がなくなり、あたかも自分自身が否定されたかのような錯覚に陥るのだ。本書に登場する谷川は、会社以外に心の拠り所がなく、ミズナミ銀行で出世することに固執しすぎたために自分を見失ってしまった一人だろう。

ここ数年、鬱病などメンタル面に不調をきたして職場を離れる人が急増している。自殺者の増加も深刻だ。趣味をもつ、家庭や地域コミュニティにコミットする、ボランティアをしてみる、スポーツをする、子どもをもつ……。などのように意図的に自分の心を支える柱を複数建てないと、苦しくなる時代なのだと思う。

先ほどの化粧品会社時代の話に戻そう。私の場合、あるときにふっと社内での風向きが変わった。一人の女性が異動してきたことがきっかけだった。私が今でも尊敬するロールモデルの女性である。彼女の登場のおかげで、知らず知らずのうちに私自身が殻に閉じこもっていたことに気づいた。当時は、自分の置かれている状況に対する絶望と苛立ちから、一人で黙々と仕事をすればいいと頑なになっていた部分があった。その様子が悲壮感を漂わせて悲劇のヒロインぶっていたから、周りもさらに嫌だったのかもしれない。こうしてネガティブなスパイラルに突入してしまっていたのだ。でも、閉じこもっていた自分に気づき、その殻を破ったことで周りの人たちの私を見る目が変わり、同時に視界がパーッと開けた。

日未子はこれからどんな人生を切りひらいてゆくのだろう。

寿退社とか転職をしちゃいけないとは思わない。苦しいのに居続けても仕方がないと思うから。でも、決断するときには、前向きな選択だと胸をはれるようであってほしい。「逃げ」はダメ。いつか新たな壁にぶつかったとき、それを誰かのせいにしたり、当時の状況のせいにしたりしてしまうから。

自分はどうなりたいのか。理想の自分に近づくために、その決断は本当に最善のものだと思えるのか。もしかしたら、自分次第で今の組織の中でも変われるかもしれない。

本書を手に取ったあなたが日未子のように悩んでいるなら、私はそう問いかけたい。

大丈夫、あなただけのよさや強みがあるから。自信をもち、自分の殻を破って一歩を踏み出す勇気をもって。

――ワーク・ライフバランス代表取締役社長

この作品は『フィナンシャル・ジャパン』に平成十八年一月号から平成十九年四月号まで連載されたものに加筆・修正した文庫オリジナルです。

# 合併人事《がっぺいじんじ》

## 二十九歳《にじゅうきゅうさい》の憂鬱《ゆううつ》

江上剛《えがみごう》

平成20年8月10日　初版発行
平成20年8月25日　2版発行

発行者――見城徹
発行所――株式会社幻冬舎
〒151-0051東京都渋谷区千駄ヶ谷4-9-7
電話　03(5411)6222(営業)
　　　03(5411)6211(編集)
振替00120-8-767643
印刷・製本―中央精版印刷株式会社
装丁者――高橋雅之



幻冬舎文庫

ISBN978-4-344-41164-7　C0193　え-6-2